그린비, 시를 그리다

그린비, 시를 그리다

초판 1쇄 인쇄_ 2012년 6월 11일 | **초판 1쇄 발행_** 2012년 6월 15일
지은이_그린비 | **엮은이_**오희정, 이은희 | **펴낸이_**진성옥 · 오광수 | **펴낸곳_**꿈과희망
디자인 · 편집_김창숙, 박희진 | **마케팅_**최대현, 김진용
주소_서울시 용산구 갈월동 101-49 고려에이트리움 713
전화_02)2681-2832 | **팩스_**02)943-0935 | **출판등록_**제1-3077호
http://www.dreamnhope.com| e-mail_ jinsungok@empal.com
ISBN_978-89-94648-26-2   43810
※ 책 값은 뒤표지에 있습니다.
ⓒPrinted in Korea. | ※ 잘못된 책은 바꾸어 드립니다.

꿈과 희망

그린비, 시를 그리다

그린비 지음 | 오희정 · 이은희 엮음

시를 통한 스토리텔링

꿈과 희망

책머리에

학교가 붕괴되고 학교보다 학원에 더 의존하는 요즘, 나는 학교 교사로서 정체성을 확인할 수 있는 일을 찾고 있다. 단순한 지식 전달이 아닌 아이들이라는 순수한 백지에서 상상할 수 없을 만큼 다양한 빛깔을 찾아내고 싶었다. 수능에 나올 지문과 그에 대한 문제 해석이 아닌 창조적인 작업을 시도하고자 했다. 그 첫 걸음으로 기존의 문학 동아리 아이들 중에서 특히 글을 쓰는 데 관심이 있는 학생들을 위주로 새로운 동아리를 구성해서 글쓰는 동아리에 걸맞는 '그린비' 라는 이름을 붙였다.

모인 아이들 중에는 시창작 동아리에서 온 아이들도 있었고, 소설창작부 학생들도 있었다. 이들이 좀더 흥미 있고 재미있게 접근할 수 있는 것이 무엇일까를 생각하다가 시와 소설의 만남을 떠올리게 되었다.

아이들은 시를 무슨 새로운 기호로 구성된 외국어로 보고 어려워하는 경우가 많다. 그러나 그 속에는 화자의 삶과 그 삶 속의 정서가 녹아 있다는 것을 아이들은 이해하지 못한다. 시험 문제 속의 시와 교과서 속의 시가 있을 뿐이지 가슴으로 읽어내는 시는 존재하지 않는 것이다.

자기 스스로 시를 창조적으로 감상해 보는 경험을 아이들에게 만들어 주고 싶었다. 시를 가슴으로 읽고 그 속에 내포된 의미를 읽어내고, 자신의 삶 속에서 연관된 체험이나 주변의 경험들을 함께 얽어내어 하나의 이야기를 만들어 내면서 그 속에서 아이들의 꿈이 자라나게 하고 싶었다. 결국 시를 통한 스토리텔링이 아이들의 삶쓰기와 통하게 되는 것이다.

처음에는 '스토리텔링'이라는 말에 어색해 하던 아이들이 점점 그 용어와 방법에 익숙해지고 시를 읽어가면서 자신의 삶과 연결지어 소설의 뼈대를 짜고 하나씩 벽돌을 쌓으면서 글쓰기의 기쁨을 느끼는 아이들을 보면서 교과지도에서 얻을 수 없는 희열을 느꼈다. 어렵게만 생각하던 시 텍스트를 흥미롭고 입체적으로 접근하도록 하여 아이들은 시 감상에 대한 자신감을 갖게 되었다. 또한 학기 초에는 몇 문단을 완성하는데도 어려움을 느끼던 아이들이 조금씩조금씩 서술해 나가는 힘을 기르면서 자신의 작품에 자부심까지 가지기 시작했다.

시적 화자의 구체적인 정황을 구체적으로 상상하여 한 편의 이야기로 만들어 봄으로써 다른 징르의 글인 소설적 스토리텔링하기 능력을 향상시켰으므로 창조적 문학 수용의 좋은 방법이라고 할 수 있다.

아이들이 시를 선택하는 폭이 다양한 만큼 표현하려는 내용의 스펙트럼이 화려하다. '아름다운 것은 멀어 보인다'고 한 대엽이와 '희망적 이야기의 향연'을 쓴 대오는 쌍둥이이지만 서로 다른 개성을 지녔다. 동우는 시를 통해 세상의 아름다운 단상들을 간결한 문체로 드러냈다. 상균이는 나름대로 세상의 이면에 있는 환상의 그림자를 표현하려고 애썼고, 민수는 우리들이 사는 세상을 따뜻한 시선으로 그리고 있다. 동하는 독특한 개성으로 독설적인 작품을 썼지만 결국 최종 작품은 사랑하는 개 '마음이'에 대한 이야기였다. 현란한 글솜씨를 보인 현무, 소담하게 자신의 꿈을 담아낸 재영, 꾸준히 글을 써낸 귀곤, 사진 찍을 때 포즈만큼 대담하고 야성적인 승부, 좀 늦게 들어왔지만 자신의 감성을 잔잔하게 끌어낸 진영이.

　학기 중에 이렇게 아이들의 글을 갈무리하여 책으로 낼 수 있음에 감사한다. 힘은 들었지만 책쓰기 프로젝트가 없었다면 이러한 작업도 없이 이들의 귀한 작품들이 흘러가 버리고 말았으리라. 함께 동아리 활동을 해 주신 이은희 선생님께도 감사한다. 바쁜 일정 가운데서도 기꺼이 우리 그린비 아이들의 지도에 시간을 내서 온 정성을 다해 지도해 주셨다. 짧은 기간이었지만 우리 그린비 아이들과 함께한 시간들이 너무나 소중하고 감사하다. 이 첫 번째 작품집이 우리 그린비 아이들이 앞으로 살아가는데 필요한 저력이 되어주기를 바라마지 않는다.

교사 오희정

흔들리며 피는 꽃

도종환

흔들리지 않고 피는 꽃이 어디 있으랴

이 세상 그 어떤 아름다운 꽃들도

다 흔들리며 피었나니

흔들리면서 줄기를 곧게 세웠나니

흔들리지 않고 가는 사랑이 어디 있으랴

젖지 않고 피는 꽃이 어디 있으랴

이 세상 그 어떤 빛나는 꽃들도

다 젖으며 젖으며 피었나니

바람과 비에 젖으며 꽃잎 따뜻하게 피웠나니

젖지 않고 가는 삶이 어디 있으랴

세상 모든 사람이 그렇듯 우리 아이들도 세찬 바람에 눕고 눈보라에 몸을 가누지 못해 힘겨워하며 주위 잡풀들로 인해 상처 나고 그러다 몇 줄기 햇빛과 촉촉한 비에 행복해 한다. 햇빛과 적당한 비와 거름진 땅이 비바람이나 눈보라보다 더 많다고 말해 주고 싶으나, 우선 우리 아이들이 느끼기에는 그러한 것 같다.

우리 어른들은 그들의 아프고 힘든 상황을 원천적으로 봉쇄하는 것이 아니라 '그럼에도 불구하고 꺾이지 않고 아예 누워버리지 않도록' 길을 안내해 주고 비바람을 이겨낸 경험들을 이야기해 주고 언젠가는 이렇게 꽃을 피워내게 될 것임을 보여주어야 한다. 가르치는 일에 있어서는 더욱더…….

그래서 평범하고 순탄한 삶 ― 물론 이 속에도 분명 알지 못하는 고뇌와 아픔들이 많겠지만 ― 을 살아온 것보다는 스펙터클(?)한 삶을 살아온 쪽이 할 말이 더 많은 것은 분명하다. 나 또한 후자에 해당하기에 할 말이 많고 그래서 그것 때문에 학생들과 많이 공감하고 쉬이 친해지는 편이다. 그리고 이제는 제대로 된 꽃으로 서 있기 위해서 고군분투한다.

문학 교사이기에 어쩌면 더 쉽게 삶을 이야기할 수 있다. 흔들리고 있는 우리 아이들, 너무나 많이 개인화·사물화 되어 버려 넘어질 듯한 현대 사회, 불안한 입시와 취업……. 그러나 우리는 그 속에서도 결국 희망을 노래한다. 존귀히 여김 받아 마땅한 나 자신, 그렇기에 참으로 소중한 우리 주변의 사람들, 가꾸고 다듬어야 할 터전, 그리고 우리가 지녀야 할, 하나님이 바라시는 삶의 모습 등…….

‘여럿의 윤리적인 무관심으로 해서 정의가 밟히는 일이 있어서는 안 될 거야. … 걸인 한 사람이 이 겨울에 얼어 죽어도 그것은 우리의 탓이어야 한다.’ 최근 황석영 님의 ‘아우를 위하여’를 수업하면서 우리는 우리의 무관심으로 짓이겨지는 것들, 또는 그런 사람들에 대해 생각해 보았다. 왕따로 힘들어하는 친구, 진실과 정의, 내가 누리고 있는 편안함에 대한 무감각증……. 더불어 살펴본 안도현 님의 ‘너에게 묻는다’에서는 [‘연탄재, 함부로 발로 차지 마라 / 너는 / 누구에게 한 번이라도 뜨거운 사람이었느냐’] 연탄도 아닌 연탄재만큼의 따스함도 지니지 못한 우리 자신에 대해 고민해 보았다.

이처럼 문학은 참 행복한 교과이다. ‘나’만이 아니라 ‘우리’를 생각해 볼 수 있기에…….

시를 읽고 떠오르는 느낌을 소설화하고, 시 속에 담긴 이야기를 끄집어내어 다른 한 편의 이야기로 만드는 작업은 어찌보면 많은 어른들의 꽃이 되기까지의 고뇌를 학생들이 떠올려 보는 일이다. 시간이 그리 많지 않아 ― 게다가 지금은 기말시험을 코앞에 두고 있다 ― 정교하게 다듬지도 못했을 것이고, 지면이 여유 있지도 않아 우리 아이들 모두의 글이 실리지도 못해 참으로 미안하다. 그러나 다음에는 더 나은 글, 더 많은 이들의 글이 실릴 수 있기를 소망하며 소중한 첫 작품집을 낸다. 우리 아이들에게 귀한 추억이 되고, 또 한 편의 글보다 더 멋있는 삶을 살아갈 그들의 첫 걸음마가 되기를 소망하며……

　일 년 동안 동아리를 지켜주신 하나님과 물심양면으로 도와주신 많은 선생님들, 책 표지와 전체 디자인을 위해 동분서주하며 큰 힘이 되어 주신 조남선 선생님, 그리고 동아리를 함께 맡아 지도해 주시면서 많은 면에서 본이 되어 주신 오희정 선생님께 감사드린다. 그리고 우리 34명의 그리운 선비[그린비]들, 사랑해~!

교사 이은희

차례

차대엽

아름다운 것들은 멀어 보인다

날개 꺾인 나비

보고서

산행

| 원작시 |

양말

이동순

양말을 빨아 널어두고
이틀 만에 걷었는데 걷다가 보니
아, 글쎄
웬 풀벌레인지 세상에
겨울 내내 지낼 자기 집을 양말 위에다
지어놓았지 뭡니까
참 생각 없는 벌레입니다
하기사 벌레가 양말 따위를 알 리가 없겠지요
양말이 뭔지 알았다 하더라도
워낙 집짓기가 급해서 이것저것 돌볼 틈이 없었겠지요
다음날 아침 출근길에
양말을 신으려고 무심코 벌레집을 떼어내려다가
작은 집 속에서 깊이 잠든
벌레의 겨울잠이 다칠까 염려되어
나는 내년 봄까지
그 양말을 벽에 고이 걸어두기로 했습니다.

이동순

날개 꺾인 나비

　어두운 극장 안, 수많은 사람들이 앉아 있다. 그들은 모두 침묵한 채, 제각기 앞쪽을 바라보고 있다. 덩그러니 놓인 무대. 곧 스포트라이트가 저곳을 비추고, 이들이 긴장한 채 기다리고 있는 그 무언가가 시작될 터이다.

　그리고……. 드디어, 그것이 시작된다.

　갑자기 밝은 빛이 무대를 비춘다. 연극이 시작된 것이다. 이제 여기 앉아 있는, 이 모든 사람들은 이 세계에 속한 것이 아니다. 지금부터, 그들에게 세상은 저 무대 위의 좁고 한정된 공간이 전부다. 이제 관객석에 앉아 있는, 이 모든 이들은 세상의 관찰자에 지나지 않는다.

　바쁜 사무실의 풍경. 회사원들이 분주하게 돌아다니고 있다. 들려오는 소리라곤 키보드 두드리는 소리, 회사원들의 바쁜 발걸음 소리, 그리고 복사기 돌아가는 소리가 전부. 그런 가운데, 눈에 띄는 한 남자가 있다. 남자는 다른 회사원들과는 달리 일에 집중하지 못하는 듯 느릿느릿 키보드를 두드리고, 불안한 눈길로 자꾸만 주위를 둘러보고 한다. 덕분에 다른 회사원들의 서류는 점점 줄어 들어가는데, 남자의 서류만은 시간이 지나도 그대로이다. 그리고 그럴수록 남자는 더욱더 불안해 한다.

　마침내 남자의 불안이 절정에 다다라, 그의 손가락이 멈추고, 시선이 멍하니 허공에 뜬다. 그 시선이 이리저리 움직이는 회사원들의 뒤를 쫓는다. 그때 무대 한구석에 위치한 문이 열리며 부장이 등장한다. 그는 멍하니 있는 남자를 발견하고, 몹시 성난 듯한 표정으로 그에게 다가가, 그의 책상

을 손바닥으로 쾅 친다. 남자가 화들짝 놀라며 일어서고, 상대가 누군지
알아채자 곧바로 차렷 자세를 취한다.

부장 : (화를 억누르듯이, 낮고 비아냥거리는 어조로) 얼씨구, 아주 잘 나셨구
만. 그래, 얼마나 일을 잘하시길래 놀 시간이 있으실까? (남자의 책
상 위 서류를 가리키며) 이 정도 서류쯤이야 일도 안 된다 그건가?
남자 : (말을 더듬으며 조심스럽게, 떨리는 목소리로) 부…부장님, 그게, 그게
아니라 저, 그러니까, 이, 일이 적은 게 아니라 말이죠…….
부장 : (기분 나쁘게 빙글빙글 웃으며) 그래? 그렇단 말이지. 그럼 남은 일
들을 처리하지도 않고 놀고 있었던 이유가 대체 뭔가? 응?
남자 : (머리를 긁적이며, 누가 듣더라도 변명하는 것이 눈에 보이는, 어색한 말투
로) 아, 그게, 제가 암만 해도 요령이 생기질 않아서…….
부장 : (드디어 폭발, 목소리가 점점 높아지더니 결국 고래고래 소리친다.) 요
령? 당신이 벌써 며칠을 일한 줄 알아? 응? 그런데 아직도 그놈의
요령 타령이야! 누군 요령부터 배우는 줄 아나! 잔말 말고, 오늘
이거 다 못하면 퇴근은 글렀다 생각해!

남자, 고개를 푹 숙인다. 부장, 씩씩거리며 뒤돌아서 산나. 바로 옆에서
이런 소동이 일어나고 있는데도, 다른 회사원들은 누구 하나 관심을 기울
이지 않는다. 모두들 제 할 일만 한다. 사무실의 풍경은 조금도 변함이 없
다. 마치, 늘 있어 왔던 일이 또 일어난 것뿐이라는 듯이.
무대, 잠시 동안 암전.

다시 불이 켜진 무대. 아까와 같은 사무실의 모습이다. 달라진 것은, 남
아 있는 사람이 남자 하나뿐이고, 창밖에 어둠이 내려앉았다는 점이다. 남

자가 키보드를 두드리는 소리가 간간이 들려온다. 잠시 뒤 남자가 일어서 더니 복사기로 다가가 버튼을 조작한다. 복사기 돌아가는 소리가 정적을 깬다. 남자는 작업이 마쳐질 때까지 복사기 옆에 가만히 서 있다. 그 눈이 또다시 허공을 본다.

남자 : (한숨 쉬듯이) 거참, 처량하기도 하다. (진짜로 한숨을 쉬고, 묘하게 운
　　　율감이 느껴지는 어조로) 남들은 벌써 끝낸 일을 붙잡고 야근까지
　　　하는 내 신세야. (또 한숨)

복사기 소리가 끊긴다. 남자가 복사기로 가서 종이 몇 장을 꺼내고 그것 들을 자신의 책상 위에 올려놓은 뒤, 의자 뒤에 걸어두었던 정장을 챙겨든 다. 그리곤 불을 끄고 멋지게 사무실을 나서려 했는데, 어두운 탓에 키가 큰 자신의 몸을 생각 못하고 그대로 낮은 문지방에 머리를 박는다. 남자의 욕하는 소리.
무대, 암전.

다시 불이 켜진 무대. 남자는, 공원인 듯 보이는 장소에서 벤치에 앉아 있다. 처량하고 쓸쓸해 보이는 모습. 지나가던 행인이 그에게 다가가 살며 시 손에 지폐를 쥐어준다. 남자가 화들짝 놀라며 자리에서 일어났지만 행 인은 이미 저만치 사라진 뒤다. 남자, 낙심한 듯 다시 주저앉는다.

남자 : (쓸쓸하게 돈을 바라보며) 내가 어쩌다 이런 꼴이 됐을까. (돈을 주머
　　　니에 넣고, 벤치에 편하게 앉으며 물끄러미 가로등 불빛을 쳐다본다. 회상
　　　하듯이) 옛날의 나는 자신이 이런 꼴이 됐을 거라고 상상도 못할
　　　테지. 옛날에, 난 노래가 하고 싶었는데 부모님을 졸라 기타까지

배우고. (갑자기 쓸쓸한 미소를 띠며) 근데 다 소용없어졌어. 지금 내게 남은 게 뭐지?

갑자기 무대의 조명이 어두워져서 회상의 장면임을 알린다. 배우의 모습이 흐릿하게 보인다. 무대 양쪽에서 여러 남자 배우들이 뛰어나오더니 벤치에 앉은 남자 앞에서 대화를 나눈다. 기타 소리가 들리고, 분간하기 쉽게 개성 넘치는 목소리들이 들린다.

배우1 : (약간 호들갑 떨며) 오, 괜찮은데?

배우2 : (차분히, 평가를 내리듯) 너, 소질 있을지도 모르겠다.

배우3 : 아뇨, 딱히 그런 건…….

배우1 : (들뜬 목소리로) 조금만 다듬으면, 아마 굉장할 걸?

배우3 : (당황한 듯이) 그, 그렇게 비행기 태우셔도 아무것도 안 나와요.

배우4 : (격려하듯이 어깨를 두드리며) 그냥 비행기 태우는 게 아니니까,
　　　　진짜 열심히 해봐. 넌 소질이 있어.

배우들, 퇴장. 다시 조명이 천천히 밝아지고 홀로 남아 있는 남자의 모습.

남자 : (회상하는 목소리로) 내가 기타를 계속 쳤다면 어떻게 됐을까. 분명 지금처럼 돈을 벌지는 못 하겠지……. 그래도 지금보단 행복하지 않을까……. (곧 고개를 절레절레 젓는다.) 아니, 아니지.(주머니에서 돈을 꺼내, 뚫어져라 쳐다본다.) 그것만이 전부는 아니야. 꿈만이 전부는 아니야. (지폐를 만지작거린다.) 이렇게나 얇은 종이인데, 고작 종이일 뿐인데, 이 종이벽이 날 막는구나. (자조적으로 웃는다.)

　그때, 갑자기 들려오는 음악 소리. 남자가 벌떡 일어서서 주위를 두리
번거리지만 어디에서 음악이 들려오는지는 알 수 없다. 남자, 망연자실한
표정.

　　남자 : 저건 분명 내가 제일 좋아하던 노래야…….

남자, 음악을 들으며, 뭔가를 결심한 듯 결연한 표정을 짓는다.

　　남자 : (자기 자신을 달래는 목소리로) 그래, 아직 내겐 열정이 남았다. 이
　　　　　열정은 내가 살아 있는 동안은 날 배신하지 않을 거야. (중얼거리
　　　　　듯) 이걸 믿고 가는 거야.

　남자가 계속해서 뭔가를 중얼거리며 걸어간다. 무대, 암전. 음악 소리는
무대가 어두워진 후에도, 후렴구가 끝날 때까지 계속된다.

　무대가 암전된 사이, 관객들이 음악을 감상하며 몸의 자세를 편하게 바
꾼다. 어떤 이들은 서로 잡담을 나눈다. 이 순간 관객들은, 무대 위의 세상
에서 벗어난 시간을 경험하고 있다. 지금처럼, 무대가 암전된 사이와 같은
때에 관객들은 연극의 아이러니를 느낀다. 무대가 암전될 때, 관객들은 무
대 위의 세상에 고정되어 있던 눈을 현실로 돌리기를 강요받는다. 그들은
무대 위의 세상에 집중하면서도, 시야의 한구석에 보이는 비상구 표시등,
즉 현실의 증거를 무시할 수 없다. 그들은 무대 위에 창조되고 있는 세계
에 집중하면서도, 머리 한구석으로는 늘 현실을 자각하고 있는 역설적 상
황과 마주한다.
　이것이 연극의 한계다.

연극은 무대 위에 현실과 비슷한 세상을 내놓을 수는 있지만, 두 개의 세상이 존재할 수 없으므로, 결코 현실과 '같은' 세상을 보여줄 수는 없다. 이것은 관객들도 당연하게 받아들이고 있는 사실이므로, 사실 관객들은 연극에서 보이는 것들을 온전히 믿지 않게 된다. 그들은, 잠시 동안 무대 위의 세상을 현실처럼 여기고 즐기면 그뿐, 연극이 끝나면 바로 지금, 무대가 암전된 지금처럼 '진짜' 현실로 되돌아간다.

어느새 노래가 끝났다. 관객들은 앞쪽을 바라보고 있다. 스포트라이트가 다시 무대 위를 비춘다.

다시 밝아진 무대. 남자가 사무실에 서 있다. 그는 불안한 듯이 이리저리 서성거리기 시작한다. 그의 손에는 사직서가 들려 있다.

남자 : (중얼거리듯) 이렇게 하는 게 맞나? TV 같은 데서는 이렇게 하던 데. 그……. 어떻게 했더라. (사직서를 양복 안주머니에 넣으며) 이렇게 넣어뒀다가 꺼내면서…….

그때, 타이밍도 좋게 문이 벌컥 열리고 부장이 등장한다. 남자, 화들짝 놀라, 엉겁결에 사직서를 안주머니에 챙겨 넣는다. 부장, 남자에게 다가와 남자의 어깨를 두드리며 말한다.

부장 : (유쾌한 목소리, 빠른 어조로) 잘 잤나, 자네! 자네 보고서는 잘 받았네. 그나저나 자네 정말 대단하더구만. 단순한 보고서인데도 문법도 하나 틀리지 않았고, 글도 잘 썼고. 그래, 그래, 일은 좀 느리더라도 정확하게 하는 게 중요하지, 하하! 앞으로도 잘 부탁하네!

부장은 속사포같이 말을 쏟아붓고 남자의 어깨를 툭 치더니 가 버렸다. 그 기세에 눌려 사직서 낼 타이밍을 잡지 못한 남자가 어리벙벙한 얼굴로 서 있다. 이렇게 칭찬받아 놓고 그 대답으로 사직서를 내놓을 수는 없는 노릇이다. 남자는 주머니에서 사직서를 꺼내, 화난 표정으로 그것을 찢으려다, 잠시 망설이더니 결국 다시 제자리에 넣고 만다.

무대, 암전.

다시 밝아진 무대.

어제와 같은 공원이다. 남자는 어제와 똑같은 벤치에 앉아 있다. 이번에는 고개까지 푹 숙이고, 죄라도 지은 듯한 포즈다. 한참 후, 천천히 고개를 드는 남자.

남자 : (자학적으로) 그래, 나는 결국 이런 사람이야. 앞으로 나아갈 용기도 없고, 그렇다고 이 자리에 온전히 머물 수 있는 것도 아닌, 이런 어정쩡한 놈이야. (헛웃음) 기타? 기타를 친들 뭐가 다를까? 지금 기타를 시작한다 해도 내가 무얼 할 수 있다는 거지? 날 밴드에 끼워줄 사람이 있는 것도 아니고. 뮤지션? 제대로 된 회사원도 못 하는데 제대로 된 뮤지션이라고 할까. 다 헛꿈이다.

남자, 이제 관심 없다는 듯 다리를 꼬고 몸을 편하게 한다. 그렇게 잠시 있다가, 벌떡 일어나 무대 밖으로 걸어 나간다.

암전.

다시 밝아진 무대. 남자의 집이다. 남자는 바닥에 앉아 있다. 남자의 손에 뭔가가 들려 있다. 남자는 손에 놓인, 그 무언가를 유심히 보고 있다. 양말이다. 그런데 자세히 보면, 양말 위에 조그맣게 벌레가 집을 지었다.

남자 : 거참, 언제 이런 게 붙었는지. 말리느라고 널어놨을 때 붙었나?
       (남자, 벌레집을 유심히 바라본다.) 근데 이거, 대체 뭐지? 자세히 보
       니까 꼭 번데기 같기도 한데. 흠…….

남자, 양말을 흔든다. 그 바람에 벌레집도 함께 대롱대롱 흔들린다. 남
자, 갑자기, 문득 뭔가를 깨달은 듯 흔들기를 멈춘다.
남자, 다시 한 번 살짝 양말을 흔들어 본다. 벌레집이 또 살랑, 흔들린다.
그 모습을 보더니, 남자의 표정이 진지해진다.
남자가 조심스레 양말을 들고 일어선다. 그는, 역시나 조심스럽게, 그
양말을 벽에 걸고는 생각에 잠긴 눈빛으로 말한다.

남자 : (혼잣말처럼) 이 안에 뭐가 들었을지 난 몰라. 하지만 어쨌든, 봄이
       오면 알게 될 거야. 벌레는 이 위태로운 양말 위의 집, 바로 이 안
       에서 여생을 마칠 수도 있고, 나비가 되어 날아오를 수도 있어. 나
       비! 그래. 나비가 될지 말지가 결정되는 그것은, 봄까지의 유예가
       있는 거야. (갑자기 밝아진 목소리로, 방긋 웃으며) 그래, 유예야. 봄까
       지만. 그래, 봄까지만, 그래! 유예가 있는 거야! 어디 나비가 나올
       지, 안 나올지 보자고!

남자, 갑자기 미친 듯 집 안을 뛰어다니며 기뻐한다. 이리저리 날뛰며
환성을 질러댄다. 즐거운 음악과 함께, 조명이 천천히 어두워진다. 음악이
절정에 달함과 동시에, 갑자기 뚝 끊기고, 막이 내린다.
무대, 완전히 어둠 속에 잠긴다.

관객들의 박수 소리.

극장이 완전히 어둠에 잠긴 지금, 모든 사람들은 현실로 돌아와 있다. 무대 쪽에 불이 켜지고, 배우들이 나와 무대 인사를 한다. 어떤 한 배우가 인사를 할 때, 더욱 큰 박수 소리가 그를 맞이한다. 사실상 1인극이나 다름없는 이 연극의 주인공 역할을 맡은 배우다. 관객들이 그의 열연에 보내는 박수는 한참이나 이어진다.

시간이 지나, 관객들이 극장을 떠나기 시작한다. 하나 둘씩 짝지어 빠져나가며 제각기 연극에 대한 감상 등 잡다한 것들을 떠들기 시작한다. 이들은 모두 제각기 갈 길이 있는 사람들이다. 대부분은 집이겠지만, 어쩌면 이 중에는 직장으로 돌아가야 할 사람도 있을지 모른다.

한꺼번에 빠져 나가는 인파. 현실로 돌아가는 사람들. 그리고 살아가는 동안 수없는 '양말 위의 벌레집'을 발견하면서도, 방금 본 이 연극을 떠올리지는 못할 사람들.

그렇다. 연극은 어차피 가짜다.

새로운 세계를 창조해낸 것에 불과하다.

저 연극의 주인공 같은, 멍청한 사람은 현실에 없다. 양말 위에 집을 짓는 벌레도, 나비도, 모두 없는 것이다.

수많은 사람들이 극장을 나서고 있다.

그런데, 참 이상한 일이다.

극장을 나서는 사람들에게서 희한한 모습이 보인다.

그들은 등에 화려한 날개를 달고 있다.

그런데 그들의 날개는 꺾여 있다.

다시 날 수 있는 희망조차 빼앗긴 사람들.

그리고 다시 날 것을 생각조차 하지 않는 사람들.

이 사람들은 살아가면서 다시는 이 연극의 내용을 떠올리지 못한다.

그들의 꺾인 날개가 다시 펼쳐져 헛된 퍼덕거림이라도 하는 일 역시, 그
들이 살아가는 동안에는 다시는 일어나지 않을 일일 듯하다.

의자7

조병화

지금 어드메쯤
아침을 몰고 오는 분이 계시옵니다.
그분을 위하여
묵은 이 의자(倚子)를 비워 드리지요.

지금 어드메쯤
아침을 몰고 오는 어린 분이 계시옵니다.
그분을 위하여
묵은 의자(倚子)를 비워 드리겠어요.

먼 옛날 어느 분이
내게 물려주듯이.

지금 어드메쯤
아침을 몰고 오는 어린 분이 계시옵니다.
그분을 위하여
묵은 의자(倚子)를 비워 드리겠습니다.

보고서

1

거참, 오늘 따라 하늘은 맑고 깨끗한데 말이야, 나는 중얼거린다.

나는 주위를 둘러본다. 대학생 몇몇이 지나가며 왁자지껄 떠들어댄다. 모두들 귀에 형형색색 이어폰이니 헤드폰이니 하는 것들을 끼고 있다. 저래서야 남의 말이 제대로 들리기나 하는 건지 의심을 지울 수가 없다. 서로 알아듣지도 못한 채 알아들은 척 웃어대고, 알아듣지도 못한 화제에서 달아나지도 못해 어떻게든 말을 돌려보려 안달이 나 있는 것은 아닌지.

자동차들이 울려대는 경적 소리가 고막을 때린다. 신경질적으로 보이는 운전자가 창문 밖으로 고개를 내밀더니 고함을 질러댄다. 앞차 운전석을 바라보니 운전자가 내비게이션을 만지고 있다. 뒤차는 신경도 안 쓰고 천천히 조작을 마치더니 차를 출발시킨다. 횡단보도에는 아무도 지나가는 사람이 없었지만, 신호등에는 아직 앞으로 걸어 나가는 사람의 검은 실루엣이 초록불과 함께 선명하다. 횡단보도를 건너려는 사람이 허섭지섭 달려왔지만 이미 질주를 시작한 자동차들의 사이를 뚫고 지나갈 수는 없었다. 우물쭈물하는 사이 신호등이 빨간 불로 바뀌고, 그는 욕지거리를 내뱉었다.

문득 정신을 차리고 보니, 바로 옆에서 악을 쓰는 것처럼 커다란 목소리가 들려온다. 나는 귀를 막고 옆을 바라본다. 남자 하나가 휴대폰에 대고 고래고래 소리를 질러대고 있다. 옆에서 역시 통화를 하고 있던 여자가 불쾌한 듯 얼굴을 찌푸리더니 쏜살같이 남자에게서 멀어져 간다. 그런데 여자가 지나가자 길을 가고 있던 사람들의 표정도 불쾌한 것을 보기라도 한 듯한 얼굴로 변해간다. 나는 남자의 통화가 끝났음을 깨닫고 귀에서 살며시 손가락을 뺐지만, 곧 다시 집어넣는다. 남자의 휴대폰이 내는 착신음 소리가 또 한바탕의 소음을 예감케 했기 때문이다. 나는 자동차의 경적 소리와 상점에서 들려오는 시끄러운 음악 소리, 지나가는 사람들이 낀 이어폰에서 새어나오는 소리, 남자의 목소리, 소리, 소리, 그 모든 소리로부터 도망치듯 귀를 꼭 막는다.

거참, 오늘 따라 하늘은 맑고 깨끗한데 말이야, 나는 중얼거린다.

때마침 버스가 와서 멈춰 선다. 나는 달아나듯 서둘러 버스에 올라탄다. 교통카드를 사용하는 대신 지갑에서 돈을 꺼내든다. 잘그락잘그락, 지폐와 동전이 한데 엉켜 떨어지는 소리가 왠지 좋다. 빈 좌석에 가 앉으려고 했더니, 앉기도 전에 버스가 출발해 버린다. 덕분에 잠시 휘청거렸지만 가까스로 균형을 잡고 착석하는 데 성공한다. 왠지 씁쓸한 기분이 든다.

버스는 이따금씩 경적을 울려가며 도로를 내달린다. 나는 턱을 괴고 무심히 창 밖을 내다본다. 쌩쌩 지나가는, 알록달록한 풍경들. 그러나 거기에 녹색 풍경은 없다. 보이느니 빨간색이며 파란색이며 화려한 색깔들과 거무튀튀하고 불쾌한 색깔들—이를 테면 도로의 검은색이라든가 건물의 회색이라든가 하는 것들—뿐이다. 전부 인간이 만들어낸 색깔. 나는 눈을 감아 버렸다. 그리고 한숨을 푹 내쉰다. 요즘에는 외출하기가 더 싫어진단 말이야, 나는 중얼거린다.

살며시 눈을 뜨고, 버스 안을 둘러본다. 아까 버스 정류장에서 본 것과 다를 바 없는 풍경들이 여기에도 펼쳐지고 있다. 휴대폰에 대고 킬킬 웃어 대는 사람, 귀에 이어폰을 낀 채 왁자지껄 떠들어대는 한 무리의 고등학생들, 나지막이 욕설을 내뱉는 버스 기사. 나는 귀를 막는데도 슬슬 지쳐서 또다시 답답한 한숨만 내쉰다.

　나는 좌석에 최대한 편안히 몸을 묻고, 참을성 있게 기다린다. 그러나 역시 기다리는 시간은 빨리 오지 않는 걸까. 힘겨운 두통을 참아내며 느릿느릿 달리는 버스를 원망한다. 마음만 같아서는 순간이동이라도 했으면 싶지만, 물론 현실은 그렇게 만만치 않다. 버스는 느릿느릿하기만 하고, 나의 짜증은 점점 더해만 간다. 그렇게 조금만 더 있으면 미칠 것 같다고 생각했을 때, 다행스럽게도 버스 안에 탄 사람들이 갑자기 우르르 내리더니 버스가 시가지를 벗어나 도시 외곽 지역으로 향하기 시작한다. 나는 겨우 한시름을 놓았지만, 왠지 조금 서글퍼진다.

　내가 지금 뭐하는 걸까.

　정말, 내가 지금 뭐하는 걸까. 나는 창 밖을 바라보며 벌써 몇 번째인지도 모를 한숨을 내쉰다. 버스는 도시를 벗어나 눈에 띄게 한산해진 풍경을 달린다. 지나다니는 자동차가 줄어들고 시끌벅적하던 소음도 가라앉자 두통도 차차 사라져 간다. 그러나 마음속에 낀 먹구름은 여전히 걷힐 생각을 않는다. 당연하다. 그것은 결코 내 마음을 떠나지 않는다. 그것은 내가 몇 년 전부터 키워 온 먹구름이니까. 사라지기는커녕 지금도 차근차근 내 온몸을 먹을 기세로 자라나고 있는 중이다. 나는 다시 한 번, 답답함에 한숨을 쉰다. 그러나, 아니 역시나라고 할까, 마음은 전혀 개운해지질 않는다.

　"무슨 한숨을 그렇게 쉬십니까?"

　문득 버스 기사가 물어온다. 버스 안은 한적해서 이제 나와 버스 기사밖에 남아 있지 않다. 버스 기사가 백미러로 나를 힐끗 쳐다보는 것이 보인다. 아마도 아까부터 계속 한숨만 쉬어대는 내가 신경 쓰였나 보다. 나는 대충 대답한다.

　"요새 세상 참 살기 힘듭니다그려……."

　그 말에 버스 기사가 뭔가 거북한 듯이, 잠시 입을 다문다. 그러나 곧 화제를 바꾸어 다시 말을 걸어온다.

“어디까지 가십니까?”

“앞으로 세 정거장이면 내립니다.”

나는 일부러 목적지가 아니라 남은 정거장 수를 댄다. 내려야 할 곳에 도착해서도 대화가 끊기지 않아 어색해지는 상황에는 처하고 싶지 않다. 버스 기사가 뭔가 알아들었다는 듯 고개를 끄덕이며 물어온다.

“아, 중앙 통제 시설로 가시는군요?”

나는 고개를 살짝 끄덕인다. 역시 이 주변에서는 그곳이 가장 유명한가 보다. 버스 기사는 뭔가 알았다는 듯이 연신 고개를 끄덕이며 말을 잇는다.

“아, 어쩐지 교수님 같은 분위기가 나신다 했더니, 연구자십니까? 그나저나 역시 ‘그건’ 소문만이 아니었군요? 저는 이런 시골에 그런 걸 만든다니 아무리 진짜라는 말을 들어도 도무지 믿기지가 않았거든요. 한데 시설은 일반인들에게도 공개되어 있는 터라 구경을 가보면 진짜인지 아닌지 곧바로 알 수 있는 모양이고, 저는 어쩐지 무서워서 직접 확인해 보지는 못하고 풍문으로만 들었지만……..”

나는 왠지 아까부터 횡설수설하고 있는 버스 기사에게 고개만 살짝 끄덕여 주고 있다. 달리 할 말은 생각나지 않는다. 나는 지금 바로 그곳으로 가는 중인 것이다. ‘저도 그게 사실인지 아닌지 의심스러워서 직접 확인하러 가는 길입니다’ 라고 맞장구칠 수도 없는 노릇이다. 그 소문은 이미 소문이 아닌, 진실이니까. 많은 사람들이 이미 그 사실을 확인했고, 나도 그들 중 하나다. 그걸 이제 와서 부정할 필요가 뭐 있겠는가. 지금은 다만 입을 다물고 이 버스 기사의 수다를 꿋꿋이 들어줄 수밖에.

“그나저나, 그렇다면, 역시 그런 건가요.”

갑자기 백미러에 비친 버스 기사의 눈이 먼 곳을 보는 듯하다. 나는 조금 의아하게 그를 바라본다. 아직은 젊은 이 버스 기사는, 처음 인상과는 달리 의외로 속이 깊은 사람인 걸까. 아니면 치열한 도시의 포장도로를 벗어나 시골의 한적한 도로 위를 달리다 보니 문득 감상이 든 것뿐일까.

"그렇다면, 역시, 저희들은……."

버스 기사는 그 뒤로 아무 말도 하지 않는다. 나 역시, 이제까지 닫고 있던 입을 더 세게 다무는 것 외에 달리 도리가 없다. 그 뒤의 말은 듣고 싶지도 않고, 듣지 않아도 안다. 버스는 조용히, 인적이 드문 도로를 달린다. 침묵만이 버스 안을 채운다. 버스가 목적지에 다다르자, 나는 벨을 누르고 버스에서 내린다. 문득 막 출발하는 버스의 창문 너머로 버스 기사와 눈이 마주친다. 나는 그 눈이 조금 공포에 젖은 것을 알아차린다. 버스는 점점 속도를 높여 떠나간다. 나는 그 뒷모습을 가만히 바라보고 있다. 버스가 뿜어낸 매캐한 배기가스처럼 먹구름이 잔뜩 낀 마음속이 다시금 답답해져 온다. 나는 주위에 펼쳐진 시골 풍경을 본다. 애써 숨을 깊이 들이마신다. 그리고 하늘을 올려다본다. 시간이 지나 해도 어느 정도 저물었는지 하늘은 약간 어두운 빛을 띠고 있다. 하지만.

거참, 오늘 따라 하늘도 맑고 깨끗한데 말이야, 나는 중얼거린다.

2

나는 목적지를 향해 천천히 걷는다. 내 눈앞에는 넓게 펼쳐신 논밭과 그 사이를 가로지르듯 쭉 뻗은 비포장도로가 자리 잡고 있다. 저 멀리 지평선이 보이고, 그 위로는 맑디맑은, 구름 한 점 없는 파아란 하늘이 눈을 깨끗이 씻어준다. 나는 발밑에 부서지는 흙 알갱이 소리를 들으며 비포장도로를 걸어간다. 지평선 너머에서 불어오는 바람이 논밭의 풀들을 눕히며 다가와 얼굴을 간질인다. 나는 잠시 걸음을 멈추고 그 시원한 감촉을 즐긴다.

나는, 어쩐지 바람이 나를 관통해 지나가는 듯이 느낀다. 그것은 분명, 매우 기분 좋은 일이다. 하지만 곧, 다른 쪽으로 생각이 미친다. 인간이라는 존재는 분명, 자연에 비하면 한없이 유한한 존재일 터이다. 나는 그만 어깨에서 힘이 쭉 빠지며, 낙담해 버린다.

나는 지평선 너머를 가만히 노려본다.

내가 이런 쓸데없는 생각을 하는 것도, 분명 저 너머에 있는 그것 탓일 거다.

나는 다시금 발걸음을 재촉한다. 어쩐지 주위 풍경에 대한 감회가 뚝 떨어진 것 같다. 어쩐지 그것들이 옛날 영화에 나오는 지루한 장면들만큼이나 시시해 보인다. 나는 그런 내가 싫어진다.

세상은 점점 더 엉망이 되어간다. 핵 반대를 외치는 사람들의 자식들이 스마트폰을 사달라고 그 부모를 졸라대고, 인간 복제에 대해 우려를 표하던 사람들이 놀라운 기능을 가진 차의 등장에는 흥분해서 날뛴다. 그들은, 그들이 믿는 기술이라는 것들의 본질은 모두 같다는 것을 알아차리지 못한다. 그들은, 그들이 희희낙락하며 산 믹서기가 과일과 함께 그들 자신의 손가락까지도 갈아놓을 수 있다는 사실을 깨닫지 못한다. 그들은, 그들이 희희낙락하며 이어폰에서 들려오는 음악을 듣는 동안, 그들 자신의 교통사고 사망률이 쉴 새 없이 높아지고 있다는 것을 깨닫지 못한다. 그들은, 그들이 희희낙락하며 차에 달아놓은 에어백이 정작 중요한 순간에는 작동하지 않아 자신들의 목숨을 앗아갈 것이라는 사실을 깨닫지 못한다. 설사 그것의 대가가 손가락 하나에 그친다고 한들, 그들이 '뭐, 이 정도야, 다음부터 조심하면 되지' 하며 웃을 수 있겠는가. 손가락 하나조차도 그리 소중한 사람들인데, 만약 기술이라는 것이 명백히 말해 손가락보다 더 큰 것을 요구한다는 것이 밝혀진다면, 그때도 그들은 지금처럼 태연히 휴대폰을 쓰고 자동차를 타고 믹서기에 과일을 갈고 할 수 있겠는가.

그러나 실상 우리가 그것을 진정으로 깨닫는 데까지는 너무나도 오랜 시간이 필요할는지도 모른다. 또한 그때까지 어떤 희생이 필요할는지도 모른다.

그리고 우리가 그러한 것들을 모르고 있다는 증거는, 바로 저기 있다.

나는 눈살을 찌푸리며, 내 눈앞에 펼쳐진 지평선을, 강한 눈빛으로 응시한다.

해가 나의 길을 안내하듯 서서히, 아주 천천히 지평선 쪽으로 넘어가고 있다. 나는 해를 따라 달려가기 시작한다. 나는 이곳이, 눈앞에 펼쳐진 논밭이, 살며시 흔들리고 있는 풀들의 풍경이, 어둠에 휩싸여 가는 것을 용서할 수 없다. 또한 해가 넘어가는 저 지평선 너머가 빛에 휩싸이는 것도 용서할 수 없다.

그래서 나는 달려간다.

늦기 전에, 해가 완전히 지기 전에.

저 해를 억지로라도 잡아, 끌어오기라도 할 듯이.

3

그는 초조해 하고 있었다.

그는 인적도 없는 어두운 골목을 달려 나가고 있었다. 골목 양옆에는 기하학직인 무늬로 외벽이 장식된, 높다란 건물들이 잇따라 술술이 서 있다.

그러나 사실, 그 건물들의 외벽을 장식하고 있는 것은 단순한 무늬가 아니다. 그것은 일종의 '전선(電線)'이었다. 건물의 주요 기관들을 향해 각각 뻗어나가고 있는 그것들은, 건물 내부의 온도, 습도는 물론 건물 내에서 일어나고 있는 일과 건물 자체의 강도에 이르기까지 그 건물의 주요 정보들을 확인하고 관리하기 위한 것들이다. 그리고 그러한 것들이, 이 골목을 포함해 도시 전체를 뒤덮고 있는 것이다.

그렇다. 이곳은 이른바 실험도시라는 곳이다.

건물의, 아니 나아가서는 그 도시 전체의 정보를 기계가 알아서 처리하는 실험. 이곳은 그러한 실험의 첫 번째 도입지다. 중앙 통제 시설. 그것이 이 도시를 지배하고 있는 거대한 기관의 이름이다. 한 마디로 말해, 아니 까놓고 말해 이 도시는, 그 시설 없이는 살아갈 수 없는 처지에 놓여 있다. 그 한 마디로 이 도시에 대한 설명은 끝난다. 이 도시에서 일어나는 일은 전부 그 시설에 보고되고, 또 그 시설의 통제를 받게 되어 있으니까. 그러니 이 도시엔, 정말로 그것 외엔 아무것도 없는 것이다. 아무것도, 아무것도, 아무것도─말이다. 도시의 모든 기능을 제어하는 하나의 거대한 기관─컴퓨터라고 해도 문제는 없을 것이다─만이 이 도시의 전부다. 줄줄이 늘어선 건물들에 대한 장대한 설명도, 계획이 실현되기까지 걸린 기나긴 세월도 사족에 불과하다. 결국 할 말은 한 마디다. 이 도시에 대해 설명해 주세요, 하고 누군가가 요청한다면, 우리는 앵무새처럼 같은 말을 반복할 수밖에 없다.

중앙 통제 시설─그 거대한 컴퓨터─에 지배받는 도시입니다, 하고 말이다.

그런 매우 독특하고 희귀한 도시에는 지금, 기록적인, 아니 그야말로 말 그대로 폭력(暴力)적인, 폭우(暴雨)가 내리고 있다. 그것이 의미하는 바는 명백하다.

폭우 속을 뚫으며 힘겹게 달려나가고 있는 이 청년도 그 의미를 알고 있었다. 아니, 알고 있기에 이렇게 필사적으로 달려 나가고 있는 것이다. 벌써 발목까지 차오른 물이 그의 진로를 방해하고 있지만 그는 그런 것에까지 일일이 신경 쓰고 있을 여유가 없다. 다만 억지로라도 삐걱대는 다리를 움직일 뿐이다. 다리와 마찬가지로 그의 폐도 한계에 달했음을 호소하고 있지만, 역시 신경 쓸 겨를은 없다. 그는 이를 앙다문다.

제길─.

그는 생각한다.

오늘 아침까지만 해도 멀쩡하던 하늘이, 갑자기 역사상 유례없을 폭우를 쏟아낸다는 게, 말이 돼?

그는 지금과는 완전히 딴판이었던 낮 시간을 떠올린다. 생각하면 할수록 더 믿어지지 않을 만큼 평온한 시간이었다. 지금 그의 발목에 느껴지는 이 차가운 감각마저도 부정하고 싶어질 만큼, 평온했던 시간.

4

그에게 첫 번째 징조를 느끼게 해준 사람은, 여자 친구였다.

그는 아무 음식점에나 들어가 늦은 점심 식사를 하고 있었다. 빈말로라도 깨끗하다곤 할 수 없는 곳이었지만, 그는 전혀 개의치 않았다. 어차피 그에겐 고급 레스토랑에 갈 돈도 없거니와, 그런 곳을 찾아갈 시간도 없다. 지금도 맛대가리 없는 음식을 허겁지겁 급하게 해치우고 있는 참이다. 그만큼 그는 시간에, 또 일에 쫓기고 있었다. 아침에만 해도 벌써 세 건을 처리했다. 게다가 앞으로도 여섯 건— 어쩌면 그 이상—의 일이 기다리고 있다.

그의 직업은, 쉽게 말하자면, '수리공'이다.

하시만 그것은 정말로 '쉽게 말해서' 그렇다는 얘기고, 실제로 그가 하는 일은 그리 간단치 않다. 그것은 고도의 전문성과 폭넓은 지식을 요구하는 일이었다. 그가 하는 일이라는 건, 역시나, 쉽게 말해서의 이야기지만—. 중앙 통제 시설로부터 뻗어 나온 '전선'들의 관리 및 수리였다.

관리 및 수리라고는 해도 대개는 수리 쪽이지만, 말이다.

그는 점심을 다 먹고 숟가락을 내려놓은 뒤, 자리에서 일어섰다. 테이블 위에 돈을 올려놓고는 밖으로 나왔다. 문을 나서는 그의 등 뒤로 종업원이 투덜대는 소리가 들린 것도 같지만 신경 쓰지 않았다. 그에게는 계산대에

서서 종업원이 오는 것을 기다리는 것조차 시간 낭비다. 그는 식당 주차장에 주차되어 있는 자가용에 올라탔다.

자, 어디부터 갈까. 그는 조수석 앞쪽에 넣어두었던 지도를 꺼내 쫙 펼쳤다. 빨간 동그라미 표시 아홉 개가 눈에 들어온다. 그 중 세 개의 동그라미 위에는 가위 표시가 덧그려져 있다. 이 세 곳은 이미 끝마친 곳이다. 그는 동그라미 여섯 개를 물끄러미 바라봤다. 그리고는 동그라미 여섯 개를 전부 거치면서도 길이가 가장 짧은, 이른바 최단 경로를 머릿속에 그려본다. 그리 오래 걸리는 작업은 아니었다. 그는 주머니에서 차 키를 꺼내 차에 시동을 걸려 했다.

갑자기 그의 휴대폰이 울리기 시작한 건, 그때였다.

그는 살짝 얼굴을 찌푸렸다. 일이 늘어난 것이라 생각한 것이다. 차 키를 꽂아 넣은 채 핸들에서 손을 떼고 주머니에서 휴대폰을 꺼내든다. 흘끔 화면을 쳐다보니 여자 친구의 전화번호가 눈에 들어왔다. 그는 몸에서 힘을 빼고, 통화 버튼을 눌렀다.

"여보세요."

"자기, 뭐해?"

여자 친구 특유의 나긋나긋한 목소리가 귀에 닿는다. 그는 살짝 미소를 짓는다.

"일."

"어머, 방해했어?"

"아니, 괜찮아. 지금은 막 이동하려던 참이야. 왜?"

"아니, 별일은 아닌데……. 그냥 목소리라도 들을까 해서……."

그는 망설이는 듯한 목소리를 듣고, 더욱 깊이 미소를 지었다. 그녀는 그의 일을 방해하는 것을 피하려고 늘 노력해 왔다. 그가 하는 일이 매우 바쁜 일인 탓도 있지만, 그보다는 그녀가 그의 일을 너무나도 동경하는 이유가 컸다. 그녀는 도저히 기계에 의해 관리되는 도시의 시민 같지 않은 사람이었다. 이어폰을 끼고 길거리를 걷는 것조차도 무서워하는 사람이었다. 그런 그녀에게, 전선을 만지는 일을 하는 그는, 어쩌면 구원자쯤으로 보일지도 모를 일이다. 아마 지금 전화를 걸어온 것도 뭔가 불안한 일이 있어서일 것이다. 그녀는, 그것이 기계에 관계된 일이든 아니든 간에, 뭔가 불안한 일이 생기면 그에게 먼저 물어보는 경향이 있었다. 이미 결혼을 하지 않았다는 사실이 의아할 만큼 그에게 의지하는 모양새다. 이 역시 기계를 잘 다루는 사람에 대한 동경일까. 뭐, 사실 어느 쪽이든 그는 전혀 신경 쓰지 않지만 말이다. 그 자신이 손해보고 있다는 느낌도 없다. 어쨌든 이 무뚝뚝한 남자를 웃게 만들었다는 데서부터 이 여자는, 자신이 생각하는 것보다 훨씬 대단한 사람이니까 말이다.

"점심은?"

"먹었어. 자기는?"

"나도. 평소처럼 아무데나 들어가서 먹었는데 맛은 형편없더라. 맛집 같은 거라도 몇 개 알아둘 걸 그랬나?"

그는 좌석에 편안히 몸을 묻으며 아무래도 상관없는 얘기들을 하기 시작했다. 사실, 맛집 얘기는 거짓말이다. 그럴 수 있을 것 같으면 벌써 했을 것이나. 잊고 있을지 모르시만, 원래 그는 이렇게 그녀와 쓸데없는 잡담이나 나눌 만큼 시간이 남는 사람이 아니다. 그럼에도 그가 이렇게 보통 사람이 보기에도 '별 의미 없어 보이는' 시간을 보내고 있는 것은, 역시 여자친구의 힘이랄까.

그와 그녀는 잠시 동안 쓸데없는 이야기들을, 무의미하지만 무의미하지만은 않게 나누었다. 두 사람 모두 천박하게 깔깔 웃거나 하는 일은 없었지만, 그의 얼굴에는 시종일관 미소가 떠나지 않았다. 확신히 알 수는 없지만, 아마 수화기 저편에 있는 그녀의 표정도 비슷하지 않을까. 자동차

안을 채운 평온한 침묵 속을 나직한 목소리가 헤엄친다. 그는 춘곤증과도 비슷한, 정신이 살짝 멀어지는 듯한 느낌이 들었다. 잠깐 동안의 소중한 휴식.

그때였다.

여자 친구가 화제를 바꾼 것은.

첫 번째 '징조'였다.

"그런데."

그녀가 문득 생각난 듯이 말했다. 그는 어쩐지 잠이 확 깨는 듯한 느낌을 받았다. 지금부터 나올 말이 무엇이든 간에 기분 좋은 것은 아닐 거란 직감이 들었다. 그는 갑자기 생겨난 불안감을 억누르며 그녀의 말을 기다렸다.

"혹시 오늘 비 온다는 소리 들었어?"

비? 그는 멍청하게 되물었다. 그녀는 응, 하고 말하고는 계속해서 말을 이었다.

"아까부터 빗방울이 조금씩 떨어지는데. 점점 거세지는 것 같아."

그는 자동차 창문을 열고 고개를 내밀어 하늘을 쳐다봤다. 분명 먹구름이 짙게 끼어 있기는 하다. 하지만 아직 비가 내리고 있는 것 같아 보이지도 않는다.

"이쪽은 안 내리는데. 그리고 일기예보에서도 들은 적 없고."

"그래?"

수화기 너머로 그녀가 고개를 갸웃하는 게 느껴진 것 같다.

"아니, 뭐 이쪽에만 국지적으로 내리는 걸 수도 있고. 너무 신경 쓰지 마. 그나저나 시간을 너무 빼앗았네. 자기도 이제 일해야 되지?"

"아니, 뭐, 그렇게 급하진 않은데."

그는 힐끔 손목시계로 눈을 돌리며 말했다. 이것도 거짓말이었다. 정직하게는 벌써 평소보다 시간이 많이 지났다. 하지만 아무리 그라도 그가 먼저 여자 친구한테 '응, 그래, 나중에' 하고 전화를 끊을 만큼의 냉정함은 없었다. 그건 그의 여자 친구도 잘 알고 있는 사실이리라.

"그래도 시간을 너무 뺏은 건 사실이야. 이제 그만 끊을게. 나중에 봐."

"응, 알았어. 나중에 봐."

뚝 하는 소리를 내며 통화가 끊겼다. 그는 휴대폰을 주머니에 넣고 잠시 동안 멍하니 앞을 바라보고 있었다. 그리고 여전히 멍한 상태로 꽂혀 있는 차 키를 돌려 시동을 건다. 핸들을 꼭 쥔 채, 중얼거린다.

비, 라……

그러다가 퍼뜩 정신을 차린 듯 허둥지둥 차를 출발시켜 다른 차들 사이를 누비며 매끄럽게 나아간다. 그의 차에 내비게이션은 달려 있지 않다. 직업상 이리저리 이동할 일이 많은 탓에 이 도시 도로망은 전부 파악하고 있기 때문이다. 지도를 보는 것만으로도 길을 잃을 일은 없다.

그는 다시 자신의 일터로 돌아간다. 그의 가슴을 스쳤던 일말의 불안감도 이미 사라지고 없었다. 남은 것이라고는 하늘에 잔뜩 끼어 있는 먹구름이 전부다. 그것들이 빠르게 움직이며 그의 차를 쫓아간다. 그의 차는 그것들을 뿌리치듯 더욱 속도를 높인다. 배기구에서 나온 회색 배기가스가 흩어지며 하늘로 올라간다.

5

그에게 두 번째 '징조'를 느끼게 한 사람은 그의 동료였다.

그가 첫 번째 일터에 도착했을 때는 이미 오후 2시였다. 첫 번째 일터는 어떤 한 고층 빌딩이었다. 오후 2시라고 하면, 하늘이 아직도 거무죽죽한 탓에 실감은 줄었지만, 원래라면 햇볕이 쨍쨍 내리쬐고 있을 시간이다. 그에게 그것은 일이 늦어졌다는 것을 의미하기도 한다. 여자 친구와의 통화 때문만은 아니다. 그보다는 오는 길에 도로가 막힌 탓이었다. 하여튼 그에게는 여러모로 짜증나는 일임이 틀림없다.

그는 차에서 내려 빌딩 주위를 돌며 재빨리 고장을 일으킨 전선을 찾기 시작했다. 당연하지만, 이런 일은 전문가 아니면 문외한, 이런 이분법적인 사고가 적용되는 전문적인 일이기 때문에 고장을 일으키는 전선이 어느 건물에 있는지는 알아도 그 전선이 정확히 어디 있는지는 전문가가 직접 찾아야 하는 경우가 다반사다. 그러니 건물 외벽을 돌며 고장을 일으킨 전선을 찾는 것도 그가 해야 하는 일이다.

하지만 이번에는, 찾는 것 자체는 그리 어렵지 않았다.

전선이 고장을 일으킨 이유도 단순했다. 교통사고가 나서 차량이 건물 외벽을 들이받았는지 바닥에 바퀴가 있던 곳을 나타내는 하얀 선이 그어져 있고 건물 벽이 심각하게 손상되어 있었다. 이러면 당연히 전선도 무사할 리가 없다. 그는 짜증스레 머리를 벅벅 긁었다. 전선을 수리하는 것이 짜증난다거나 하는 것이 아니다. 그건 매번 하는 일이니 특별히 짜증낼 일도 아니다. 그가 짜증을 내고 있는 건, 이곳이 '사고 현장' 이라는 점이다. 주위에 금줄이 쳐져 있거나 하는 것은 아니지만, 여긴 분명 '교통사고 현장' 이 아닌가. 이런 곳을 멋대로 손댔다가 나중에 '범죄 현장 보존' 같은 소릴 하면 여러모로 곤란하다. 사실 그도 이런 곳에 손을 대는 게 법에 어긋나는지 어떤지는 잘 모른다. 그는 법 전문가가 아니다. 그는 공학자다. 그가 망설이는 것은 다만, '혹시나' 의 문제다. 이런 걸 만졌다가 '혹시라도' 잡혀가면 어쩌지, 하는 문제다. 하지만 그 정도의 불안마저도, 늘 완벽을 추구하는 이 남자의 행동을 멈추기에는 충분했다.

제길, 오늘은 내내 꼬이기만 하는군.

그는 초조함을 억누르며 중얼거렸다. 그에게 오늘은 정말 마(魔) 라도

긴 날 같았다. 그걸 방해라고 하자니 조금 미안하지만 여자 친구와 통화도 길게 했고, 오는 길에 한바탕 교통정체도 겪었다. 게다가 이제는 일터에 와서도 이 꼴이다. 그는 짜증스럽게 휴대폰을 꺼내들었다. 그때, 등 뒤에서 누군가가 말을 걸어왔다.

"여어, 일은 잘 돼 가나?"

그는 속으로 살았다, 생각하면서 뒤를 돌아보았다. 그가 돌아본 곳에는, 눈 밑이 조금 거무죽죽한, 장신의 남자가 서 있었다. 그 남자는, 그에게는 동료이자 일 경험으로나 인생 경험으로나 선배인 사람이었다. 한 마디로, 드물게도 그가 의지할 수 있을 만한 사람이다. 이런 곳에서, 이런 타이밍에 그런 사람을 만났다는 것은, 오늘 하루 종일 되는 일 하나 없던 그에게는 정말이지 뜻밖에 찾아온 행운이라고 할 만하다.

"형."

그는 일부러 살짝 애처로운 목소리를 섞어 말했다. 딱히 상대의 동정을 사겠다는 의미는 아니다. 그저 곤란한 상황에 처해 있음을 알리기 위한 것일 뿐이다. 남자 쪽도 그런 뜻을 알아차리고 이리로 다가왔다.

"그래, 뭐가 문제냐?"

그의 곁에 다가온 남자는 주위를 대강 훑어보더니 알았다는 듯 고개를 끄덕였다.

"아, 이걸 고쳐도 되는지 고민하고 있었냐?"

그는 고개를 끄덕였다. 남자는 별로 생각해 보는 기색도 없이 말한다.

"그럼 그냥 고쳐버려. 나중에 문제가 생겨도 그게 너한테 오지는 않을 거다. 아마 우리같이 직접 뛰는 사람들보다는 좀 더 행정 쪽에서 일하는 사람 쪽에 항의가 들어가겠지. 그리고 솔직히, 금줄도 안 쳐 놨는데 문제가 될지조치 의심스러워. 그냥 후딱 헤치워버려."

그는 고개를 연신 끄덕이고 벽 근처에 쪼그려 앉아 전선을 고치기 시작한다. 남자도 옆에서 돕기 시작한다. 사실 이 정도 일이라면 두 사람이 달라붙어 할 만한 것도 아니지만, 그도 남자도 아무 말 없이 작업을 계속한다. 두 사람 사이에 침묵이 내려앉는다.

"그러고 보니 형."

그가 먼저 침묵을 깨고 말을 걸었다. 남자는 손을 멈추지 않은 채 대답한다.

"왜?"

"형이나 저는 같은 일을 하잖아요? 근데 어떻게 같은 시간대에 같은 곳에 와 있을 수가 있죠? 같은 곳에는 같은 사람을 보내는 게 효율적이잖아요?"

그는 특히나 '효율적'이라는 것을 강조하면서 말했다. 남자는 살짝 미소를 띤다. 그가 '효율적'이라는 말을 강조하는 것을 알아차려서일까, 아니면 다른 이유일까. 그는 영차, 하며 앉은 자세를 조금 바꾼 뒤 대답했다.

"그야, 나는 지금 여기 온 게 아니니까. 난 한참 전에 와서 지금까지 작업했다. 원, 뭔 놈의 문제가 그리 많은지. 한쪽 전선은 물에 잠겨 있지, 다른 쪽 전선은 끊어졌지, 죽는 줄 알았다."

"점심은 드셨어요?"

이 남자가 그렇게 애를 먹을 정도면 정말 일이 크긴 컸나 보구나, 하고 생각하며 그는 물었다. 남자는 얼굴을 조금 찌푸리더니 고개를 저으며 말했다.

"아니, 아직 못 먹었다. 사실 지금 막 먹으러 가던 참에 널 만난 거야. 먹을 시간이 한참 지나선지 이젠 배도 안 고프다."

"이거, 죄송한데요."

"괜찮아, 인마. 그냥 나중에 자판기 커피나 사줘."

남자는 곧 전선을 고치는 걸 마치고 허리를 툭툭 두드리며 일어섰다. 그도 곧 작업을 마치고 일어서서 주위를 둘러봤다. 그리곤 뭔가를 발견했는지 손가락으로 한 곳을 가리켰다.

"저기 자판기 있네요. 마시러 가죠."

"좋지."

남자는 느긋하게 말했다.

"나도 마침 쉬고 싶었고 말이야."

6

그와 남자는 자판기 옆 벽에 등을 기대고 천천히 음료를 마시고 있었다. 그는 율무차, 남자는 커피다. 보통의 그라면 이런 시간조차 아까워했을 것이다. 게다가 오늘은 여러 가지 일이 겹쳐 시간도 늦어진 터라 더 그랬을 것이다. 그럼에도 그가 이렇게 느긋이 있을 수 있는 것은, 물론 둘이서 일을 했기 때문에 일이 조금 빨리 끝난 덕도 있지만 그보다는 옆에서 커피를 홀짝이고 있는 이 남자가 그에게 있어서는 매우 드물게도 신뢰 또는 존경할 만한 인물이기 때문인 것이 크다. 그런 남자는, 커피를 한 모금 마시더니 하늘을 올려다보고 중얼거렸다.

"거참, 하늘 참 ㅓ부룩하다."

그도 율무차를 마시며 하늘을 올려다본다. 하늘을 가득 채운 검은 먹구름은 금방이라도 비를 내릴 듯하다. 그는 문득 아침에 들었던 여자 친구의 말이 떠오르면서, 또 살며시 불안감이 마음속을 스치는 것을 느꼈다. 그러나 그는 아직 그 불안감이 뭔지조차 파악하지 못한 참이었다. 그는 그 불안감을 애써 밀어냈다.

"우리는 정말 옳은 일을 하고 있을까."

갑자기 남자가 혼잣말처럼 말을 내뱉는다. 그는 의아하게 쳐다봤다.

"실험도시라. 말은 좋지. '실험'이라는 말을 쓰면 뭐든지 될 것 같지."

남자는 말을 이었다. 그는 율무차를 홀짝이며 조용히 듣고만 있었다.

"실험이라는 건 말이지, 쉽게 말해 실패할 수도 있다는 뜻인 거야. 그런데도 사람들은 왠지 멋지게 들리는 그 말에 줄줄이 낚이지. 이 도시에 사는 사람들은 죄다 그런 사람들인 거야."

남자는 커피를 홀짝 마시고, 다시 말을 이었다.

"난 말이지, 왠지 이 '실험'이 성공할 것 같지 않다. 어떤 곳이든 간에 구멍이 생길 날이 올 것 같단 말이지."

그는 잠시 뜸을 들이고, 아까까지보다 살짝 강하게 말했다.

"어쩌면 구멍은 이미 생겼는지도 모르고."

그는 아무 말도 하지 않았다. 할 말이야 있었다. 다만 말해도 말하지 않아도 아무 상관없을 것 같다는 생각이 들었을 뿐이다. 아니, 어쩌면 이 경우에 말이라는 건 사족에 불과한 것일까. 그는 다만 율무차를 조금 홀짝이고, 그것을 입 안에서 굴리는 일밖에는 할 일이 없었다. 그는, 분명 율무차일 텐데, 왜 이렇게 쓰지, 하고 생각했다. 율무차가 입에 달라붙는 듯한 느낌이 기분 나빴다.

"잘 마셨다."

남자는 할 말 다 했다는 듯이 툭 내뱉으며 종이컵을 쓰레기통에 던져 넣었다. 그러곤 다시 한 번 하늘을 올려다보았다. 그러자 그의 가슴에 또다시 영문 모를 불안감이 스쳐 지나간다.

그렇다. 두 번째 '징조'였다.

"그런데 비가 올지도 모르겠는 걸."

남자는 가볍게 말했다. 그는 고개를 갸웃했다. 어쩐지 '비가 올지도 모른다'는 사실을 부정하고 싶은 마음이 들었던 것이다. 그러나 남자 쪽은 별로 신경도 안 쓰는지 가볍게 손을 설레설레 흔들며 등을 돌리고 가버렸다. 역시나 가볍게 이런 말을 남기고.

"우산 챙겨두는 게 좋겠다."

그는 잠시 동안 노려보듯이 하늘을 올려다보고 있었다. 이윽고 남은 율무차를 모두 마시고, 종이컵을 쓰레기통에 던져 넣은 뒤, 주차시켜 놓은 차를 향해 걷기 시작했다. 불안감이 찌꺼기처럼 그의 마음에 달라붙어 있었다. 그러나 그는 굳이 우산을 준비하는 수고를 하지는 않았다. 그에게 불안감을 안겨주는 것이 꼭 비인 것만은 아니라는 걸 알고 있었기 때문이다. 그렇다면 무엇이 그에게 불안감을 안겨주고 있단 말인가. 그것을 모르는 것이 문제였다.

'어쩌면 구멍은 이미 생겼는지도 모르고.'

그는 천천히 걸음을 옮기며 남자의 말을 떠올렸다. 그리고 곧 주차해 놓은 차에 다가가 차 키를 차 문에 꽂으면서 가만히 하늘을 올려다보고는.

거참, 하늘 참 꾸무룩하다, 중얼거렸다.

7

알아차렸어야만 했다.

거기에서 알아차렸어야만 했다.

그는 차를 몰고 가고 있었다. 하늘은 이제 쏴아쏴아 소나기를 뿌려대고 있었다. 그는 한숨을 푹 쉬었다. 이렇게 급하게 오다니. 이제 그의 가슴 속을 채우고 있던 불안감은 초조함으로까지 발전해 있었다. 하지만 여전히 원인을 알 수 없는 이상, 초조한 건 초조한 대로 가만히 있을 수밖에.

역시 우산을 살 걸 그랬나.

그는 우울하게 중얼거렸다. 하지만 딱히 비에 젖는다고 곤란할 몸도 아니고, 아무것도 없는 차 안에 갑자기 뿅 하고 우산이 생길 리도 만무하다.

불평한다고 될 일도 아니거니와, 그렇다고 물론 딱히 웃을 일도 아니다.

그때, 그의 휴대폰이 울렸다.

그는 이번에야말로 깊이, 한숨을 쉬었다. 액정 화면을 바라본다. 역시, 여자 친구 번호는 아니다. 그렇다면 전화가 올 곳이야 정해져 있다. 그는 통화 버튼을 누르고 휴대폰을 귀에 갖다 댔다.

"여보세요."

"여보세요, 자넨가?"

전화기 너머로 들려오는 목소리는 분명 상사의 것이었다. 그는 또 일인가, 하고 생각했다. 그런데 곧, 가슴 속의 뭔가가 술렁이는 듯한 느낌을 받았다. 그리고 곧 그는 그 이유를 알아챘다.

상사는 당황하고 있었다.

적어도 그의 귀에는 그런 듯이 느껴졌다.

그는 애써 불안한 마음을 감추며 가볍게 대꾸했다.

"무슨 이름도 아니고 '자넨가' 이렇게 묻는다고 '네, 자넵니다' 할 사람이 있어요? 그게 무슨 신분 확인이 된다고."

"지금 농담할 때가 아니네."

상사의 그 말에, 그의 마음속에 희미하게나마 남아 있던 희망이 산산이 흩어져 날아가 버렸다. 그는 뱃속이 울렁거려 제대로 나오지도 않는 말을, 애써서, 힘겹게 내뱉었다.

"뭔데요? 일 얘긴가요? 고장 난 곳은요?"

"그래, 일 얘기일세. 고장 난 곳이 있을지 모르는 것도 맞지."

상사는 어딘가 싸구려 스릴러 영화에 나올 법한, 서투른 연기를 하는 듯한 목소리로 말했다.

"다만 문제는, 고장 날지도 모르는 곳이 중앙 통제 시설이고, 거기가 곧 산사태에 파묻힐지도 모르고, 지금부터 자네가 할 일이 바로 그걸 막는 일이란 거지."

그는 그제서야, 자신의 마음속을 메우고 있던 불안감의 정체를 알았다.

하지만 이제는 늦었다.

알아차렸어야만 했다.

거기에서 알아차렸어야만 했다.

비는, 이미, 내리고, 있다.

8

그는 발목에 자꾸만 감기는 빗물을 걷어차며, 계속해서 앞으로 달려 나갔다.

빗물은 이미 종아리까지 차올랐다. 내린 시간을 고려해 생각해 보면 쏟아지는 비의 양은 말할 것도 없이 엄청나다. 당연히 주위를 서성거리는 사람도 없다. 그의 몸도 이미 흠뻑 젖은 지 오래다. 하지만 그는 결코 달리는 걸 멈출 수 없다.

상사가 해준 이야기는 간단한 것이었다. 하지만, 그만큼 무서운 진실을 내포하고 있었다. 간단히 얘기했다는 사실은 곧 막을 수도 있었다는 의미니까. 상사는, 이렇게 말했다.

갑자기 쏟아지는 폭우로 중앙 통제 시설 주위를 둘러싼 산에서 산사태가 일어나, 중앙 통제 시설이 묻혀버릴 수도 있다, 라고. 그리고 그렇게 되기 전에 그가 산사태를 막을 조치를 취하든가, 중앙 통제 시설이 멈추지 않게 조치를 하든가 해야 한다고.

그도 물론 그런 어처구니없는 명령을 그대로 받아들인 것은 아니었다. 하지만 곧 어쩔 수가 없다는 것을 인정하고 말았다. 물론 딱히 그만이 할 수 있는 일인 것은 아니었다. 하지만, 어차피 누군가는 해야 하는 일이고,

일 분 일 초를 다투는 상황에서 더 이상 고집을 부릴 수는 없었다. 그리고 그는 결국, 자신이 중앙 통제 시설과 가장 가까이 있었다는, 어찌 보면 조금 부조리한 이유를 받아들이고, 자신이 그 일을 하겠다고 나선 것이었다.

예상은 했지만 중앙 통제 시설까지 가는 길은 상당히 험난했다. 물론 비가 많이 온다는 직접적인 이유도 있었지만 그 이상으로, 폭우에 떠내려 오는 장애물들─예를 들면 어디에서 오는지도 모를 나무판자 같은 것들─을 피하면서 나아가는 것이 더 고된 일이었다. 게다가 본래 중앙 통제 시설 주위는 다른 지역에 비해 훨씬 번화한 곳이라 장애물의 수도 더 많았다. 심지어는 장애물들이 길 전체를 가로막듯이 놓여 있어 치우고 지나가야 했던 적도 있다. 그런 이유로, 본래는 40분 정도 거리였을 길을 그는 벌써 한 시간째 달리고 있는 중이다.

그때, 방수라서 아직 작동하는지 그의 휴대전화가 울린다. 그는 달리는 걸 멈추지도 않고, 액정 화면을 확인하지도 않은 채 통화 버튼을 눌렀다.

"자기, 어딨어?"

여자 친구였다. 그러나 이번에 그는 아침에 느꼈던 안도감을 느낄 수 없었다. 마음속으로는 은근히 문제가 해결되었다는 상사의 전화이기를 바랐기 때문일 것이다. 그는 그러고 있는 사이에도 떠내려 오는 장애물들을 훌쩍 뛰어넘으며 말했다. 비가 와서 소리가 잘 안 들리는데다가 길게 말할 여유는 없어서 저도 모르게 퉁명스럽고 높은 목소리가 튀어나왔다.

"바깥에. 왜?"

여자 친구는 약간 불안한 목소리로 말했다.

"비가 이렇게 오는데? 괜찮아?"

"괜찮아."

그는 거의 소리라도 지르듯이 말했다. 지금은 다른 곳으로 돌릴 정신이 없었다. 비는 점점 더 세차게 내리고, 장애물들은 호시탐탐 그의 다리를 노리고 달려든다. 이미 무릎 바로 아래까지 찬 빗물이 엄청난 무게로 그의 발목을 잡고 있었고, 제 기능을 잃기 시작한 폐는 이제 아픔마저 호소하고 있었다.

"이 일만 마치고 돌아갈 거야."

"그치만……."

"괜찮다니까."

그는 말을 가로막듯이 소리쳤다. 이제는 비뿐만 아니라 바람까지도 그를 괴롭혀대고 있었다. 당연히 소리도 잘 안 들리는 상황이었다. 그는, 잠시 뜸을 들이고, 말했다.

"걱정 마."

그것은, 마법의 말이었다. 그녀가 그에게 매달리고 의지하고 걱정을 털어놓을 때면, 그는 항상 이렇게 말했다. 그것은, 그와 그녀만의, 마법의 말이었다. 설사 절대 해결되지 않을 문제라 할지라도, 그가 그녀에게 이렇게 말하면, 그 일은 전부 해결된 것이 되었다. 그렇다. 마법이, 그것을 해결해주는 것이다. 적어도, 그와 그녀에게만은, 그것은, 마법이었다.

"알았어."

그녀는 그래도 조금 걱정하는 목소리로 말했다.

"기다리고 있어. 일 끝나고 전화할 테니."

그는 통화를 끊고 휴대전화를 주머니에 집어넣었다. 앞만 보며 달리면서 그는 제길, 하고 내뱉었다. 이런 상황에서까지 걱정 말라는 말을 내뱉는 그 자신이, 어쩐지 굉장히 위선적으로 느껴졌다.

원래라면 벌써 도착했을 중앙 통제 시설은 아직까지도 보이지 않고 있다. 게다가 빗발은 점점 더 강해져만 간다. 그의 체력은 말할 것도 없이 이미 바닥이다. 그는 이미 달린다, 라고도 말할 수 없이, 거의 기어서 앞으로 나아가고 있다. 게다가, 중앙 통제 시설에 도착한다고 이야기가 달라질까.

그 한 사람이 산사태를 막는다는 것이 과연 가능한 일인가. 그것도 아니라면, 중앙 통제 시설이 멈추지 않게 하는 방법이란 또 무엇인가. 하지만 그는 계속 앞으로 나아갔다. 그런 수많은 부정적인 생각들을 몰아내듯이, 애써 한 걸음 한 걸음 발을 떼면서.

이유야 간단하다.

이건 우리들이 만들어 놓은 것이기 때문이다.

그렇다면 당연히, 우리들이 치워야 하는 것 아닌가.

그는 물 속에 보이지 않는 장애물에 발이 걸려 넘어질 뻔하면서도, 거의 물 속에 처박힐 뻔하면서도, 결코 멈추지 않고 묵묵히 발을 옮겼다. 이미 이것저것 생각할 정신머리는 없어진 지 오래다. 오히려 그 편이 나을 것이다. 만약 그런 정신이 남아 있었다면, 분명히 발을 멈추고 싶어졌을 거다.

가슴이 뜨겁다.

다리가 아프다.

그때, 그의 눈앞에, 상당히 눈에 익은 건물이 나타난다. 그렇다. 중앙 통제 시설이다. 다행히 아직 산사태 비슷한 것은 일어나지 않은 듯하다. 주변의 건물들도 무사하다. 하지만 안심할 수는 없다. 내리는 비의 양으로 봐선, 산이 언제 무너지더라도 이상하지 않다. 그는 구르듯이 중앙 통제 시설 건물 안으로 돌진해 들어갔다. 그리고 잠시, 어느 쪽으로 갈까를 망설인 후, 뒷문 쪽을 향해 달렸다. 우선 산의 상태를 확인해 봐야겠다고 생각한 것이다.

지금 이 순간에도 그의 가슴은 끊임없이 쿵쾅거리고 있었다. 당연하다. 자신이 언제 생매장되더라도 이상하지 않은 상황인 것이다. 이곳은 안전하지 않다는 그런 불안감을 부채질하기라도 하듯이, 중앙 통제 시설 건물 안에도 빗물이 들어와 있었다. 다행히 기계에 피해가 갈 정도는 아니지만 그의 진로를 방해할 정도는 되었다. 덕분에 겨우 뒷문까지 가는 데에도 상당한 시간이 걸렸다.

마침내 뒷문에 도착한 그는 잠시 숨을 몰아쉬면서, 문을 열었다. 그리고…….

숨을 헉, 하고 들이마셨다.

그곳에는, 산 쪽을 바라보며 등을 돌리고 서 있는, 한 노인이 있었다.

9

그는 잠시 동안, 입을 뻐끔거리면서 멍하니 노인의 등을 바라보고 있었다.

빗소리가 멀어진 듯이 느껴졌다. 그만큼 그의 혼란은 컸다. 그는 어떻게든 이 상황을 해석해 보려고 애썼다.

이 노인은 누구지? 나보다 먼저 온 연구원? 하지만 그러기엔 너무 늙었다. 그렇다면 일반인일까? 하지만 이런 날씨에, 굳이 이런 곳까지 오는 일반인이 과연 어디 있겠는가?

그때, 노인 쪽에서 먼저 그를 알아본 듯이 빙글 뒤를 돌아보았다. 그는 저도 모르게 흠칫 몸을 떨었지만, 곧 물었다.

당신은 누구시죠?

쏴아, 짐시 미 내리는 소리만이 두 사람 사이를 채운다. 그는 자신의 말이 노인에게 정확히 전달되었을지 의심했다. 하지만 곧 노인이 입을 열었다.

그냥 지나가던 늙은이라네. 너무 신경 쓰지 말게.

하지만 물론, 그는 납득할 수 없었다. 일반인이 굳이 이런 곳에 올 이유가 있을까? 그리고 그 이유가 있다면, 그것은 과연 무엇일까? 그리고, 무엇보다. 이 노인을 본 순간, 어째서 모든 것이 끝났다는 듯이 마음이 평온해진 걸까?

당연하지만 지금 이 순간에도 비는 그 기세를 더해가고 있다. 하지만 그는 어째선지 자신이 수몰당해 죽을 거라든지 생매장당할 거라든지 하는 생각이 더 이상 들지가 않았다. 당연히 이때까지 그가 느껴오던 초조감 역시 흔적도 없이 사라졌다. 그는 노인이 이곳에 있다는 사실보다도, 자신이 이토록 평온한 마음을 느끼고 있다는 그 사실에서 더욱 당혹감을 느꼈다.

이 주변 지역은……

문득 노인이 말을 꺼냈다. 이미 무릎까지 차오른 빗물은 전혀 신경 쓰지 않는 것 같은 느긋한 말투였다. 그는 어리둥절한 표정으로, 노인의 말에 귀를 기울였다.

예전부터 이렇게, 예측할 수 없는 폭우가 내리곤 하던 지역이었네.

그는 그 말에 정신이 퍼뜩 들었다. 뭐라고? 지금 이 사람은, 이 폭우가, 사실은 대비할 수 있었던 것이었다는 말을 하고 있는 건가?

노인은 그런 그의 혼란에도 아랑곳하지 않고 자신이 하고 싶은 말만 했다.

나는 옛날부터 이 지역의 날씨에 관심이 많았지. 나 외에는 아무도 관심을 가져주지 않았던 것 같긴 하지만 말이네. 하긴 누가 이런 산간벽지의 날씨 같은 것에 관심을 기울이겠나. 나 같은 괴짜나 관심을 둘 법한 일이지.

노인은 마치 혼잣말을 하듯, 자신에게 들려주듯 말을 해나갔다. 그는 빨려들듯 노인의 말에 귀를 기울였다.

그러다 나는, 발견했다네. 이 주변 지역에 내리는, 예측할 수 없는 폭우, 그것을 말이지.

노인은 잠시 말을 멈추고, 살짝 고개를 움직여 그의 뒤쪽을 바라보았다. 그도 무심코 노인을 따라 자신의 뒤쪽을 바라봤다. 당연하게도, 그곳에는 중앙 통제 시설의 건물이 서 있었다.

내가 그것을 발견한 것은.

노인은 어딘지 먼 곳을 보는 듯이 말했다.

이곳에 중앙 통제 시설이 세워진다는 소식을 들은 것과 거의 동시였네.

그 말을 들은 그는, 그제서야 납득했다.

이곳이 산사태에 파묻히지 않은 이유.

자신이 노인을 본 순간, 모든 것을 안전하다고 느꼈던 이유.

그는 노인의 얼굴을 물끄러미 바라봤다.

어딘지 곧은 심지가 느껴지는 얼굴. 강인한 얼굴. 그리고 지적으로 보이는 얼굴.

그렇다. 분명하다.

이곳은, 그가 지킨 것이다.

10

나는 숨을 헐떡이며 눈앞의 건물을 쳐다본다.

하얀 색 바탕의 건물이 눈에 들어온다.

중앙 통제 시설 건물.

나는 그 안으로 발을 들여 놓는다.

안은 꽤 널찍했고, 의외로 사람은 두지 않는 듯 휑하기만 하다. 그래도 기계를 다룰 사람 몇 명과 안내원 정도는 있는 게 좋을 텐데. 나는 처음 왔을 때도 했던 불평을 또 한다. 사실 요즘 시대에는 기계를 다룬다는 것 자체가 우스울지도 모른다. 이런 기계의 대부분은 무인이 되어가는 실정이라니까……. 하지만 아무리 그래도 안내원도 없이 일반인을 건물 안에 우두커니 세워 놓는 건 좀 너무하지 않나 싶다. 그리고, 갑자기 닥칠 위험에 대처한다는 면에서도 그렇고, 말이다. 나는 그래도 혹시나 싶은 마음에 주위를 한 번만 더 둘러보고, 어깨를 으쓱한 뒤 시설 건물 뒷문으로 향한다.

어차피 내가 관심이 있는 건 건물 내부가 아니다.

나는 바깥으로 나와 시설 건물 주위를 둘러싼 환경을 관찰한다.

시설 건물 삼면을 둘러싸듯이 위치한 산.

아마 가장 위험한 것은 이것들일 터이다. 게다가 산들에는 나무도 별로 없다. 이대로는 폭우는커녕 소나기에도 산사태가 일어날 것이다.

나는, 한숨을 폭 쉰다.

중앙 통제 시설이 위치한 이 지역은, 예전부터 예측할 수 없는 폭우가 잦던 곳이다. 아마 신문이나 뉴스에 보고된 적도 별로 없고, 가장 최근에 내린 것도 시간이 좀 된 것이라 건물을 지은 작자들이 전혀 금시초문이올시다, 하는 것도 무리는 아닐 것이다. 하지만 벌써 이곳에 산 지 이십 년이 넘은 나 같은 사람이라면 어느 정도 살짝 눈치는 채는 내용이다. 어쩌면 조금만 주의를 기울여 조사했더라면 알 수 있었던 사실인지도 모른다. 그런데도 그걸 못 알아차렸다는 말은.

우리의 '신세대' 분들은 참 성실하시군.

나는 중얼거린다. 그리고, 오늘로 몇 번째인지도 모를, 한숨을 쉰다. 그리고, 천천히 주위를 둘러보며.

그럼, 사전조사를 해보실까. 중얼거린다.

그렇다. 내가 이곳에 온 이유는 조사를 하기 위해서다. 무엇을 위한 조사인지는, 새삼 말할 것도 없다.

우리의 신세대 분들께서 만들어 놓은 이 훌, 륭, 한 건물을 덮칠 폭우를 대비하기 위한 것이다.

정확히 말해서는 산사태에 대비한다는 게 옳은 표현일지도 모른다. 아마 중앙 통제 시설의 중요한 기계들은 일반인들이 접근할 수 없게 건물 위쪽에 위치해 있을 것이다. 소 뒷걸음질치다 쥐 잡는 격으로 폭우 그 자체로 기계가 멎을 걱정은 줄어든 셈이다. 하지만 만약 건물의 세 면에 면한 이 산들이 한꺼번에 산사태를 일으킨다면 그 중요한 기계들도 한꺼번에

매장당하고 말 것이다.

솔직히 말해, 내가 이런 것에 대비할 이유는 없다.

아니, 오히려 나는 그런 일이 벌어질 것을 기대해야 할지도 모른다. 세상 사람들이 자연의 위대함을 깨닫고, 기계라는 것의 위험성을 깨닫게 할 수 있는 좋은 기회다. 내가 굳이 그것을 걷어찰 이유는, 솔직히 없을지도 모른다.

하지만.

내가 이 일을 하지 않으면 부서지는 것이 딱 하나 있다.

그것은…….

11

그는 노인을 가만히 바라보고 있었다.

노인은 아까부터 계속 하늘만을 응시하고 있다.

그는 무슨 말을 해야 할지 알 수 없었다. 과연 그가 무슨 말을 할 수 있겠는가. 고맙습니다? 생뚱맞다. 미안합니다? 무엇에 말인가. 그는, 이 노인에게, 대체 무슨 말을 해야 할는지 알 수 없었다.

그래도 무슨 말을 해야만 한다.

이 노인에게, 반드시 무슨 말이라도 해야만 한다.

그렇게 생각한 그는 떨리는 입술을 떼었다. 하지만 그가 입을 열기도 전에, 또다시 노인의 말이 그에게 날아들었다.

자네들이 사는 세상은, 어떤가?

그는 어벙하게 되물었다.

네?

자네들이 사는 세상은, 어떤가 말일세.

노인은 다시 한 번 물었다.

살 만한가?

그는 의아하게 노인을 쳐다보았다. 어느새인가 노인은 그의 눈동자를 똑바로 쳐다보고 있었다. 그 눈동자에 담긴 힘에, 그는 무심코 어깨를 부르르 떨었다. 하지만 곧 그도, 강하게, 마음을 다잡고, 말했다.

네, 살 만합니다.

그러자 노인은 희미하게 웃으며, 말했다.

그런가.

그 세상을 만드는 것도 자네들의 몫, 지키는 것도 이제는 자네들의 몫일세.

그리고, 노인은, 말 그대로 사라졌다.

그는 의외로 그리 놀라지 않는 자신을 느꼈다.

처음부터 노인이 심상치 않다는 것을 알아차려서일까. 아니면 단순히 어느 쪽이든 상관없다고 생각해서였을까.

그는 하늘을 가만히 올려다보았다.

빗방울은 점점 멎어가고 있었다.

결국 산사태는 일어나지 않았고.

이제 비도 멎어간다.

만드는 것도 우리들의 몫, 지키는 것도, '이제는' 우리들의 몫.

그는 가만히 중얼거렸다.

<h2 style="text-align:center">12</h2>

비가 그친 뒤 그는 시장으로부터 훈장을 수여받았다.

이유는 그야말로 더러운 것이었다. 산사태를 대비해 그들이 무언가를 했다는 것을 보여주지 않으면 안 되었기 때문이다. 당연히 이번 일을 교훈 삼아 중앙 통제 시설에 재해 대비 인원을 투입하는 것만으로는 충분치 않았던 것이다. 즉, 산사태는 공적으로, 그가 막은 것이 되어버린 것이다.

당연히 그도 전혀 기쁘지 않았다.

기뻐한 것은 오히려 그의 여자 친구 쪽이었다. 그녀는 그가 훈장을 수여받는 내내 기뻐서 어쩔 줄 몰라 하고 있었다. 그도 어색하게 그쪽을 보며 몇 번인가 웃어주었다. 그녀는 그때마다 사람이 어떻게 하면 그렇게 큰 웃음을 지을 수 있을까 싶을 정도로 함빡, 꽃이 피듯 웃었다. 그때마다 그는 역시나 어색하게 고개를 돌렸다.

훈장 수여가 모두 끝나고 그녀와 돌아가는 길에 그는 계속 기운이 없었다. 그녀도 그런 그의 낌새를 알아차렸는지, 도착할 때까지 내내 침묵이 둘 사이를 감쌌다. 그리고 마침내 그녀의 집에 도착해 그도 돌아갈 때가 되어서야, 그녀는 입을 열었다.

"자기."

응, 하며 고개를 들어 그녀를 바라보는 그.

"그런데 말이야, 정말 이걸로 끝난 걸까?"

그 말에, 그는 정신이 퍼뜩 드는 듯했다. 그녀는 말을 이었다.

"나 말이야……. 이번 일로 조금 불안해졌어. 우리는 정말로 안전하게 살 수 있는 걸까?"

그녀는 정말로 불안한 듯이 좌우를 살짝 둘러보며, 말했다. 그는, 번개라도 맞은 듯 꼼짝도 할 수가 없었다. 간신히 눈동자를 움직여, 그녀의 눈동자를 들여다볼 수 있을 뿐이었다.

그는 그녀의 눈동자 속의 불안감을 봄과 동시에, 어떤 목소리들을 들었다. 어째서 그 목소리들이 여기에서 들리는지는 알 수 없었다.

어떤 곳이든 간에 구멍이 생길 날이 올 것 같단 말이지.

자네들이 사는 세상은, 어떤가 말일세. 살 만한가?

그는 어쩐지, 자신이 그녀에게 답함과 동시에, 그 목소리들에도 답해야 한다고 생각했다.

물론 꼭 그이어야만 할 이유는 없었다.

하지만 그렇다고, 피할 이유도 없다. 이것은, 그를 향한, 질문이니까. 다른 이들이 아닌 자신을 향한 질문인 이상은, 자신이 답할 필요가 있다.

물론 꼭 그이어야만 할 이유는 없다.

하지만 그만은 아닐 수 있는 이유도 없다.

어쩌면 조금은 서투른 대답일지도 모른다.

그가 잘못 이해했을지도 모른다.

하지만 어쨌든 그는 이렇게 답했다.

이 앞에 펼쳐질 미래가 어떤 것이든 간에, 지금부터 그걸 만들어가는 건 우리들이라고.

오다 가다

김억

오다 가다 길에서
만난 이라고,
그저 보고 그대로
예고 말 건가.

산(山) 에는 청청(靑靑)
풀 잎사귀 푸르고,
해수(海水)는 중중(重重)
흰 거품 밀려든다.

산새는 죄죄
제 흥(興)을 노래하고
바다엔 흰 돛
옛 길을 찾노란다.

자다 깨다 꿈에서
만난 이라고
그만 잊고 그대로
갈 줄 아는가.

십 리 포구(十里浦口) 산 너머
그대 사는 곳
송이송이 살구꽃
바람에 논다.

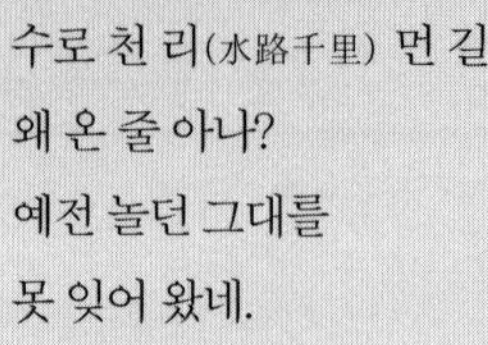

수로 천 리(水路千里) 먼 길
왜 온 줄 아나?
예전 놀던 그대를
못 잊어 왔네.

수로 천 리(水路千里) 먼 길
왜 온 줄 아나?
예전 놀던 그대를
못 잊어 왔네.

산 행

나는 헥헥 숨을 몰아쉬었다.

어느샌가 걸음이 멈추었다.

내 옆에서 걷고 있던 그도 그런 나를 알아차렸는지 멈춰 섰다.

"힘드십니까?"

역시나 요새 젊은이로서는 드물게 공손한 말투로 말을 걸어왔다. 나는 이마의 땀을 슬쩍 닦으며, 애써 괜찮다고 대답했다. 하지만 역시 속이지는 못한 모양이었다.

"저 앞쪽 바위에서 잠시 쉬죠."

청년이 그렇게 말했던 것이다. 나는 씁쓸하게 웃으며, 스스로도 어찌할 수 없을 만큼 둔한 몸을 이끌고 청년이 가리킨 바위로 향했다. 피부에 와 닿는 공기는 차갑다. 굳이 휴대폰으로 시각을 확인해 볼 필요도 없이 지금은 아직 아침일 것이다. 그 말은 산행을 시작한 지 1시간도 채 되지 않았다는 의미다. 그런데도 벌써부터 녹초가 된 심신이 서럽기만 하나.

나는 청년이 가리켰던 바위에 털썩 걸터앉으며 후, 숨을 내뱉었다. 청년도 뒤따라 와 내 옆에 앉는다. 심호흡을 해가며 애써 숨을 고르고 있는 나와는 달리 청년은 조금도 숨이 차지 않는 듯 말짱하기만 하다. 잠시 동안 후, 하, 후, 하, 하는 소리가 산에 퍼져 나간다. 청년은 내가 충분히 쉴 수 있도록 말을 걸지 않고 옆에서 가만히 침묵해 주고 있는 모양이다. 나는 서서히 제 기능을 찾아가는 폐에 시원한 공기를 한껏 들이마시며, 주위를 둘러보았다.

너무나도 당연하다는 듯이, 녹색으로 가득한 풍경이 성큼 달려든다. 하늘 높은 줄 모르고 솟은 나무들과 그런 나무들의 줄기에 낀 이끼, 무성히 자란 풀들과 선명한 녹색을 자랑하며 살랑살랑 흔들리는 나뭇잎들, 그리고 햇빛이 바닥에 만들어 놓은 얼룩무늬가 나뭇잎들의 움직임에 따라 서서히 모양을 바꾸어 가는 풍경. 나는, 바람에 희미하게 섞인 풀냄새를 느낀다. 달아올랐던 몸이 식어감에 따라, 마음도 서서히 안정을 찾아간다.

"산행을 자주 하십니까?"

청년이 묻는 말에, 나는 무심코 청년 쪽을 바라본다. 청년은 여전히 앞쪽을 바라보고 있다. 나는 네, 그럭저럭, 하고 가볍게 대답했다. 당연히 청년 쪽이 나보다 나이가 훨씬 젊지만, 서로 간에 존댓말을 쓰는 것이 그다지 어색하지는 않았다. 나는 새삼 청년을 한번 훑어보았다.

청년과 나는 오늘 아침 산행을 하다 우연히 만나 동행하게 된 사이였다. 거기에는 어떤 과장이나 생략도 없다. 우리는 그저 같은 산길을 걸어가고 있었기에 자연스레 함께하게 된, 정말이지 딱 그 정도의 사이였다. 즉, 그와 나는 심지어 친구조차도 아니라는 말이다. 아는 사이의 범주에 넣기조차도 조금은 망설여진다. 이런 것이 정말로 '우연히 만난 사이'가 아니고 무엇일까.

그러나, 나는 어째선지 그런 '우연한 인연'에, 편안함을 느끼고 있었다.

말이 없어도 불안하지 않다. 자연스럽게 상대의 걸음 속도에 맞추어 걷는다. 주위를 둘러싼, 아름다운 풍경 중 하나처럼 상대방을 인식한다. 그것은 결코 상대를 무시하는 데서 오는 감각이 아니다. 그것은 오히려 상대방의 마음을 넉넉히 헤아려 봄으로써 얻어지는 감각이다. 결코 상대를 불편하게 하는 가식을 내세우지 않는다. 그냥 서로가 편할 정도의 거리를 유지한다. 그것이 진정 서로를 배려하는 마음씨라는 것이리라.

실제로 청년과 나는 많은 이야기를 나누지도 않았다. 처음 만났을 때 나

눈 몇 마디와 방금 전의 짤막한 대화가 전부였다. 하지만 우리는 대화가 끊어졌을 때의 침묵이 불편하지 않았다. 오히려 우리는 그 침묵 속에서 상대방에 대해 더 많은 것을 이해했고, 서로의 마음속을 들여다보았다. 사람들은 흔히 말이 그 사람을 보여준다는 착각을 하곤 한다. 하지만 실은 그 반대다. 말은 언제나 마음속을 거쳐서 나오는 것이다. 그 과정에서 마음은 반드시 왜곡되게 마련이다. 심지어는 말이 마음을 표현하지 못하게 되기도 하고 말이다. 결국 말을 통해 마음을 들여다보는 것은 물에 잠긴 물고기를 보는 것과 마찬가지로 그 실상을 오해하게 만든다. 그런 면에서 나와 청년은, 끊임없이 수다를 떠는 것보다도 더욱 격렬하게 떠들어대며 산을 올라온 것이다. 물론, 그러면서도 서로는 전혀 지치지 않았고 말이다.

"왜 그러십니까?"

내가 계속 쳐다보자 청년이 이상하다는 듯 물었다. 나는 아닙니다, 하고 부드럽게 말하고 고개를 저었다. 청년도 그렇습니까, 하고 가볍게 넘겼다.

다시 침묵. 나는 푸른 하늘을 잠시 바라보았다. 어느새 해의 고도가 꽤 높아져 있었다. 나는 나뭇잎 사이로 비치는 햇살의 온기를, 착각일지도 모르지만, 느꼈다고 생각했다. 곧 바람이 살며시 불어와 그 온기를 걷어가 버렸지만, 나는 왠지 한참동안이나 온기가 남아 있는 듯 느끼고 있었다.

"자, 이세 그만 갑시다."

나는 엉덩이를 툭툭 털고 자리에서 일어나며 말했다.

"다 쉬셨습니까?"

"네, 이 정도면 충분합니다."

나는 뒷짐을 지고 먼저 걸어가기 시작했다. 청년도 일어서서 곧 뒤따라왔다. 걸어가는 길은 비교적 완만하다고 할 수 있었다. 모난 돌이 박혀 있거나 하는 일도 없이 그저 흙길이었다. 덕분에 주위 풍경을 느긋하게 감상할 여유가 있었다.

“어르신,”

청년이 날 불렀다. 나는 그쪽으로 시선을 돌리지는 않은 채 조용히 다음 말을 기다렸다.

“어르신은 이 산에 왜 오신 겁니까?”

나는 그제서야 시선을 청년에게로 돌렸다. 청년도 이쪽을 바라보고 있었다. 나는 걸음을 멈추지는 않고, 그의 눈을 바라보면서 천천히 말했다.

“노인에게는 바깥의 공기가 필요한 법이랍니다.”

틀에 박힌 듯한 말임을 나도 잘 알고 있지만, 이 말 외에 다른 말은 할 수도 없었다. 그보다도, 나는 청년이 그런 말을 하는 의도를 파악할 수 없었다. 산에 온 이유라면, 보통은 휴양, 삼림욕 등이 아니겠는가. 나는 청년에게 물었다.

“그쪽은 이 산을 오르시는 특별한 이유가 있습니까?”

나는 가벼운 마음으로 물었던 거였는데, 의외로 청년 쪽에서 입을 다물어 버리는 바람에 조금 당황스러웠다. 잠시 침묵이 흘렀다. 아무래도 청년 쪽은 입을 열 마음이 없는 듯했기에, 나도 더 이상 말하지 않았다.

아까까지와는 다르게, 침묵에 조금 불편함이 섞였다. 나는 그 불편함이 마음에 들지 않아서, 일부러 화제를 돌려 다시 말을 걸었다.

“그러고 보니, 요즘은 비가 많이 내리더니 왠지 오늘만 화창하군요. 이거, 운이 좋습니다.”

“일기예보를 확인하고 오신 게 아닙니까?”

“아, 예. 뭣하면 비를 맞을 각오도 하고 왔습니다.”

나는 등 쪽으로 손을 뻗어 배낭에서 아직 뜯지도 않은 우비 세트를 꺼내 보여 주었다. 청년이 놀란 듯한 얼굴을 하기에, 살짝 웃으며 말했다.

“비가 오는 것도 그 나름대로 재미가 있으니까 말이죠.”

“그렇군요.”

청년은 왠지 납득했다는 듯 말했다. 그리고 다시 갑자기 뭔가가 생각났다는 듯 말했다.

"아, 그런데 혹시 오늘 뉴스를 보셨나요?"

나는 약간 어리둥절해 하면서 고개를 저었다. 그러자 청년은 바지에서 휴대폰을 꺼내서 조작하더니 인터넷 뉴스를 보여주었다.

"오늘 또 연예인이 자살했다는군요."

"그렇군요. 요새는 이런 뉴스가 많네요. 세상 참 말셉니다."

나는 청년이 갑자기 그런 화제를 꺼내는 이유를 궁금하게 생각하면서도 그렇게 맞장구쳤다. 그나저나 요즘 휴대폰은 참 성능이 좋다. 산에 있는데도 인터넷이 깔끔하게 터진다니. 아니면 단순히 이곳이 산이라고는 해도 도심에서 조금 떨어진 정도이기 때문일까.

"외람된 말씀인 줄은 알지만, 어르신을 뵙고 왠지 이 뉴스가 떠올랐거든요."

나는 청년의 그 말을 듣고서야 어째서 그런 화제가 나오는지 이해했다. 그러니까 청년도 대놓고 말하지는 않았지만, 아마 나를 보고 무의식중에 죽음의 이미지를 떠올린 것이리라. 그러나 새삼 기분이 나쁘거나 하지는 않았고, 이야깃거리로도 좋을 듯해서 나도 화제에 동참했다.

"참, 연예인이라는 사람들이 자실을 하다니, 정밀 밀셉니다. 연예인들은 사람들 앞에 직접 나서는 직업인 만큼 영향력도 큰데 말입니다. 그 사람들에게는 이렇게 목숨을 끊으면 끝이라는 사고 자체가 용납되질 않습니다."

"맞는 말씀입니다."

청년은 고개를 끄덕이며 말했다. 방금 전까지는 가벼운 이야기를 하거나 아예 입을 다물고 있었는데 지금은 이렇게 무거운 이야기라니. 어쩐지 이상한 상황이었지만 나는 말을 계속 이었다.

"하지만 물론 그런 이유를 제하고라도, 자살이라는 것은 용납 받지 못할 테지만요."

　말을 뱉고 나서, 나는 청년 쪽을 바라보았다. 청년은 매우 진지하게 내 말을 듣고 있었다. 나는 청년이 동의의 말을 할 거라고 생각했지만, 예상 외로 청년은 아무 말도 하지 않고 그저 나의 말을 기다리고 있었다. 나는 약간 의아해 하면서 말을 이었다.

　"자살이라는 건 자신의 가족, 친척, 친구들에게 충격을 줄 수 있는 가장 확실한 방법이지요. 살인을 당하거나 사고를 당해서 죽는다고 주위 사람들을 안심시킬 수 있는 것은 아니지만, 자살은 그 모든, 어떠한 죽음보다도 더 악질적인 방법이겠지요. 살릴 수도 있었던 목숨을 안타깝게 잃었다는 후회감과 상실감을 안겨줄 수 있으니까요."

　여전히 청년은 아무 말도 하지 않았다. 나는 그를 바라보고만 있었다. 아까 전보다도 더욱 불편한 침묵이 우리를 에워쌌다. 그러나 지금의 나는 그 침묵을 깨뜨릴 수가 없었다. 나는 그의 태도에 당황하면서, 계속 분위기를 살필 수밖에 없었다.

　정상은 점점 가까워져만 갔다. 나는 결국 대화를 포기하고 묵묵히 걸음만 옮겼다. 그러면서도 머릿속으로는 계속 청년이 침묵하는 이유에 대해 생각했다. 나의 말을 되짚어보면서, 그 속에서 어떤 진실을 찾아내려 애썼다. 그러나 애를 쓰면 쓸수록 더 불안해질 뿐이었다. 결국 나는 이 갑작스럽고 거북한 침묵을 계속 이어갈 수밖에 없었다. 나는 다가오는 정상을 바라보며 계속 걸음을 옮겼다.

　해는 어느새 중천에 떠 있었다. 그것이 보내오는, 강렬한 햇살이 나를 더욱더 지치게 만들었다. 나는 숨을 헐떡거렸다. 그러나 이번에 청년은 멈추어 가자는 이야기를 하지 않았다.

　드디어 정상에 거의 다다랐다. 그때, 나는 문득 청년의 얼굴을 보았다. 청년은, 막 중대한 결정을 내린 사람처럼, 굳은 얼굴을 하고 있었다. 왜인지는 알 수 없었지만, 나는 그때 커다란 충격을 받았다. 나조차도 이해할 수 없었다. 그러나 나는 분명히 뭔가에 충격을 받았다.

그리고.

우리는 드디어 정상에 도착했다.

눈앞에는, 대자연이 펼쳐져 있었다. 눈앞을 가득 메운 능선과 계곡, 산봉우리들, 그리고 푸른 하늘. 나는 그때, 나의 마음속에 있던 무언가가 풀리는 듯한 느낌을 받았다.

나는, 여전히 내 자신이 왜 그러는지도 모르는 채로, 이야기하기 시작했다.

"사실은, 내가 여기 온 이유는 따로 있습니다."

옆에서 청년이 돌아보는 기색이 느껴졌다. 그러나 나는 그를 보지 않았다. 나는 오직 내 앞에 펼쳐진 대자연의 경이만을 바라보고 있었다. 나는 무엇에게 이야기하고 있는가. 그리고 무엇을 이야기하려 하는가.

"의사가 나더러, 병에 걸렸다고 그러더군요."

나는 남의 이야기를 하듯 가볍게 말했다. 자세하게 이야기할 필요는 없었다. 왠지 나는, 내가 누구에게 이야기하고 있는가를 조금은 알 것도 같았다. 나는 말을 이었다.

"수술은 해봤자 실패힐 거라더군요. 그래서, 그릴 바에야 차라리 남은 생을 즐겨야겠다고 생각했습니다. 하지만 고작 해야 등산 정도밖에는 할 것도 없고, 비가 올지도 모른다고 만류하는 걸 뿌리치고 나와 버렸습니다."

나는 하하, 웃어 버렸다. 결코 체념의 웃음 따위가 아니었다. 왜냐하면, 나는, 절대로 체념하지 않았기 때문이다. 당연히.

"생각해 보면 당연합니다."

나는 갑자기 생각난 것처럼 말을 잇는다. 청년은 어떤 표정일까. 진지한 표정일까. 어리둥절한 표정일까. 아무래도 상관없었다.

"자살한 연예인들 말입니다. 자살을 하면 안 되는 이유는 분명합니다. 바로 자기 자신 때문이지요. 이 세상에 죽고 싶어 하는 사람 같은 건 없습니다. 사람은 누구나 추하게, 더럽게라도, 어둠의 밑바닥의 밑바닥까지 가더라도, 살고 싶어 하는 법입니다. 죽고 싶어, 죽고 싶어 하고 아무리 자신을 타일러봤자 마지막 순간에는 끝내 죽음을 후회하고 마는 것이 인간입니다. 마지막까지 발버둥을 치는 것이 인간입니다."

나는 저도 그렇고 말이죠, 하고 말하고는 청년을 보며 웃어버렸다. 청년은 어째서인지 조금 떨면서, 입을 열어 물어왔다.

바람에 실려 온 그 말은 나직했다. 어르신은 왜 그렇게까지 살고 싶어 하시는 거죠, 라는 말. 나는 해줄 말이 없었으므로 계속해서 쓸쓸하게 웃기만 할 뿐이었다.

청년과 헤어진 그날 밤, 나는 고열에 시달렸다.

몇 번이나 의식을 잃고, 사경을 헤매고, 헛소리를 해대었다. 한 번씩 깰 때마다 집, 응급차 안, 병원으로 장소가 옮겨졌다. 그리고 마지막으로 아주 잠깐 정신이 들었을 때 나는, 수술대 위에 누워 있었다. 그러나 그것도 잠시, 나는 다시 혼수상태에 빠졌다. 나는 나 스스로가 죽음의 갈림길에 서 있다는 것을 알면서도, 아무것도 할 수 없었다. 신에게 비는 것조차도, 내게는 허락되지 않았다. 물론 내 스스로의 목숨을 구하는 것에 대해서는 말할 필요도 없었다.

그런 가운데, 나는 꿈을 꾸었다.

꿈속에서 나는, 그 산을 오르고 있었다. 나는 내 옆에서 누군가가 같이 걷고 있다는 것을 알고 있었다. 나는 그를 바라보았다. 역광 속에 위치한 실루엣. 나는 그의 얼굴을 제대로 볼 수 없었다. 그러나 나는, 그가 누구인지를 알 수 있을 것 같았다.

어르신은 왜 그렇게까지 살고 싶어 하시는 거죠, 그가 물었다.

나는 그 순간, 그가 어째서 그 산에 올랐는지를, 그가 어떤 마음으로 그 산을 올랐는지를 이해할 수 있었다. 내가 정상에서 본 것은, 웅장한 대자연과.

절벽이었다.

떨어지면 누구라도 살아나올 수 없는, 절벽.

인터넷 뉴스, 연예인 자살. 그리고.

왜 사냐는 말.

나는 나도 모르게, 청년에게 이렇게 답했다.

자네를 한 번 더 만나기 위해서라네.

그리고 나는 잠에서 깨었고, 병원 침대에 누워 있었다. 물론, 나는 살아 있었다. 나를 간병하고 있던 딸아이가 놀라 간호사를 불렀다. 병원 안에 한바탕 소란이 일었다.

그러나 정작 나는 매우 침착한 기분이었다.

나는 딸아이에게 말을 걸었다.

애야.

네, 아빠.

딸아이가 거의 울 것 같은 목소리로 답했다. 나는 조용히, 중얼거리듯 말했다.

내가 꼭 가봐야 할 곳이 있다.

나는, 꿈속의 산을 오르는 나의 모습을 떠올릴 수 있었다. 나는 혼자가 아니었다. 나는 누군가와 함께 걸어가고 있었다. 침묵하고 있더라도 전혀 불편하지 않은 상대, 끊임없이 대화를 나누면서도 서로 절대 지치지 않을 상대, '우연히' 인연이 닿은 것, 정말로 그 '뿐' 인 존재?.

나는 그를 만나러 간다.

후기

　내가 아직 초등학생이었을 무렵, 나는 내 인생 처음으로, 가슴 깊이 남았다고 할 만한 책을 읽게 되었다. 그 책은 바로 '어린 왕자'였다. 나는 그 책을 네 시간 동안 한 순간도 쉬지 않은 채 읽어 내려갔고, 다 읽고 난 뒤에는 나이에 어울리지도 않는 감상에 빠져 방 안으로 쏟아져 들어오는 붉은 노을빛을 하염없이 바라보았다.

　하지만 그때의 나는 몰랐다.

　아니, 알고는 있었다 하더라도 온전히 깨닫지는 못했다.

　얼핏 완벽해 보이는 그런 이야기들조차도, 실은 인간이 만들었다는 사실을, 말이다.

　그리고 세월이 흐르고, 나는 모든 종류의 이야기가 인간의 손으로 만들어졌다는 걸 알게 되었다. 나는 점점 더 많은 책을 접하게 되었고 점점 더 많은 '완벽한' 이야기들과 마주하게 되었다. 그리고 그때마다 그 모든 것들이 인간의 손으로 창조되었음에 경의를 표하지 않을 수 없었다.

　그리고 조금 더 시간이 흘러서.

　나는 마침내 내 스스로 이야기를 만들어낼 수 있는 기회를 얻었다. 그리고 그 결과물이, 보시는 바대로 이렇게, 여기에 실려 있다. 조금 진부하고도 막연한 표현을 쓰자면, 그린비에 들어와 글을 쓰는 일, 그것은 나에게 있어 또 하나의 도전이었다. 나는 그린비에 들어오기 전에도 여러 글쓰기 대회에 참가한다든가 하는 등의 활동을 했었지만, 2학년이 되면서 이과에 진학했음에도 글쓰기를 계속한다는 것, 그리고 내가 쓴 글을 훨씬 더 많은 사람들에게 내보이게 될지도 모른다는 점 등은 분명 결심하기 어려운 것들이었다. 그러나 나는 글쓰기를 계속하기로 결심했고, 더 많은 사람들에게 내 글을 내보이고 싶었다. 그래서 이 '도전'을 받아들였다.

'날개 꺾인 나비'는 이동순 시인의 '양말'을 읽다 '양말 위에 집을 지은 벌레'라는 것에 어떤 상징적인 의미를 부과할 수 있겠다는 생각에서 나온 소설이다. 단순히 내용을 전달하는 것뿐만 아니라 내용을 받아들이는 독자까지도 서술자가 바라보고 있는 듯한 느낌을 주고 싶어서 소설 중간에 연극을 삽입해 서술자가 극장을 나서는 관객들, 즉 소설로 치자면 독자라 할 수 있는 사람들에 대해 이야기할 수 있게 해보았다. 이 소설을 읽으면서 자신이 소설 속의 관객들과 같은 처지는 아닌가 하는 생각을 했다면, 조금은 자신의 마음속을 다시 들여다보는 시간을 가져도 좋지 않을지. 거기서 어떤 결론을 내릴지는 물론, 자신에게 달렸지만.

'보고서'는, 조병화 시인의 '의자7'에서 주제를 추출해 만든 소설이다. 여기 실린 세 소설 중에서 가장 긴데도 불구하고 실제로 집필한 시간은 가장 짧은, 어찌 보면 가장 쉽게 써졌다고도 할 수 있는 소설이다. 사실 다 쓰고 나서야 자신이 머릿속으로 생각했던 것보다 불명확하고 애매모호하게 표현된 부분이 많다는 것을 깨달은 소설이기도 한데, 뭐, 그건 다른 소설들보다 길다보니 그렇게 됐나보다, 라는 걸로 봐주시면 싶다. 어쨌든 복잡하게 생각할 필요 없이 자연스럽게 읽히는, 그런 소설이길 바라고 적은 것이다.

'산행'은, 사실 김억 시인의 시 '오다 가다'를 읽기 전에도 어렴풋이 머릿속을 맴돌던 이야기다. 오히려 김억 시인의 시를 읽고 '아, 그거랑 잘 어울리겠다’ 싶은 생각이 들었다고나 할까, 뭐, 그런 거였다. 사실은 좀더 길게 쓰는 편이 효과적이었을 소설이었는데, 어디까지나 ‘우연’하다는 데 초점을 맞춰 내용도 조금 줄였다. 물론 그 덕에 조금 억지스러워지기도 했다는 생각이 아주 안 드는 건 아니지만.

그린비에서 소설을 쓰면서 또 한 번 느끼게 된 건, 역시 이야기를 만드는 것은 결코 쉬운 게 아니라는 거였다. 나는 내 마음속에 아직도 남아 있는 ‘완벽한’ 이야기들이 얼마나 대단한 것이었나 다시 한 번 통감했다.

그러나 그것으로 그치진 않았다.

나는 이야기들을 만들면서, 그런 ‘완벽한’ 이야기들도 써보고 싶다는 생각이 들었다.

아직은 먼 이야기지만.

단지 생각한 것만으로도.

지금은 그것만으로도 충분했다.

내가 그런 완벽한 이야기를 써낼 수 있을까. 그건 나도 알지 못한다. 하지만, 내가 그런 이야기들을 쓰고 싶다는 생각을 가지고 살아가는 한, 가능성은 있지 않을까 싶다. 그런 의미에서, 이번 기회는 내게도 소중한 경험이었다.

아직은 서툰 솜씨로 적어 내려간 이야기.

자신이 무슨 말을 하는지도 모르면서 적어 내려간 것 같은 이야기.

그런 이야기지만.

나는 언젠가 이 이야기들을 적었던 경험이 얼마나 소중한 것이었나 생각하게 될 날이 올 거라 믿는다.

차대오

희망적
이야기의
향연

흔들림 속에 피는 꽃
봄과 벚꽃
진달래 세 송이

| 원작시 |

흔들리며 피는 꽃

도종환

흔들리지 않고 피는 꽃이 어디 있으랴
이 세상 그 어떤 아름다운 꽃들도
다 흔들리면서 피었나니
흔들리면서 줄기를 곧게 세웠나니
흔들리지 않고 가는 사랑이 어디 있으랴.

젖지 않고 피는 꽃이 어디 있으랴
이 세상 어떤 빛나는 꽃들도
다 젖으며 젖으며 피었나니
바람과 비에 젖으며 꽃잎 따뜻하게 피웠나니
젖지 않고 가는 삶이 어디 있으랴.

흔 들 리 며 피 는 꽃

도종환

흔들림 속에 피는 꽃

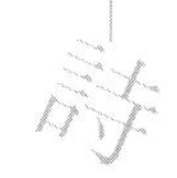

태양이 뜨겁게 내리쬐는 빌딩 사이를 그는 달리고 있었다. 그가 그늘로 가득 찬 빌딩의 숲을 달리고 있음에도 불구하고, 태양이 그에게만 비치는 지, 그는 계속해서 등 뒤에 따가운 시선 같은 태양빛을 느꼈다. 그는 땀을 줄줄 흘리면서도, 벌써 무너져도 이상하지 않았을 다리를 재촉해 오가는 많은 사람들 사이를 빠르게 헤쳐나간다. 빠르게 달리고 있음에도 불구하 고, 극도로 신경을 쓰며 달리는지, 그와 부딪혀 서로 따가운 시선을 주고 받는 사람은 없다.

그가 이렇게 달리고 있는 이유는 하나. 면접시간에 늦었기 때문이다. 그 는 14번째 되는 이 면접만은 전의 그것들과 같이 지각이라는 이유로 떨어 지지 않게 해달라고 마음속으로 빌었다. 이번에도 지각으로 면접에 떨어 진다면, 아마 그는 다시는 면접 볼 마음이 나지 않을 것이다. 아니, 이쯤 되 면 이건 거의 징크스 수준이다. 어쩌면 그는 그냥 면접을 못 볼 운명을 타 고난 것일지도 모른다. 하지만 그런 것은 상관없다. 그는 그냥 열심히 달 릴 뿐이다. 늦지 않길 빌 뿐이다.

그렇게 달리고 또 달리며 그는 자신이 왜 이런 처지에 놓이게 되었는지 를 생각했다.

시작은 좋았다. 그는 이번에야말로 지각하지 말자고, 항상 해오던 다짐 을 했다. 그리고 그 다짐을 지키기 위해 아침 7시에 집에서 나왔다. 면접시 간은 2시다. 면접 보는 곳까지는 걸어도 3시간이면 충분히 도착한다. 그렇 다. 절대 지각할 수 있을 것 같지가 않다. 지각할 수 있는 시간이 아니다.

그때의 그는 이런 상식적인 확신을 가지고 있었다. 게다가 그 확신을 더욱 확실히 하기 위해 그는 걸어서 가지 않고 버스를 타고 가기로 도중에 생각을 고쳐 먹었다. 그리곤 버스를 타고 3시간 걸렸을 거리를 1시간 만에 오고야 말았다.

이쯤 되자, 자신도 너무 일찍 와 버렸다는 생각이 들었지만, 그래도 그는 기뻤다. 드디어 그도 면접을 보게 된다. 이젠 지각해서 면접을 끝내고 나오고 있는 면접관과 마주칠 일도, 남들이 다 끝난 후 면접을 보게 되는 일도(그는 지각이라는 이유 때문에 감점처리 될 걸 알았기에 면접을 포기했다) 없다. 그래서 기뻤다. 하지만 시간이 너무 남는 것도 사실이었다. 면접장소에 가보니 아무도 없다. 아직 8시 반도 되지 않았다. 할 일이 없어진 그는 밖으로 나와 잠시 시간을 때우기로 했다.

밖에 나와서 좀 걷다 보니 전봇대에 붙여진 '강아지를 찾습니다' 라는 전단지가 보였다. 그리고 우습게도 그 전봇대 밑에서 전단지의 강아지와 똑같이 생긴 강아지가 영역 표시를 하고 있었다. 그는 전단지의 전화번호로 전화를 했고 다행히 가까운 곳에 있던 주인이 강아지를 데리러 왔다. 그런데 주인이 다가오자 강아지는 무서운 속도로 달아나기 시작했다. 강아지의 주인과 그는 황급히 강아지를 쫓아갔다. 강아지는 잡힐 듯 말듯 하며 계속 도망쳐 쾌 시각이 지난 후에야 다시 잡을 수 있있다. 계속해서 머리를 숙이는 강아지 주인을 향해 손인사를 한 후, 그는 다시 왔던 길을 되돌아갔다.

돌아가던 도중 그는 무거운 짐을 든 할머니를 보았다. 할머니는 연신 주위를 둘러보며 무언가를 찾는 듯했다. 아마 손자집이라도 찾아왔다가 근처에서 길을 잃었으리라. 그렇게 생각한 그는 할머니에게 다가가 길 찾는 것을 도와드리겠다고 했다. 할머니가 내민 쪽지를 보니 꽤 멀리 떨어져 있는 곳의 주소가 쓰여 있었다. 가까운 곳일 줄 알았지만 사실 그다지 상관도 없다고 생각하며 그는 짐을 이고 할머니를 인도해 손자집(추정)에 데려다 드렸다.

이쯤에서 왠지 모를 불안감을 느낀 그는 시계를 보았다. 다행히 시계는 아직 11시를 가리키고 있었다. 그는 점심도 살겸 가게에 들렀다가 면접 보러 갈 요량으로 가게 쪽으로 발길을 돌렸다. 그런데 조금 가자 여자의 비명과 함께 달려오는 발소리가 들렸다. 그쪽으로 몸을 돌리던 그와 누군가가 충돌했다. 그는 넘어졌다. 바라보니 그와 충돌한 누군가는 손에 아주 어색한 가방을 들고 있었다. 소매치기다. 곧바로 판단한 그가 얼른 일어나 벌써 멀리 뛰어가고 있는 소매치기범을 쫓아갔다. 원래부터 거리가 꽤 있었고, 또 그가 달리기를 잘하는 편이 아니라서 소매치기범을 잡는 데는 꽤 오래 걸렸다. 게다가 소매치기범에게서 가방을 회수는 했는데, 달리는 데만 신경 써서인지 주인여자를 놓치고 말았다. 이리저리 뛰어다니고 해서 그녀에게 가방을 돌려주었지만 시간이 벌써 1시 15분이다. 그래서 결국 그는 인간과 빌딩으로 꽉 찬 한여름, 한낮의 거리를 달리게 되었다.

그는 다리에 아픔을 느꼈지만 멈추지 않고 달렸다. 아니 멈출 수가 없다. 이대로 늦을 수는 없다. 이번에는 꼭 면접에…….

그러다 그는 보고야 말았다. 길에서 우는 아이를……. 아무도 신경 써주지 않는 그 아이를…….

그는 결국 면접에 갈 수가 없었다. 아니, 가지 않았다.

멀리서 엄마 손을 잡고 웃으며 손을 흔드는 아이에게 왠지 힘없는 웃음으로 답하며 왔던 길을 되돌아간 그는 놀이터에 들렀다. 그러곤 놀이터 한 구석의 의자에 앉아 고개를 숙였다. 또 지고야 말았다. 그 흔들림에. 그는 어려운 사람을 볼 때마다 어떤 흔들림을 느꼈다. 그것은 원인 불명에다가 정말로 있는 것인지도 불명인 이상한 흔들림이었다. 하지만 그는 항상 그 흔들림을 느꼈고, 또 그 흔들림에 졌다. 하아. 터져 나오는 한숨을 참을 수가 없었다. 왜 그는 그 한순간의 흔들림에 져 버려서 이후에 일어나는 인생 전체의 흔들림을 야기하는 걸까. 그렇게 침울해 하는데,

야옹.

울음소리가 들렸다. 그는 주위를 둘러보다가 자신이 앉은 의자 옆의 고양이 한 마리를 보았다. 더러운 털이 고통을 말해 주는 듯했고, 목에 걸린 낡아빠진 목줄은 버림받은 과거를 말해 주는 듯했다. 갑자기 나타난 그 고양이를 본 그는 뭔가 복잡한 심정이었다.

의문, 호기심, 고양이에 대한 동정, 연민.

그러나 그 외에 뭔가가 더 있다. 아, 그래. 이것은······.

무의식 중에 그는 고양이를 끌어안고 자기 눈높이로 들어올렸다. 그리고 그는 충격을 받은 듯한 얼굴을 했다. 고양이는 웃고 있었다. 아니, 웃는 것 같았다. 그렇게 보였다. 그리고 그 웃음은 왠지 그에겐······.

꽃처럼 아름답게 보였다. 꽃이다. 그것은 꽃이었다.

그냥 꽃이 아니다. 온실 속에서 자란 그런 꽃이 아니다. 그것은 자갈에서 핀 꽃.

흔들림 속에서 핀 꽃 같았다. 그에겐 그렇게 보였다.

그는 고양이의 눈에 비쳐드는 것을 보고 또 충격에 빠졌다. 그러나 곧 그의 얼굴은 고양이의 눈에서 뭔가 확신이라도 본 것처럼 자신만만해졌다.

그는 흔들림에 지지 않았다. 그는 흔들림 속에 있었다. 더불어 그는 인생 전체를 흔들지 않았다. 인생을 꽃피웠다.

그는 혼자서 웃었다. 고양이의 눈에는 무엇이 비쳤을까. 그리고 무엇이 비치고 있을까. 흔들림에 져서 절망하던 그, 고양이에게서 자신을 보고 난 후의 그의 모습. 그 두 가지는 같은 것이지 않을까.

흔들림 속에서 꽃은 핀다. 흔들리며 꽃은 핀다.

모두가 떠나간 놀이터 한 구석의 의자 근처에 꽃이 돋을 것임에 틀림없다.

그 나무

김명인

한 해의 꽃잎을 며칠 만에 활짝 피웠다 지운
벚꽃 가로 따라가다가
미처 제 꽃 한 송이도 펼쳐 들지 못하고 멈칫거리는
늦된 그 나무 발견했지요.
들킨 게 부끄러운지, 그 나무
시멘트 개울 한 구석으로 비틀린 뿌리 감춰놓고
앞줄 아름드리 그늘 속에 반쯤 숨어 있었지요.
봄은 그 나무에게만 더디고 더뎌서
꽃철 이미 지난 줄도 모르는지,
그래도 여느 꽃나무와 다름없이
가지 가득 매달고 있는 멍울 어딘가 안쓰러웠지요.
늦된 나무가 비로소 밝혀드는 꽃불 성화,
환하게 타오를 것이므로 나도 이미 길이 끝난 줄
까마득하게 잊어버리고 한참이나 거기 멈춰 서 있었지요.
산에서 내려 두 달거리나 제자릴 찾지 못해
헤매고 다녔던 저 난만한 봄길 어디,
늦깎이 깨달음 함께 얻으려고 한나절
나도 병든 그 나무 곁에서 서성거렸지요.
이 봄 가기 전 저 나무도 푸릇한 잎새 매달까요?
무거운 청록으로 여름도 지치고 말면
불타는 소신공양 틈새 가난한 소지(燒紙),
저 나무도 가지가지마다 지펴 올릴 수 있을까요?

봄과 벚꽃

지친 해가 일몰할 무렵, 노을 진 저녁의 도로 위를 거북이같이 느린 자동차가 달린다.

자동차 안에는 석양에도, 땅의 양분을 혼자 먹고 자라 꽃을 활짝 피운 벚꽃나무에도, 아무런 감정을 느끼지 못하는, 악착같이 살아온 한 남자가 있다. 그러나 그는 힘없는 모습으로─그저 피곤한 동태눈으로 좌우에 늘어선 벚꽃나무들을 마치 자신인 양 보면서─차를 운전해 갈 따름이다.

매일─정확히는 벚꽃이 핀 때부터─보아온 이 핑크빛 길을, 그가 평소와 다르게 볼 리는 없다. 그래도 약간의 희망이 남아 있는 것은 그가 그 자신의 기억 한 구석과 관련된 꿈을 꾸었기 때문일까. 그는 어디선가 잊혀진 기억은 꿈으로 나타난다는 얘기를 들은 적이 있는 것 같았다. 그래서 그런 꿈을 꾼 것일까. 아니, 사실 그는 그 꿈이 그의 기억과 관련돼 있는지조차 모른다. 그것이 더 중요한 기억들─예를 들면 아까 만난 그 거만한 거래처 사람의 이름 같은 것─에 눌려 기억의 심연에 가라앉아 잊혀졌거나, 아니면 그것이 그와 관련된 꿈이라는 건 착각일 것이기 때문이리라. 그러나 그가 그 꿈이 자신의 기억과 연관된 것이라 여기는 데에는 이유가 있었다. 그것은 그가 오랜만에 느낀, 잊혀왔던, 그리움이라는 감정이었다.

그 감정을 되새김질하려는 듯, 그는 두 개의 기억 중 남아 있는 최근의 것을 대뇌로부터 끄집어냈다.

그때도 그는 차를 몰고 가고 있었다. 석양이 찬란히 빛나고 있었고 좌우로 늘어선 벚꽃나무에는 노력의 결실이 맺혀 있었다. 그는 콧노래를 부르며, 입사할 회사로 향하고 있었다. 눈부신 성공이었다. 그와 같은 시골사람이 그 회사에 들어가는 것은 그야말로 하늘의 별 따기였다. 그가 떠나올 때 축하해 주던 마을사람들의 얼굴이 떠올랐다. 그의 콧노래는 커져만 갔다. 얼굴은 어느새 봄날 햇살 같은 미소를 띠고 있었다.

그러다가 차가 신호에 걸렸다. 그는 차를 세우고 신호가 바뀌길 기다렸다. 갑자기 차문을 두드리는 소리가 들렸다. 밖에서 한 아주머니가 참외를 팔고 있었다. 그는 마을 사람의 얼굴을 떠올리고는 빙그레 웃으며 차의 창문을 내리고 참외 한 상자를 샀다. 아주머니는 연신 고맙다며 고개를 숙였다.

아! 아름답다. 석양도, 벚꽃도, 이 길도, 모든 게 아름답다. 그는 처음엔 회사에서 먼 곳의 집을 산 것을 후회했지만 지금은 아니다. 이 멋진 길을 지날 수 있다면 그것은 상관없다. 앞으로도 계속 벚꽃이 피길 바랐다. 그렇게 차를 운전해 그는 회사로 갔다.

그리고 밤 늦게야 돌아올 수 있었다.

다시 자동차는 조용히 도로를 달린다. 그 지나간 흔적조차 없다. 그의 주인은 멍하니 앞을 보고 있다. 마치 아무것도 보지 못하는 것 같다. 자동차는 한숨처럼 연기를 뿜어내며 계속 달린다. 조용하다. 소리조차 없다. 그렇게 달려서야 달리는 느낌도 없을 것 같다. 자동차가 달리는 것이 아니면, 도대체 자동차는 왜 필요할까?

그렇게 달리던 도로 위를 내달리던 그가 갑자기 놀라 차를 세웠다. 그는 보고야 말았던 것이다.

이기적으로 꽃을 활짝 피운 벚꽃나무들 사이로 아직 꽃을 피우지 못한, 꽃망울만을 달고 있는, 벚꽃나무 한 그루가 있었다. 그 벚꽃나무는 마치 부끄러워 다른 벚꽃나무들 사이에 숨어 있는 듯하다. 그는 그 모습에 애처로움을, 쉽게 느끼지 못했던 그 감정을, 느끼고 있다. 게다가 거기에는, 다른 것이 벚꽃나무처럼 숨어 있다.

그 벚꽃나무 아래, 한 아이가 숨듯이 잠들어 있다. 나이는 네 살쯤으로 보인다. 따뜻한 봄날 햇살을 이불삼아 덮곤, 편안한 얼굴로 자고 있다.

기억을 더듬으며 달려선지, 아니면 퇴근길이라 늦장을 부려서인지는 몰라도, 그는 평소라면 절대 발견 못했을 그 아이를 발견하고야 말았다.

'데려가 주세요.' 라는 구차한 말이 적힌 쪽지 따윈 없었다. 하긴 시대가 어느 땐데…….

그러나 그는 그 아이에게서 눈을 뗄 수 없었다. 왠지 그의 눈에 활짝 핀 벚꽃이 비치는 것 같다. 그리고 어느새 그는 얼굴에 봄날 햇살을 닮은 미소를 띠고 아이에게 손을 뻗고 있었던 것이다.

주위는 겨울나무로 가득하다. 봄날 벚꽃은 지고 앙상한 가지만 남았다. 그는 주말을 맞아 고아원에 들르기로 했다. 찬바람이 차를 때리지만 차는 막힘없이 나아간다. 오히려 차는 뜨거운 열기마저 띠고 있다. 비록 그 속도는 느리더라도. 그날 이후 그는 차를 느리게 모는 습관이 생겼다.

그 아이는 그의 집에 있을 것이다.

그는 흔들림 없는 눈동자로 길을 응시하며 차를 운전해 간다. 그의 어깨에 힘이 들어가 있는 것은, 오늘이 주말이기 때문만은 아닐 것이다.

석양은커녕 햇빛이 넘쳐나는 날의 길 위에서, 그는 무언가를 보았다.

그의 눈이 절대로 놓칠 리가 없었다.

한 아이가 터벅터벅 길을 걷고 있었다. 때 묻은 더러운 옷을 입은 그 아이는 몹시 좁은 어깨와 작은 등을 내 보이며, 차를 등진 채 걷고 있었다.

그는 망설임 없이 차에서 내렸다. 그러곤 아이를 불렀다. 아이가 되돌아본다. 얼굴에 놀라움과 의문이 스친다.

그는 아이의 손목을 잡고 차 쪽으로 끈다. 아이는 의문의 크기를 키우며 의심으로 바꾼다. 많은 사람들에게 도움을 거절당했을 아이는 의심한다. 남자는, 그래도, 손목을 놓지 않는다. 마침내 소년은 물었다.

왜?

그의 움직임이 멎는다. 그의 기억이 갑자기 그날의 겨울로 되돌아간다.

그곳엔 석양도 있고, 앙상한 벚꽃가지도 있고, 희미하게 참외 팔던 아주머니도 있고, 버려진 아이도 있다. 그러나 그 중 좋은 것은 기억에 하나도 없다. 그곳에 있는 건 돌아볼 줄 모르던 눈이다.

그러곤 차례로 떠올린다.

그 아이를 데려왔던 그날을, 벚꽃이 이기적이게도 피었던 그날을.

새로운 시작의 그날을.

아, 깨닫는다.

그땐 난 살아 있었던가. 볼 수 있었던가.

그날 난 살아났던가. 봄이 왔던가.

벚꽃을 활짝 피웠던가.

문득 앞을 보니, 그의 앞에 벚꽃나무가 서 있다. 멍울만 달고 있던 그 벚꽃나무가—

그는 확실히 알 수 있었다. 모를 리가 없었다. 그렇게 환하게 불을 밝힌 벚꽃나무를.

갑자기 주변이 전부 밝아진다. 굳이 뒤돌아보지 않아도 알 수 있었다.

그는 싱긋 웃었다. 또 한 번의 봄햇살이 그의 얼굴에서 뻗어나간다. 그는 아이의 손을 놓았다. 그러곤 짐짓 뒷짐을 지고 주위를 둘러보며 갑작스런 그의 행동에 당황한 아이에게 말한다.

"애야."

아이는 그를 본다.

"봄이 왔구나."

그의 눈동자에서 벚꽃이 흩날린다.

진달래꽃

김소월

나 보기가 역겨워
가실 때에는
말없이 고이 보내 드리우리다.

영변에 약산
진달래꽃
아름 따다 가실 길에 뿌리우리다.

가시는 걸음 걸음
놓인 그 꽃을
사뿐히 즈려 밟고 가시옵소서.

나 보기가 역겨워
가실 때에는
죽어도 아니 눈물 흘리우리다.

진달래 세 송이

　지금 내가 쓰려고 하는 이야기는, 아마 흔한 이야기가 될 것이다. 그러나 그것을 알면서도 쓰는 것은, 이 이야기가 흔하면서도 너무나 드문 이야기라고 생각하기 때문이다. 굳이 덧붙이자면, 듣기는 쉬우나 경험하기는 힘든 이야기. 그 이야기가 이 이야기가 될 것이다.

　이 이야기는 조금 시간을 거슬러 올라가야 들을 수 있다. 또 그렇기에 기억이 잘 나지 않을 수 있는 이야기지만, 다행히 그때의 기억은 내 일기장에 고스란히 담겨 있다. 그 덕에 이 이야기는 없는 이야기는 덧붙이고, 베껴 쓰고, 조금 고쳐지는 것만으로 완성될 수 있었다.

　그러나 이렇게 쉽게 완성된 작품에 내가 서두를 다는 것은, 이 이야기가 그냥 평범한 이야기로 치부되지 않기를 바라기 때문이고, 또 쉽게 쓰였다고 해서 쉽게 보아지지 않기를 바라기 때문이다. 난 이 이야기가 내 이야기로만 끝나지 않아, 이런 이야기가 세상에 흔하디 흔하게 넘치기를, 듣기도 쉽고 경험하기도 쉬운 이야기로 생각되기를 바린다.

　그런데 이 이야기를 하기가 쉽지 않다. 이 이야기를 시작하려면 어느 부분부터 써야 할까? 처음부터 내 일기장을 다 쓰면, 그 내용의 대부분은 사족이 될 것이다. 그렇다면……．

　우선 그를 만나는 곳부터 쓰면 어떨까.

[1일]

추운 겨울이 가고 이젠 확실히 봄임을 느낍니다. 봄이긴 해도 초봄은 아직 겨울이 끝나가는 느낌이라면, 지금은 이미 3월 말, 봄이라는 느낌이 들 만큼 따뜻해졌습니다. 봄은 새로운 시작이라고 했던가요. 모르긴 몰라도 정말 무언가 시작될 듯합니다. 아니, 시작되었으면 좋겠습니다. 아무것도 시작되지 않으면, 억지로 살이라도 빼볼까 생각할 정도로 무언가 시작되기에 딱 좋은 계절인 듯합니다. 다행히 살은 빼지 않아도 될 듯합니다. 벌써 주위에 싹이 트고, 좀 이른 것 같긴 해도 꽃도 피었기 때문입니다.

그러나 저는 오늘도 그런 꽃과 싹들 사이를 거닐지는 못했습니다. 천성이 게으른지라, 아니, 따뜻한 봄이기 때문에, 아니, 역시 그냥 천성이 게을러서가 맞는 것 같습니다만, 아무튼 저는 그냥 방안에서 뒹굴고 있었습니다. 이러고도 살을 빼지 않아도 될 정도의 몸매를 유지한다는 건 정말 신기한 일입니다. 그렇게 계속 뒹굴었습니다만, 사실은 할 일이 없어서 뒹굴대고 있었던 것 같습니다. 천성이 게으르지만 저는 산을 오르는, 약간 별나고도 성실한 취미도 가지고 있으니까요. 사실 그렇게까지 천성이 게으른 것은 아닐지도 모릅니다. 그러니까 아마 오늘 뒹굴댄 것은 할 일이 없어서겠지요.

그렇게 천성을 게으르게 하고 있던 저를 차 소리가 깨웠습니다. 저는 약간 궁금해졌습니다. 그러나 차 소리 정도론 저를 일으켜 세울 수는 없었습니다. 저는 그냥 누워서 짐작만 해볼 뿐이었습니다. 일단 차 소리는 좀 먼 데서 들려오니까, 아마 우리 집에 온 손님은 아닐 것입니다. 그러면 가장 가능성이 있는 것은 앞집일 것입니다. 그 이상 떨어지면 차 소리가 잘 안 들리니까요.

저는 그냥 누워 있기로 했습니다. 사실 앞집에 사람이 온 것은 별로 놀랄 일도 아니지요. 어차피 앞집 손님과 저는 만날 일도 없을 테니 말입니다.

저는 계속 누워 뒹굴었습니다. 그러다 깜빡 잠이 들었지요. 깨어나니 저녁이었습니다. 좀 늦은 저녁밥을 먹고, 저는 집을 나섰습니다. 항상 해왔

듯이 저녁 산을 오르기 위해서지요.

항상 오르는 산이 다르게 보일 리가 없을 테지만, 그래도 오늘 산을 오르는 기분만은 왠지 색다른 것 같습니다. 봄임을 느껴서일까요? 저는 날아갈 듯이 가벼운 발걸음을 옮겨 산을 올랐습니다.

그때였습니다. 저는 제 앞에서 사람이 내려오는 것을 보았습니다. 빠르고 힘찬 발걸음. 그러면서도 뭔가 불만인 듯한 발걸음으로 그 사람은 내려오고 있었습니다.

저는 약간 호기심을 느꼈습니다. 왜냐하면, 저는 이 산을 매일 오르지만, 저녁에 오르기 때문에, 이 산을 오르다 사람을 만난 적은 거의 없었기 때문입니다. 거리가 점점 가까워지다가, 마침내 서로 얼굴을 볼 수 있을 만큼 가까워졌습니다.

그 사람은 잘생겼습니다. 힐끔 봐도 알 것 같았습니다. 하지만 저는 첫눈에 반한다거나, 다른 감정을 느끼기는커녕 오히려 무덤덤했습니다. 사실 저는 사람의 얼굴로 무언가를 판단하는 것만큼 어리석은 짓은 없다고 생각하는 사람입니다. 따라서 저는 그 사람의 얼굴보다도 행동을 유심히 살펴보았습니다.

그 사람은 저를 보지 못했습니다. 왜냐하면 그 사람은 계속 고개를 숙이고 있었기 때문입니다. 또 그는 연신 무언가를 중얼거리고 있었습니다. 산간이 말이 들려왔습니다.

"내가 운동 부족……. 이렇게 말랐는데……."

그렇게 중얼거리며 막 스쳐지나가려는 순간, 그 사람은 고개를 들더니 잠깐 저를 보았습니다. 그리곤 왠지 걸음을 멈추었습니다. 저는 약간 이유가 궁금했지만 잠자리에 드는 시간에 맞추려면 좀 등산을 서둘러야 했기에 그냥 지나쳐 산을 올랐습니다. 그러곤 아무도 만나는 일없이 등산을 마치고 집으로 돌아갔습니다.

집에 가니 마침 부모님이 이야기를 하고 계셨습니다. 제가 현관으로 들어서는 것을 보시곤 어머니가 물으셨습니다.

"얘, 오늘 앞집에 온 가족 봤니?"

"아니, 왜?"

"외동아들이 있는 가족인데…… . 아, 그래, 그 아들이 너랑 같은 나이인 것 같더라."

"흠, 그래?"

저는 흥미가 없었기에 그냥 씻고 자려고 했습니다. 씻으려고 세면실로 가는 저에게 어머니께서 한 마디 더 하셨습니다.

"앞으로 얼마간 묵으려나 보던데. 만나면 잘 대해 주렴."

저는 씻고 잠자리에 들었습니다.

[2일]

어머니가 심부름을 시키셔서 마트에 갔다 오는데 어제 보았던 그 사람과 딱 마주쳤습니다.

어젯밤에는 몰랐는데 오늘 보니 나와 나이가 비슷해 보였습니다. 그 사람은 앞집에서 나오고 있었고, 저는 집으로 들어가려 하고 있었습니다. 저는 눈치 챘지요. 아, 이 사람이 어제 앞집에 온 아이구나. 저는 약간 흥미가 생겨 그 아이를 지켜보았습니다. 그런데 어째서인지 그 아이도 멈칫거리며 서서 저를 보는 것 아니겠어요? 아, 이 아이도 어제 나를 보았으니 나에게 궁금한 게 있겠구나. 그러다가 어제 어머니의 말씀이 생각났습니다. 그래서 말을 걸었습니다.

"얘."

그 아이는 깜짝 놀라더니 이내 집으로 도망치려는 듯 돌아섰습니다. 그러나 돌아서서는 멈춰서 약간 망설이며 대답했습니다.

“왜?”

“너 어제 등산 왔던 애 맞지?”

“그래, 그런데?”

“흠.”

나는 그 아이를 확실히 흥미롭다는 듯이 쳐다보며,

“너도 특이한 취미를 가졌구나.”

라고 말했습니다. 그런데 왠지 그 아이는 무척 당황하며 말했습니다.

“취미 아니야. 어젠 엄마가 시켜서 억지로 갔을 뿐이야.”

변명하는 듯한 투였습니다. 그래서 저는,

“에이, 아깝네. 난 또 같은 취미를 가지고 있는 줄 알았지.”

그렇게 말하고 돌아서려니까, 그 아이는 풀죽은 듯이 어깨를 늘어뜨렸습니다. 이상한 아이였습니다.

“그럼 다음에 봐.”

인사하고는 집으로 돌아갔습니다.

밤이 되어서 집을 나섰습니다. 오늘은 늦잠을 자지 않아서 좀 더 일찍 집을 나섰습니다. 사실은 이게 평소시간이지만요. 그러곤 산을 오르고 내려오는 길이었습니다. 등산로 입구에 낮에 본 그 아이가 서 있었습니다. 왠지 안절부절 못하는 모습으로 입구에서 조금 먼 곳을 바라보며 서 있었습니다. 저는 그 아이가 등산을 하러 온 것에 의아해 하며, 다가가 말을 걸었습니다.

“오늘도 엄마한테 혼났니?”

그러자 그 아이는 헉 소리를 내며 귀신을 보듯이 날 보았습니다. 그러곤,

“어째서 네가 이 시간에?”

라는 이해 못할 말을 했습니다. 그래서 전,

“응? 난 평소에도 이 시간에 왔는데?”

라고 대답했죠. 그러자 그 아인,

　"시간을 착각했나?"

하고 들릴락말락한 목소리로 중얼거리더군요. 저는 그 아이가 등산에 온 게 궁금해져,

　"오늘은 왜 등산에 왔어? 말은 그렇게 해도 역시 등산이 취민거야?"

　라고 물었지요. 그 아인

　"그게 아니라 이제 등산에 취미를 들여보려고……."

라고 빠르게 말하며 머리를 긁었습니다. 저는

　"그래? 그럼 자주 만날지도 모르겠네. 그럼 다음에 봐."

라고 인사를 하곤 집으로 돌아왔습니다.

　오늘은 왠지 엄청 피곤해서 대충 씻고 평소보다 훨씬 빨리 잠자리에 들었습니다. 자기 전에 왠지 대문 열리는 소리가 들린 것도 같았지만, 앞집의 그 아이는 등산을 하는 중일 테니, 다른 사람이었을 것입니다.

[3일]

　아침에 신문을 가지러 가다가, 저는 이상한 것을 보았습니다. 그것은 마당에 떨어져 있는 진달래꽃 세 송이였습니다. 진달래꽃 세 송이가 고무줄로 묶여서 마당에 던져져 있었습니다. 저는 조심스레 주워서 살펴보았지요. 그러나 그것은 그냥 진달래일 뿐, 다른 건 아무것도 없었습니다. 저는 그냥 장난이려니 했습니다. 그래도 아침에 진달래꽃을 보니 이상한 기분이었습니다. 사실 최근에 등산을 하며 진달래꽃을 보곤 하는데, 저는 그럴 때마다 멈춰서 구경을 하곤 합니다. 그 이유는 사실 제가 가장 좋아하는 꽃이기 때문입니다. 아니, 그 전에 가장 좋아하는 이유가 있어야 하겠지만, 사실 그런 건 없습니다. 그냥 마음이 끌리는 거죠. 저는 마음이 끌리는 대로 좋아하는 꽃이 매번 바뀝니다. 그러다가 이 시기에 어쩌다 진달래꽃

이 좋아진 것이지요. 등산을 하다가 만약 백합을 보았다면, 전 아마 백합이 가장 좋아하는 꽃이라고 했을 것입니다. 그러나 지금은 등산하다 자주 보는 진달래꽃이 가장 좋아하는 꽃이지요.

어쨌든 이렇게 진달래꽃을 평소처럼 저녁의 등산로에서가 아닌, 아침의 마당에서 보니 이상한 기분이 들었습니다. 비록 장난이라도 말이죠. 저는 진달래꽃을 집으로 가져가 통에다가 넣었습니다.

저녁까지는 아무 일도 없었습니다. 그래서 또 뒹굴거렸습니다. 저는 평소와 같이 등산을 하러 갔지요. 그런데 집에서 나가다가 역시 집에서 나오던 그 아이와 마주쳤습니다. 이번에도 등산을 하려는 모양입니다. 인사를 건네려는데 그 아이가 먼저 인사했습니다.

"안녕."

"응, 안녕."

대답하고는 먼저 가려고 했습니다. 어제의 이 아이는 누군가를 기다리는 듯한 눈치였고, 저는 오늘도 필시 그러리라 생각하고 배려한다는 차원에서 먼저 가려 했던 것이지요. 그런데 웬일인지 갑자기 그 아이가 다급한 목소리로 저를 부르는 것 아니겠어요? 저는 돌아보며,

"왜?"

라고 물었죠.

"저기 있잖아⋯⋯. 혹시, 괜찮으면, 같이 등산 안 할래?"

저는 그 아이의 제안에 조금 놀랐지만, 나쁠 것도 없었기에 흔쾌히 허락했습니다. 그렇게 우리는 등산을 같이 하기로 했습니다.

등산을 하면서 그 아이가 물었습니다.

"너, 이 동네에서 살아?"

"응. 보다시피. 왜?"

"응⋯⋯. 그래?"

그러곤 그 아이는 입을 다물었습니다. 왜일까요?

우리는 더는 별다른 이야기를 하지 않고 등산을 계속했습니다. 우리는 집에 올 때까지 함께 있다가 각자의 집으로 돌아갔죠.

잠자리에 들기 전에 앞집 대문이 열리는 소리가 들렸습니다. 저는 꿈결에 '앞집 사람 중 이 시간에 집에 들어오는 사람이 있나' 하고 생각했습니다.

[4일]

또 같은 일이 일어났습니다. 장난이려니 했는데……. 또 진달래꽃이 떨어져 있었습니다. 어제와 똑같이 세 송이였습니다. 저는 이제야 진달래꽃을 다르게 보기 시작했습니다. 누군가, 일부러 진달래꽃을 던져 넣고 있습니다. 공주병이라는 소리를 듣는 것을 감수하고서라도 감히 말하건대, 아마 이 꽃은 저에게 누군가가 던지는 것일 겁니다. 저는 새삼스레 부끄러워졌습니다. 누가 이런 짓을……. 저는 주위의 친구들을 떠올렸지만 누구 하나 맞는 사람이 없었습니다. 저는 약간 들떴습니다. 그도 그럴 것이 이런 식의 고백은 저도 조금 꿈꿔왔던 것이니까요. 물론 소박하다면 소박하지만, 이런 거라도 저는 저를 생각해 준다는 게, 또 마음 써준다는 게 좋았습니다. 저는 다짐했습니다. 이 꽃을 던져 넣은 사람을 꼭 찾으리라고.

밤이 되었습니다. 평소처럼 등산을 하러 갔지만, 평소와는 달랐습니다. 그 아이가 오늘도 같이 등산을 하자고 했습니다.

같이 등산을 하며, 그 아이는 내게 질문을 퍼부어 댔습니다. 마치 준비한 것 같았습니다. 저는 계속해서 물어오는 그 아이가 재밌어서, 또 끊임없이 나오는 질문이 신기해서 그 아이의 질문에 성실하게 대답해 주었습니다. 그 아이는 제게 좋아하는 꽃에 대해서도 물었습니다. 저는 진달래꽃이라고 대답했고, 그 아이는 그저 고개를 끄덕였지만, 왠지 제 눈엔 기뻐하는 것처럼 보였습니다.

집으로 들어가기 전에 그 아이는 내게 '지금 제일 하고 싶은 것은?' 라고 물었습니다. 저는 '시원한 음료를 마시고 땀을 닦고 싶다.' 라고 대답했습니다.

오늘도 앞집 대문이 열리는 소리가 들렸습니다.

[5일]

같은 일은 또 일어났습니다. 저는 조금 일찍 나와 혹시 진달래꽃을 던지는 사람을 볼 수 있을까 기대했지만, 제가 나왔을 때 진달래꽃은 이미 던져져 있었습니다. 저는 실망했습니다. 밤이라도 새면 되겠지만, 저는 잠에 약합니다. 그래서 진달래꽃 주인 찾기는 조금 미뤄야 할 듯합니다. 그냥 직접 주면 될 텐데, 하는 생각이 들었습니다. 그래도 언젠간 나타나겠지. 그때까지 진달래꽃은 모으기만 해야 할 듯 싶습니다.

저녁에 그 아이와 등산을 갔습니다. 오늘 그 아이는 수건을 목에 두르고 손에 뭔가를 넣은 아이스박스를 들고 있었습니다. 저는 조금 웃음이 났습니다. 정말 등산광이구나 하는 생각이 들었습니다.

나머지는 전날과 비슷했습니다. 그 아이는 여전히 질문을 계속했습니다. 그러다가,

"최근 겪은 이상한 일은?"

라고 물어보기에, 저는,

"별로 없는데."

라고 무심결에 대답하고 말았습니다. 그 아이는,

"정말 없어?"

라며 추궁해 왔습니다. 저는,

"없어."

라며 시치미를 뗐지요. 그런데 신기하게도 그 아이가,

"뭐 없어? 예를 들어……. 진달래라든가."

라는 것 아니겠어요? 저는 깜짝 놀라 사실대로 말했어요. 그러자 그 아이는,

"왠지 그럴 줄 알았다니까. 진달래를 볼 때 네 눈이 어쩐지 빛나더니만."

라고 말하더군요. 안타깝게도 그 아이는 내 고민이 진달래와 관련된 건 알았지만, 진달래의 주인이 누군지는 모르더군요.

어쨌든, 그렇게 이야기를 하다 집 근처에 왔을 때 그 아이가 저에게 아이스박스에 들어 있던 시원한 음료와 수건을 건네주었습니다. 저는 그 아이의 배려에 조금 감동하였습니다.

오늘도 대문소리가 들렸습니다.

[6일]

진달래는 여전히 세 송이였고, 마당에 떨어져 있었습니다. 저는 오늘도 일찍 일어났고, 또다시 진달래는 제가 나오기도 전에 던져졌습니다만, 저는 전혀 신경 쓰지 않았습니다. 왜냐하면 오늘 제가 일찍 일어난 것은 진달래를 보기 위해서였기 때문입니다. 아니, 사실은 일찍 일어나려고는 생각도 하지 않았는데, 아침이 되자 몸이 저절로 일어난 것 같습니다. 그래서 저는 아마 아침의 진달래를 기대한 탓에 몸이 일찍 일어나지 않았을까 하고 추측했습니다. 아마 저는 아침의 진달래를 많이 기대하고 있었나 봅니다.

저는 여느 때처럼 진달래를 주워 통에 넣었습니다.

저녁 때, 그 아이가 제게 물었습니다. 그 아이는 어제와 같은 차림새였습니다. 정말 본격적으로 등산을 하는 아이입니다.

"아침에 진달래를 받으면 어때?"

저는 갑자기 그런 질문을 받아 당황해서

“조금 기뻐.”

라고 짧지만 솔직하게 대답했습니다. 그 아인 확실히 미소짓더니,

“그래서, 그 사람이 좋아?”

라고 물어왔습니다. 저는,

“응? 누구? 진달래를 던진 사람 말이야?”

라며 되물었죠. 그러자 그 아이는 재차 묻더군요.

“응, 그 사람이 좋아?”

저는

“글쎄, 그런 걸로 판단할 수 있을까? 솔직히 모르겠어. 고맙긴 하지만, 모르는 사람이라면 아마 기쁘긴 해도 좋아하긴 힘들 것 같아.”

라고 대답했습니다. 이게 완전히 솔직한 마음은 아니었지만, 그렇다고 완전히 틀린 마음도 아니라고 저는 생각했습니다. 완전히 모르는 사람에게 진달래를 받았다고 그 사람을 좋아할 수는 없겠죠. 중요한 건 마음이니까요. 전 그 사람에게서 고백을 받기 전까진 제 마음을 판단할 수 없다고 생각했습니다. 만약 제 마음이 두근거린다면, 전 그 사람을 좋아하는 거겠죠. 그렇지 않다면, 전 그 고백을 받아들일 수 없을 것입니다.

제 말을 들은 그 아이의 표정이 눈에 띄게 우울해졌습니다. 저는 깜짝 놀랐습니나. 그 아이는 평소에는 거의 표징의 변화가 없는데 갑자기 왜 그러는 걸까요?

그 아이는 집에 갈 때까지 우울해 했습니다. 집 앞에서 제게 음료수와 수건을 건네주었다지만 그 표정은 계속 우울했습니다. 저는 왠지 그 아이에게 미안해졌습니다. 그러나 사과하기도 전에 그 아이가 집으로 들어가 버렸기에, 다음에 사과하자고 생각하며 집으로 돌아왔습니다.

씻고 잠자리에 들어서 얼마 되지 않아 대문소리가 들렸습니다.

자는데 도중에 시끄러운 소리가 나서 깼습니다. 누군가를 부르는 소리.

계속해서 누군가를 찾는 사람들의 소리가 들렸습니다. 저는 잠에 약해서 비몽사몽간에 누구를 부르는지도 듣지 못하고 짜증을 내며 이불을 뒤집 어쓰고 두 번째 잠에 빠졌습니다.

[7일]

아침에 진달래가 떨어져 있었습니다만, 왠지 이상했습니다. 진달래가 떨어져 있는 것도 이상하지만 오늘은 더 이상했습니다. 왜냐하면 진달래 꽃이 세 송이가 아니었기 때문입니다. 열 송이는 넘어 보이는 진달래 묶음 이 네 개나 마당에 떨어져 있었습니다. 저는 기뻐해야 할지 슬퍼해야 할지 모르겠더군요. 왠지 이상하게 슬퍼졌습니다. 분명 진달래가 잔뜩 떨어져 있으니 좋아해야 할 텐데 전혀 기쁘지 않습니다. 죄 없는 진달래가 이렇게 나 꺾인 것이 새삼 슬퍼져서일까요? 저는 통에 가득한 진달래를 보며 왠 지 새삼 쓸쓸해졌습니다.

어젯밤의 소음의 정체가 문득 궁금해져 어머니께 물어보았습니다.

"응? 아, 어젯밤 말이지? 그게, 그 앞집아이 기억하니? 새로 왔다던 그 애. 그 애가 어제 집에 늦게까지 안 들어와서, 집 안 사람들이 찾는다고 난 리더구나. 원래부터 늦게 들어오던 아이였는데, 그날은 그날 따라 더 늦게 들어와서……. 근데, 글쎄, 왜 늦었냐고 물어봤더니 '꽃이 잘 안 보인다.' 라고 했다는구나. 뭔 소린지……."

어머니는 앞집아이가 늦게 들어온 행동에 대해 몇 마디 더 하시며 제게 가족을 걱정시켜선 안 된다고 하셨습니다.

저는 그 아이가 늦게까지 집에 들어오지 않았다는 말에 의아해 했습니다.

저녁, 산을 오르려고 나갔는데 그 아이가 나오지 않았습니다. 저는 기다 렸습니다만, 삼십 분이 지나도 나타나지 않았습니다. 그런데 왜일까요? 왠 지 오늘은 산에 오르기가 싫었습니다. 대신에 어제 그 아이에게 사과하지 못한 일만이 계속 떠올라 삼십 분을 더 기다렸습니다. 그러나 그 아인 나오지 않았습니다. 저는 등산하기가 싫어져 그냥 들어오고 말았습니다.

자려는데 대문소리가 들렸습니다만, 환청인지 분명치가 않은, 짧은 소리였습니다. 저는 문득 불안해졌습니다. 이상한 일입니다. 저는 조금 더 늦게까지 잠을 이루지 못했습니다.

[8일]

진달래가 떨어져 있었습니다. 저는 이상하게 안도감을 느꼈습니다. 그것은 필시 진달래가 세 송이만 떨어져 있어서만은 아닐 것입니다. 이상한 기분입니다. 가끔 느끼긴 했지만 이렇게 강하게 느낀 적은 없는, 이상한 기분입니다. 덕분에 잠에 약하고 조금 게으른 제 천성이 저를 밤 늦게까지 재우고야 말았습니다. 저는 며칠 전과 같이, 또 조금 늦은 등산에 오르게 되었습니다.

등산을 하면서, 저는 이상하게 이 시간 즈음에 등산을 했던 며칠 전처럼 날아갈 듯한 기분을 느꼈습니다. 새로운 시작에 대한 갈망도 또다시 희미하게 피어오르고 있었습니다. 왜일까요? 저는 운명마저 느끼고 있었던 것입니다. 평소와는 다른 이 시간이, 제게 운명을 느끼게 했습니다.

그리고 세 앞에서 그가 내려오고 있었습니다. 진달래꽃 세 송이를 소중하게 손에 꼭 쥐고 바닥만 쳐다보며, 그날처럼 나를 못 본 채, 그는 내려오고 있었습니다. 그러나 그날과는 다르게 이번엔 제가 그 자리에, 마치 그날 그가 그랬던 것처럼, 그대로 멈춰 서서 멍하니 그를 쳐다보았습니다. 머리가 띵했습니다. 저는 움직일 수가 없었습니다.

마침내 제가 있는 곳 근처에 다다른 그가, 눈을 들어 저를 쳐다보았습니다. 이제 우린 둘 다 멈춰 서서 그대로 멍하니 서로를 바라보게 되었습니다. 전 그의 얼굴에서 여러 가지 감정들을 읽을 수 있었습니다. 주로 놀람과 관계된 감정을요. 그의 얼굴이 이상하게 보였습니다. 그러나 결코 못생겨 보이진 않았습니다. 저는 갑자기 안도감이 밀려오는 것을 느꼈습니다. 최근 느꼈던 불안감을 다 날려 버리는 듯한 안도감이었습니다.

갑자기 웃음이 터져 나왔습니다. 참을 수 없었습니다. 아니, 지금은 참기 싫었다고 할 수 있겠죠. 여태껏 살아오면서 그토록 기분좋은 웃음은 처음이었던 것 같습니다.

멍하니 있던 그도 따라 웃기 시작했습니다. 그렇게 한동안 우리는 웃기만 했습니다.

그날 우리는 연인이 되었습니다.

[9-15일]

그후 우리는 등산뿐만 아니라 하루의 대부분을 같이 하게 되었습니다. 그 뒤로 바뀐 것이 몇 가지 있습니다.

이제 그는 진달래를 제게 직접 전해 주었습니다. 등산 도중, 언제 꺾었는지 모르겠습니다. 저는 항상 지켜보곤 하는데, 그는 제가 모를 때 꽃을 따서는 건네주어서 저를 놀라게 하곤 합니다.

그 덕인지, 진달래는 제가 가장 좋아하는 꽃이 되었습니다. 좋아하긴 해도 전과는 다릅니다. 이제는 쉽게 좋아하는 꽃이 바뀌진 않을 것 같습니다.

저는 그에 대해 조금 더 많이 알게 되었습니다. 이젠 제가 그에게 질문할 차례니까요. 그에게 꿈에 대해 물었을 때, 그는

"진달래 밭을 가꾸고 싶어."

라고 했습니다. 저는 소박한 꿈이라며 놀렸지요. 그는 씁쓸히 웃었습니다.

그러나 연인이 된 우리에게도 시련은 있었습니다. 그가 떠나야 할 시간이 다가온 거죠. 저는 그 때문에 날이 갈수록 우울해져 갔습니다. 그러나 정작 그는 아무렇지도 않은지 태연하더군요. 그래서 한 번은

"그렇게도 떠나는 게 기뻐?"

라고 물어봤죠. 그는 슬며시 웃기만 하더군요. 저는 악이 올라서 그날 그와는 말 한 마디도 나누지 않았습니다.

그가 떠나기 전날 밤, 저는 그 전날 애써 고심한 끝에 쓴 편지를 그가 준 진달래를 모아둔 통에 담아 등산을 마치고 집에 도착한 후 그에게 주었습니다. 그는 처음엔 진달래를 보고 감격해 하더니 그러나 제 표정이 없는 걸 보고 받은 진달래 통을 자세히 살펴보더군요. 그리고 편지를 발견했습니다. 그 안엔 시가 하나 들어 있습니다. 유명한, 진달래에 대한 시가요.

시, 아니 편지를 모두 읽은 그는 웃으며 집으로 들어가더니 잠시 후 답장을 들고 나왔습니다.

'또 꺾을 만큼 진달래가 피면 돌아올게.'

[16일]

그가 떠나갑니다. 저는 울 것 같았지만 애써 무표정한 모습이었습니다. 그러나 그는 기어코 제게 입맞춤을 해 저를 울려놓았습니다. 그가 떠날 때 저는 진달래를 뿌리지 않았습니다. 그럴 수가 없었습니다. 왜냐하면 제 진달래 통을 그가 가져가 버렸으니까요. 그러니까, 저는 그가 다시 돌아올 때까지, 돌아와서 제가 준 진달래 통을 돌려받을 때까지, 돌아온 그가 나를 버리고 떠날 때까지 진달래를 뿌리지는 못할 것입니다. 만약 그때가 온다면, 그것은 아마 그가 세상을 떠날 때이겠지요. 저는 그렇게 믿습니다. 그리고 그때가 되면……. 그의 관을 장식하고도 남을 만큼의 진달래가 제 통엔 가득할 것입니다.

후기

　동아리를 선택할 무렵, 난 솔직히 아무거나 상관없다고 생각했다. 어차피 활동이라고 해봤자 토요일에 하는 게 다였고, 게다가 그것조차도 한 시간이었다. 제대로 된 활동이 될 리가 없었다. 그래서 별로 고민도 하지 않았다. 그냥 끌리는 대로 동아리 신청을 했다. 그것이 내가 그린비라는 동아리에 발을 들여놓은 이유다. 그리고 난 지금에야 그때의 내 선택이 실은 상당히 중요한 것이었다는 것을 느낀다. 그리고 감사한다. 행운이라고밖에 말할 수 없는 그 선택에.

　처음 글을 쓸 때는 힘들었다. 막 걸음마를 떼는 아이의 마음이 이런 것일까? 나는 막 글쓰기에 발을 들여놓은 초심자, 아니 유아였다. 도대체 어떻게 쓰면 될까? 그런 물음만이 내 머릿속을 지배할 뿐. 그래서 하루 종일 고민만 했다. 그래도 쉽게 답은 나오지 않았다. 그래서 그냥 펜을 잡기로 했다. 일단 써보자는 식이었다. 자포자기라고 불러도 좋을지 모른다. 난 결국 포기했고, 패배감에 휩싸여 펜을 들었던 것이다. 하지만 그때 문득 생각했던 것이다. 어쩌면 글이라는 것은 그냥 펜 가는 대로 쓰는 것일지도 모른다고. 그뿐일지도 모른다고……. 그렇게 생각하자, 마음이 편해졌다. 그리고 난 글을 쓰기 시작했다. 그리하여 나의 글들이 탄생한 것이다.

　'흔들림 속에 피는 꽃'은 도종환 시인의 '흔들리며 피는 꽃'이라는 시를 읽고 쓴 소설이다. 처음으로 내가 '흔들리며 피는 꽃'을 봤을 때, 난 그 흔들림이라는 것이 무엇일까 생각했다. 다른 사람들이라면 시련, 역경을 떠올리겠지만, 난 그때 왜인지 '양심'이라는 단어가 가장 먼저 떠올랐다. 양심 속에서만 꽃이 핀다……. 난 그렇게 생각했던 것이다. 물론 그게 일반적인 해설이 아니란 것은 조금 지나서 바로 알았다. 그러나 난 그 시에서 흔들림을 양심이라고 해석해도 상관없다고 생각했다. 아니 오히려 그런 해석이 좋다는 걸 알았다. 그래서 난 이 소설을 써서 이 시에서 느낀 양심과 시련, 그 두 가지를 표현하고 싶었다.

'봄과 벚꽃'은 김명인 시인의 '그 나무'를 읽고 쓴 소설이다. 수업시간에 '그 나무'를 접한 후, 난 문득 벚꽃나무가 사람에 비유될 수 있지 않을까 하는 생각을 했다. 늦봄까지 벚꽃을 피우지 못하던 그 나무, 그것을 사람에 비유하면 어떻게 될까? 그것이 이 작품이 쓴 계기가 되었다.

진실한 사랑, 그 슬픔……. 김소월 시인의 '진달래꽃'을 읽고 내가 가장 먼저 떠올린 것들이다. 그러나 곧 내 머릿속을 스쳐지나가는 생각. 요즘 세상에 그런 게 어딨어? 그렇다. 요즘 세상에는 그런 사랑도 슬픔도 없다. 그런 생각이 들자 문득 난 이 세상이 너무 황폐해졌다는 생각이 들었다. 그래서 사랑에 대한 소설을 써보기로 했다. 처음에는 좀 더 슬프게 써볼까도 생각했지만, 요즘 세상에는 슬픈 사랑보다는 행복한 사랑이 더 필요하다는 생각이 들어 '진달래 세 송이'를 쓰게 되었다.

내가 쓴 소설을 다시 읽어보니 짧고, 또 너무 모호하고 정해진 것이 없다. 그래서 그것에 대해 나름대로의 변명을 생각해 보았는데, 이건 어떨까. '내 글이 짧은 것은 누구나 읽을 수 있게 하기 위해서이고, 내 글이 모호한 것은 세상이 배경이고 모든 시대가 배경이고 모두가 주인공이기 때문이다.'

내 글을 끈기 있게 읽은 모두에게 박수를 보낸다.

김동우

시를 통해 바라본 세상

옆모습
달걀
나를 찍다

내 마음 아실 이

김영랑

내 마음을 아실 이
내 혼자 마음 나같이 아실 이
그래도 어디나 계실 것이면

내 마음에 때때로 어리는 티끌과
속임 없는 눈물의 간곡한 방울방울
푸른 밤 고이 맺는 이슬 같은 보람을
보밴 듯 감추었다 내어 드리지

아! 그립다
내 혼자 마음 나같이 아실 이
꿈에나 아득히 보이는가

향 맑은 옥돌에 불이 달아
사랑은 타기도 하오련만
불빛에 연긴 듯 희미론 마음은
사랑도 모르리 내 혼자 마음은

옆모습

71일 오후. 하루도 빠짐없이 도서관에 앉아 있는 그녀에게 나는 예상치 못한 감정에 빠져 있다. 말로 표현할 수 없는, 가슴 깊숙한 곳에서부터 차오르는 뜨겁지만 은은한, 복잡하고 세밀한 감정들이 쌓이고 있다. 71일. 내 순수한 마음, 처음으로 느끼는 이 마음을 더 이상 참을 수 없는 한계에 도달할 때까지 걸리는 시간.

도서관 열람실 오른쪽 끝에서 세 번째 자리. 내가 그녀를 발견한 이후 항상 그 자리를 지키던 그녀. 이름, 나이, 직업, 가족관계, 좋아하는 음식, 공부하고 있는 책, 취미, 그리고 남자친구의 유무 어느 것 하나 알 수 없는 그녀. 옆에서 본 그녀의 고운 자태. 옆에서 본 그녀는 세상에 물들지 않은 순수함과 단아함이 온 몸 가득 담겨 살아 숨 쉬는 작품. 정면에서 바라본 모습이 기대되는 그녀. 연갈색 빛깔 곡선을 그리며 찰랑이는 아름다운 머릿결, 가까이 가지 않아도 나를 매료시키는 강한 인상의 향기. 봄을 깨우는 새싹마저 그녀를 질투할 만큼 생생하고 활기찬 모습. 그 틈틈이 비춰오는 작은 귀와 오똑한 코. 곧게 핀 허리에서 보이는 굳은 의지. 아름다운 그녀의 옆모습. 참 귀여운 옆모습. 그녀의 옆모습.

"그대를 좋아하는 것 같습니다. 진심입니다. 저와 교제해 주시겠습니까?"

정사각형 모양의 포스트잇을 가득 채운 나의 진심을 손등에 붙이고는 그녀의 자리로 다가간다. 발걸음이 무겁다. 조용한 열람실을 가득 채운 나의 심장소리는 사소한 쪽지 한 장에 요동을 쳤다. 태어나서 처음이다. 말로 직접 전해 주고 싶었지만 그럴 수 없었다. 용기가 없기도 하지만 혹여나 거절했을 땐 뒤에 올 감당 못할 부끄러움과 부담감에 견딜 수 없을 것 같기 때문이다. 처음이니까. 이런 미칠 것같이 복잡하고 강렬한 감정은 처음이니까 스스로를 이렇게라도 합리화시켜야지.

그녀가 공부하고 있는 책상 앞으로 다가갔다. 옆이 아닌 앞으로 다가갔다. 항상 앉아서 옆모습을 바라봤던 먼 오른쪽 책상을 뿌리치고 이제는 당당히 그녀 앞으로 다가갔다. 다행이 반대편 책상에는 아직 자리가 없었다. 나는 손바닥에서 포스트잇을 떼어내 그녀의 책상 위로 손을 집어넣어 조심스레 붙였다. 손가락으로 접착 부분을 이리저리 문질렀다. 고개만 들면 떡하니 눈앞에 보이는 아주 좋은 자리에 붙였다. 스스로 만족스러웠다. 일이 순조롭게 진행되고 있음을 느꼈다. 벌써 그녀가 내 마음을 알아준 것만 같은 황홀한 기분이 들었다. 조심스레 손을 빼며 의자에 앉았다. 그녀 반대편에 앉은 자리는 넓은 들판에 앉은 것처럼 편안했다. 자유로움이 느껴졌다.

'이제부터가 중요한 순간이야.'

등에 매고 있던 가방을 책상에 살포시 올려놓았다. 가방 뒷부분이 축축하게 젖어 있었다. 가방에서 흔한 영어 문법책을 꺼냈다. 사실 공부할 마음은 애추에 없었다. 난 이미 영어와는 전혀 관련 없는 직장에 취직된 내가 쓸모없이 영문법이나 볼 만큼 노력파일 리가 없었다. 온통 그녀 생각에 손에 집히는 대로 챙겨왔는데, '차라리 소설책이나 챙겨올 걸' 하며 후회했다. 평소 가볍게 넣고 다니던 소설책마저 오늘 따라 보이질 않았다.

도서관이란 곳은 생각보다 너무 조용했다. 끝없는 정적의 시간이 흘렀다. 땀이 서서히 식어갔다. 열린 창틈으로 들어오는 봄바람은 곤두섰던 마음마저 사르르 토닥였다. 아직 답장이 없다. 붙인지 꽤 오랜 시간이 흐른 것 같은데 아무런 반응이 없다.

'혹시 너무 위에 붙여서 못 본 건 아닐까?'

밤이 깊어간다. 학생 때도 보지 않았던 영어 문법을 여기서만 30페이지가 넘게 술술 넘어갔다. 물론 이해를 하고 넘어갔다고 보장할 수는 없지만 말이다. 시간가는 줄 몰랐다. 그녀의 반응에 기대를 안고 있어서일까. 오히려 이렇게 기다리는 시간마저 행복으로 다가왔다. 지난 71일 동안의 무의미한 바라봄이 헛되게 느껴졌다. 나는 사소하지만 용기 있는 남자이다. 이제는 그 어떤 어려움도 헤쳐나갈 수 있는 용기 있는 남자다. 두려움이 사라졌다. 그녀라는 존재가 나에게 커다란 지원군이 된 것 같다. 책상 위에 올려져 있는 영문법조차 나는 두려워하지 않는 진정한 사나이가 된 것 같다. 나는 지금 너무 행복하다. 이제껏 경험해 보지 못한 엄청난 행복이 나에게 지금 찾아왔다. 나의 노력과 도전이다. 나의 용기이다. 그리고 내 앞에 앉아 있는 그녀이다.

갑자기 귀에 익숙한 클래식 음악이 들렸다. 손바닥을 향하며 채워진 손목시계를 돌려 시계를 봤다. 벌써 10시다. 내 심장이 다시 뛰기 시작하는 시간. 수군수군거리는 소리가 이내 가득 찼다. 곧 그녀도 일어나겠지. 나는 문법책을 덮어두고 고개를 들었다. 그녀를 기다렸다. 의자를 끌며 일어서는 사람들의 소리와 학생들의 요란한 아우성, 두터운 점퍼에 달린 지퍼 올리는 소리. 옷 스치는 소리. 점점 줄어드는 클래식 음악. 창문 밖에서 들리는 여자들의 잡담. 귀에 꽂은 이어폰에서 들리는 고요한 발라드. 옆에서 앉은 여고생의 머리 묶는 사소한 요란한 소리. 그리고 내 앞에 앉은 그녀가 일어나는 소리. 미숙한 소리. 내 뛰던 심장을 삼키는 고요한 메아리. 나를 무너뜨린 잔인한 외침.

"저기, 저 중학생인데……. 죄송해요."

정면에서 본 그녀는…….
영락없는 중학생이다. 의심의 여지가 전혀 없는 여중생이다.

농 담

이문재

문득 아름다운 것과 마주쳤을 때
지금 곁에 있으면 얼마나 좋을까, 하고
떠오르는 얼굴이 있다면 그대는
사랑하고 있는 것이다

그윽한 풍경이나
제대로 맛을 낸 음식 앞에서
아무도 생각하지 않는 사람
그 사람은 정말 강하거나
아니면 진짜 외로운 사람이다

종소리를 더 멀리 내보내기 위하여
종은 더 아파야 한다

달걀

"넌 이상형이 어떤 남자야?"

식판을 내려다 놓으며 친구가 물었다. 급식으로 받은 국이 조금 넘쳐 식판을 이리저리 횡단하고 있었다. 코를 자극하는 훈제달걀의 고소한 향기와 김치의 싱그러운 냄새, 고깃국의 짭짤함이 묘하게 더해 느껴졌다.

"내 이상형은……. 난 말이지, 반찬으로 나온 달걀 마지막에 먹는 사람이 좋아."

함께 자리를 잡고 본격적으로 식사를 하려던 친구들이 모두 나를 쳐다봤다. 여자로서 별로 매력이 없는 까무잡잡한 얼굴과 이리저리 박힌 주근깨, 매섭게 날카롭지만 끝은 순하게 내려와 있는 눈, 친구들에게 구경거리가 된 것 같았다. 초등학교까지 아버지께서 시골에 달걀 도매상을 하고 계셨다는 사실을 이들은 다 알고 있었다. 이에 상식적으로는 달걀을 지겨울 정도로 많이 먹어야 할 것 같았지만 그렇지 않다는 사실에 약간은 놀란 것 같은 표정이었나. 날샬 마시막에 벅는 남자를 좋아한나는 발언에 비정상적인 '촌녀'로 인식되는 기분이 들었다. 이제는 도시생활에 적응된 신세대인데 말이다.

"풋, 넌 무슨 여자가 이상형 하나 웃긴다."

큰 키에 머리를 곱게 포니테일로 묶은 친구 하나가 나를 비웃듯 말했다. 기분은 전혀 나쁘지 않았다.

"그러고 보니, 넌 달걀 제일 먼저 먹네. 뭐나녀?"

나는 반찬으로 각종 달걀반찬이 나오면 가장 먼저 먹는 버릇이 있다. 참을 수 없는 고소함, 담백함, 군데군데 뿌려진 소금 친 부위의 짭짤함, 정리되지 않은 불규칙적인 달걀의 개성있는 모습, 그리고 잘 먹어보지 못했던 희귀성이 나에게는 가장 먼저 먹을 수밖에 없는 강한 이끌림으로 작용했다.

언제더라, 집에만 찾아가면 할머니께서 나를 구박하시던 때가 있었다. 어머니께서 집을 자주 비우셨고 그 빈자리를 할머니께서 채워주셨다. 당시 같은 초등학교에 다니고 있던 나와 남동생은 끝나는 시간에 맞춰 중간에 만나 함께하곤 했다. 누구보다 사이가 좋은 오누이였다. 시골 남매의 우애는 남부럽지 않은 정으로 탄탄히 묶여 서로 의지하고 위로하며 결코 외롭지 않았던 생활을 해온 것 같다. 할머니께서는 달걀 도매상을 하시던 아버지께서 들고 오셨던 남은 달걀을 자주 요리해 주셨다. 할머니는 달걀 요리를 많이 하실 줄 모르셨다. 그저 삶든지, 냄비에 깨서 휘휘 젓고는 찜 요리를 하시는 게 다였다. 물론 그 당시 처음으로 달걀요리를 접해본 우리 남매에게는 그 어떤 고기보다 맛있고 귀하게 느껴졌다. 달걀 도매를 하셨던 아버지가 누구보다 자랑스러웠기 때문인지도 모른다. 확실한 건 그때도, 지금도 달걀이 세상에서 가장 맛있는 음식이라 생각한다. 달걀은 충분히 훌륭한 음식이다. 어떻게 요리를 해도, 어느 요리에 넣어도 결코 빠지지 않는 빈틈없는 재료이다. 거기다 영양가까지 빈틈없는 완벽 식품이 아닌가?

하지만 달걀은 나에게 상처로 다가오게 되었다. 평소 식탐이 없던 남동생은 나보다 더 비쩍 마른 체형에 키도 또래보다 작았다. 할머니께서는 하나밖에 없는 손자 녀석이 남다른 걱정이 되셨는지 언제부턴가 나와 차별하고 계신 것이 느껴졌다. 아니, 확실히 차별받고 있었다. 물론 어른들의 세계는 이해할 수 없지만 순수함에서 비롯된 나의 고독함은 여럿 주변 사람들에게 큰 실망을 느꼈다. 절대 남동생의 몸이 약해서 특별히 챙겨줬다고 생각하진 않았다. 그저 집안의 남자이기 때문일 것이다. 분하긴 했지만 어쩔 수 없었다.

덕분에 남동생은 하루도 빠짐없이 달걀요리를 먹었다. 처음 몇 번 달걀 요리를 함께 맛본 이후 나는 단 한 번도 달걀요리를 제대로 맛보지 못했다. 식사도 따로 했다. 할머니께서는 아버지와 남동생 먼저 식사를 시키셨고, 남은 음식과 흔한 김치만 그 위에 더 얹어 할머니와 끼니를 해결했다. 먹다 남은 밥상에 앉은 기분이 얼마나 비참한가. 어린 나이에 이미 달걀 냄새로 가득찬 방 안에서 먹는 식사는 남동생에게 보이기 민망해서 크게 울며 반찬투정을 부릴 수도 없었다. 그저 묵묵히, 달걀 하나만 바라며 어린 나의 소리 없는 가느다란 눈물 맺힌 밥상에 김치만 실컷 얹어 먹었어야 했다.

그래서인가, 달걀을 늦게 먹거나 달걀을 양보하는 사람은 엄청나게 배려심이 깊고 착한 사람이라 생각한다. 남을 위해 희생하고 있다는 생각까지 든다. 이 맛있는 달걀을, 먼저 먹지 않으면 남이 빼앗아 먹을지도 모른다는 생각이 들 텐데 그걸 아꼈다 나중에 먹는 여유로움과 인자함이 식습관에 배어 있다면 필연 그 사람은 다른 것들을 굳이 보지 않아도 선하고 멋진 남자일 것이다.

어느날, 몇 달간 보지 못했던 어머니께서 찾아오신 적이 있다. 아침부터 달걀 껍데기에 붙은 얇은 흰자위를 떼어 먹고, 달걀찜의 남은 물과 눌러붙어버린 찌꺼기로 만족했던 나를 멀찍이 앉아 가엾게 바라보고만 계셨다. 어머니는 아버지를 날카로운 눈초리로 힐끗힐끗 바라보시다 나와 눈이 마주쳤다. 그때마다 연한 미소로 웃어주시곤 했고 후에 고개를 푹 숙이셨다.

어머니께서는 하교시간에 맞춰 남동생을 기다리는 나에게 다가오셨다. 오랜만에 보는 어머니의 얼굴은 어느 때보다 반가움이 가득 차 있었고 기쁨에 겨워 어쩔 줄 몰라 하셨다. 어머니는 그때도 지금도 자주 볼 수 없다. 무슨 일을 하시는지 잘 모르지만 도시에 나가서 남자들이나 입는 까만 정장을 입고 이리저리 물건을 파시는 것 같다. 그래서 신발도 많이 닳고 흰 와이셔츠는 목덜미와 겨드랑이, 등 부분이 유독 때가 많이 타 있었다. 목소리는 누구보다 힘차며 설득력 있었고 나를 곧 잘 위로해 주셨다. 그날은 어머니께서는 나를 데리고 문방구로 들어가셨다.

"사고 싶은 거 있으면 골라. 사줄게. 대신 비밀이다."

어머니는 애정이 묻어나는 명랑한 말투로 말씀하셨다. 나는 어머니를 만난 기쁨과 사고 싶은 것을 사준다는 말에 더욱더 표정이 밝아졌다. 나는 이리저리 문방구를 뒤지며 평소 갖고 싶었던 필기구, 색연필, 불량식품을 집었다. 그리고 어머니께 웃으며 달려갔다. 어머니와 함께 계산대를 향했다. 계산대에 올려놓자 주인아주머니께서 이리저리 셈을 하고 계셨다. 근데 눈앞에 양파망처럼 생긴 빨간 망태기에 묶인 달걀 묶음이 있는 것을 발견했다. 달걀 3개를 한 묶음으로 팔고 있었다. 나는 계산을 마쳐가는 중에 한 묶음 집어 올렸다. 그리고 어머니를 바라보자 흔쾌히 이것도 사주겠다는 눈치를 보이셨다. 기분이 좋았다. 문방구에서 달걀을 팔고 있다는 사실에도 놀랐다. 역시 달걀은 위대했다.

까만 비닐봉지에 물건을 담았다. 그리고 문방구를 나서자마자 달걀을 조르고 있는 빨간 망태기를 이로 뜯었다. 달걀은 집에서 본 것과는 다르게 보드랍고 따뜻했다. 어머니께서는 집에 가서 요리해 준다며 나를 기쁘게 했다. 얼마나 행복한 순간이었는지 모른다. 나는 망태기에서 달걀 하나를 꺼내 어머니의 까만 정장 바지 주머니 속에 넣었다. 종이 스치는 소리와 함께 아랫부분까지 쏙 들어갔다. 어머니는 날 보고 가볍게 미소를 지어 주셨다. 그리고 망태기 속 남은 달걀 2개를 꺼내어 양쪽 주머니 속에 하나씩 넣고 집으로 돌아가고 있었다. 주머니 속에 양 손을 꽂아 넣은 채 달걀을 감싸고 있으니 나의 체온으로도 충분히 달걀을 익혀먹을 수 있을 것만 같았다.

집에 도착하니 할머니 혼자 계셨다. 어머니께선 할머니께 인사드리고는 금방 눈을 피하셨다. 할머니도 어머니를 크게 반가워하시지 않았다. 나는 혹여나 큰일이 일어날까 일찍이 방으로 자리를 옮겼다. 방 한가운데 서서 주머니 속 달걀을 꺼냈다. 달걀은 금세 식어 차가웠다. 매끄러웠던 표면도 다시 만져보니 거칠게 느껴졌다. 손에 비릿한 냄새도 났다. 나는 방을 나서지 않았다. 어머니께서 언제 다시 직장으로 돌아가셨는지도 몰랐다. 나에게 아무 말도 없이 돌아가셨다. 그리고 아직도 가끔 뵙는 어머니의 얼굴은 기억 속에 선명하게 남아 있지 않다.

"야, 무슨 생각 하나? 달걀 먹고 아주 감동에 눈물까지 흘리려는 거 아냐?"

친구들이 나를 보며 웃었다. 깊은 회상에 빠져 수저를 들 타이밍을 놓쳐버렸다. 젓가락을 떨어뜨렸다. 젓가락에 꽂혀 있던 달걀도 함께 바닥으로 떨어졌다. 한입 베어먹었던 달걀이 떨어지며 안에 있던 노른자가 터져 나왔다. 울컥했다.

"난 꼭! 꼭 달걀 나중에 먹는 남자랑 결혼할 거야."

비장한 말투로 선언했다. 친구들은 끝까지 대수롭지 않게 이야기를 들었다.

저 들판은 누가 차지하는가

이동순

들판은
온통 소들의 차지다
말들의 차지다
그 소와 말과 양들을 돌보는
얼굴이 까아만 소년들의 차지다
죽은 가축의 살점을 기다리는
독수리들의 차지다
아니 벌레와 야생초들의 차지다
아니 풀과 풀 사이에 끝도 없이 널려 있는
소똥과 말똥의 차지다
그 소똥과 말똥을 부수고 있는
연둣빛 날개가 아름다운 갑각류의 차지다
아니다 아니다
자꾸 생각하고 또 생각해도
들판은 그 누구의 차지도 아니다

나를 찍다

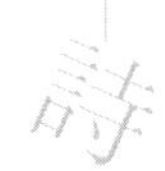

하늘은 황금빛으로 눈부시게 빛났지만 끝 모르게 펼쳐진 초원은 왠지 모르게 그늘진 듯 어두웠고 키 큰 풀들로 가득한 수많은 언덕들이 포개지고 겹치면서 아스라히 지평선 너머 사라져가고 있었다.

위로는 바람들이 이리저리 몰려다니고 있었고 그 바람 사이로 한 남자가 키 큰 풀숲을 헤치며 위태롭게 걷고 있었다. 허리춤까지 차오르는 풀들 때문에 무릎을 잔뜩 올려붙이고 내려딛는 남자의 걸음걸음이는 쉬워보이지는 않았다.

남자는 목에 걸고 다니던 카메라를 만지작거렸다. 그는 자연을 담고 싶었다. 자연의 삶을 동경했다. 이 넓은 초원에서 느껴지는 자연의 아름다움을 남자는 갈망했다. 하지만 그는 지금 사막을 걷고 있다. 생기 넘치는 풀들을 신발로 이리저리 걷어차며 그는 사막 한가운데를 걷고 있다. 끝이 보이지 않는 사막 속에 휘날리는 모래들은 그의 몸을 붙잡고 놓아주지 않았다.

남자는 바람에 들썩이는 갈색 가죽 모자를 한 손으로 내리누르고 가늘게 뜬 눈으로 지평선을 바라보았다. 눈빛에서는 다급함이 느껴졌다. 남자의 눈 주위에 깊게 패인 주름으로 진한 땀방울이 스며들고 있었다.

힘겹게 걸어 나아가던 남자는 언덕의 내리막에서 결국 꼬꾸라졌다. 다행히 언덕 아래로 구르진 않았지만 몸을 지탱하고 있는 두 팔은 힘없이 부들거리고 있었다. 카메라가 손상된 것 같다. 카메라 렌즈가 분해되어 남은 내리막을 굴러다녔다. 앙상하게 드러난 어깨 사이로 패인 등골이 렌즈의 절망감을 느끼며 힘겹게 들썩였다. 그때 어떤 소리가 들려왔다.

소리는 깊은 곳에서 아주 길게 울려나오고 있었다. 뱃고동 소리 비슷했지만 훨씬 더 크고 장엄한 소리였다. 울림은 기품이 있고 당당했지만 여운에서는 진한 애처로움이 묻어났다. 여운이 사라질 쯤, 소리는 다시 울려왔다. 소리가 반복될수록 당당한 울림은 점점 작아져갔고 애처로운 여운은 길어져갔다.

남자는 풀숲 위로 고개를 들었다. 눈에는 핏발이 서 있었고 시선은 지평선에 고정되어 있었다. 남자는 다시 몸을 일으켜 언덕 아래로 내려갔다. 높게 솟은 풀들 사이로 검게 빛나는 렌즈를 어렵게 찾을 수 있었다. 그리고 다시 지평선을 향해 비틀거리며 걸음을 내디뎠다.

남자는 몇 걸음조차 가지 못하고 다시 쓰러졌다. 몸을 지탱하는 팔은 더욱 부들부들 거렸고 어깨 사이에 골짜기가 더욱 깊어져 있었다. 힘이 완전히 빠져나간 듯 등골은 더 이상 들썩이지도 못하고 푹 꺼져 있었다.

마지막 소리는 의외로 길고 크게 울려왔다. 아마도 마지막 힘을 쥐어짜냈던 듯 했다. 힘겹게 짜낸 소리라서 그런지 여운도 특히나 길고 길었다. 끊어질듯 말듯 이어지면서 애절한 향기처럼 초원에 퍼져나갔고 풀숲 사이로 촉촉하게 스며들었다. 풀숲에 스머든 여운에서는 이유모를 이별의 냄새가 풍겼다.

그 냄새에서는 정든 항구에서 떠나가는 배의 아쉬운 뒷모습이 느껴지기도 했고 수평선으로 사라져버린 태양의 애잔한 잔광이 느껴지기도 했다. 남자의 어깨가 초원에 솟은 외로운 바위처럼 앙상하게 풀숲 위로 솟아나와 있었다. 남자는 다시 고개를 들었지만 쉽게 몸을 일으킬 수 없었다.

그때 저 멀리 갈기가 어지럽혀져 있는 야생 사자가 서 있었다. 저 멀리 보이는 높은 풀숲의 끝에, 동화책에서나 나올 법한 둥그런 언덕 위에 우두

커니 서서 바람을 느끼고 있는 평화로운 사자 한 마리가 눈에 들어왔다. 나를 주시하고 있진 않았다. 다른 먹잇감을 찾을 의욕 또한 보이지 않았다. 그저 초원 속에서 스스로를 반성하듯, 날카로운 이빨을 타고 흐르는 식욕마저 주저하듯 사자는 평안히 서 있었다. 그는 카메라를 다시 잡아챘다. 다시 렌즈를 돌려 끼웠다. 목에 걸려 간신히 매달려 있는 카메라는 이미 여럿 넘어진 탓에 이리저리 긁히고 찌그러져 사진을 담기엔 한없이 부족한 물체였다.

렌즈를 한번 돌려보았다. 사자와의 거리를 짐작해 본다. 그리고 그는 용기를 내어 있는 힘껏 다가가 본다.

몸이 제대로 말을 듣지 않았다. 원인을 알 수가 없다. 스스로 비극을 경험하고 있음을 느꼈다. 여행의 시작은 푸른 자연 속 넓은 세상을 카메라에 담으며 세상과 떨어진 평화를 누리고 싶었다. 수많은 사진작가들이 전 세계를 돌아다니며 누리던 아무에게나 허락되지 않은 진정한 자유인의 모습, 그리고 열정과 호기심으로 가득 찬 모습이 그에게는 영웅처럼 보였다. 하지만 이는 그에게 허락되지 않은 무모한 일이었다. 그에게는 그런 호화로운 감정 따위 지금 느끼지 못한다. 그저 꿈일 뿐이었다. 꿈에서 끝났어야만 하는 일이었다. 살고 싶은 감정 속에, 사막에서 어찌할 바를 모르는 상황 속에서. 그리고 마지막으로 허락된 오아시스가 눈앞에 있다. 마지막 자비를 붙잡을 기회가 온 것이다.

사자 앞으로 한걸음 발을 내디뎠다. 사자는 제자리에 있다. 한걸음 더 용기를 내어 발을 내디뎠다. 사자는 제자리에 있다. 한걸음 더 내디뎠다. 그리고 사자는 남자에게 고개를 돌렸다.

공포가 엄습했다. 죽기 직전의 갖가지 생각이 들었다. 그의 첫사랑 (닿을 듯 말 듯 애태우던 그녀), 어린 시절 보고 자랐던 집 앞의 작은 꿀밤나무, 어머니께서 항상 밥상에 올려주신 구운 김, 그리고 손가락이 몇 개 남지 않은 아버지의 손. 남자는 아버지의 손으로 찍었던 과거를 떠올린다. 힘든 손가락으로 눌렀던 셔터가 다시금 남자를 일으킨다.

사자의 눈은 맹랑했다. 소녀의 눈처럼 맑았고 순수했다. 사자는 남자가 찾아왔던 자연물이다. 세상 모든 걱정, 고난, 짐을 모두 짊어진 그에게 보여주는 이상향의 표본이다. 가히 마지막으로 주어진 자비임을 느끼게 한다. 사자는 가진 것이 없었다. 나처럼 많은 것에 얽매이며 고통스러워하지 않았다. 자연에 몸을 맡긴 채 그저 본능대로 살아갈 뿐이었다. 하지만 그 녀석의 삶이 불행하진 않았다. 본능에 충실한 동물을 보며 이를 저급한 개체로 볼 이는 없기 때문이다.

남자는 발걸음을 옮겨 자연과의 거리를 옮겼다. 한 폭의 그림이 완성될 때까지, 남자는 작품을 그리기 위해, 그 스스로의 인생의 벽을 부수기 위해 다가갔다. 그리고 자연과 나와의 관계가 내가 사랑했던 첫사랑 그녀와의 첫 만남이 이루어졌던 그날, 그 거리만큼 좁혀졌을 때.

"찰칵."

떨리는 손으로 사진을 찍었다. 그리고 사진기를 떨어뜨렸다. 목에 걸려 있던 목줄이 끊어지면서 땅에 조금의 미음(微音)도 없이 주저앉았다.

한 손으로 무릎을 짚고 겨우 구부정하게 서는 순간 남자는……. 사진기와 함께 주저앉았다. 이번엔 팔로 몸을 떠받칠 여유도 없었기에 온전히 온몸이 풀숲에 엎어져 버렸다.

저 멀리 어딘가에서 세찬 바람이 몰려와 이리저리 몰려다니며 언덕 아래로 이리저리 나풀대는 풀숲의 스며든 여운을 쓸어내고 있었다.

온전히 쓰러진 남자가 만들어낸 허공 위로, 낮은 언덕이지만 가장 높은 곳에 있던 그는, 마지막 남은 여운을 털어내며 흔들거렸고 하늘은 여전히 황금빛으로 빛났다.

후기

　글을 쓰는 동안 얼마나 제 모습이 웃겼는지 모릅니다. '그린비'라는 글쓰기 동아리에 들어오게 된 것도 많은 우연과 감사가 있는 과정이었기 때문일까요? 잠자는 시간도 줄여가며 글쓰기에 푹 빠져 있는 제 모습이 책 읽을 때의 집중력 이상으로 절 빠져들게 했기 때문이죠. 그리고 평소 제가 하고 싶었던 이야기, 보고 느꼈던 이야기들을 글로 쓴다는 점에서 상당한 매력을 느꼈습니다. '독서는 작가와 독자의 의사소통이다'라는 말처럼 이제는 제 이야기를 읽는 모든 사람들에게 전달하며 의사소통을 할 수 있으니까요.

　처음 작품인 김영랑 시인의 '내 마음 아실 이'는 제가 도서관에서 공부를 하던 중 실제로 경험했던 이야기입니다. 물론 제가 주인공은 아니고 제 앞에서 펼쳐진 아름다운 이야기이죠. 순수한 사랑이야기를 좋아해서 이 이야기를 소설로 쓴 것도 있지만, 우리는 가끔씩 과감한 용기를 보일 필요가 있다는 메시지를 전하고 싶었어요. 시에서도 작가의 마음을 전달할 수 없어 애달파하는 모습이 보이잖아요. 때론, 부끄러워 고개를 들지 못할 지라도 괜찮잖아요. 그 모습마저 아름답게 보여질 수 있다고 생각하니까요.

　그리고 두 번째 작품으로 이문재 시인의 '농담'이라는 작품은 가족이란 끈끈한 사랑을 보여주고 싶었어요. 보이지 않아도 느껴지는, 항상 우리를 사랑하시고 가장 좋은 것으로 채워주길 원하시는 부모님의 사랑을 말이죠. 이 시는 도서관에서 자주 시집을 찾아 읽곤 하는데요, 우연히 읽던 시들 중 하나였어요. '종소리를 멀리 보내기 위해선 종이 더 아파야 한다'라는 말이 제 가슴에 너무 와닿아서 글도 쓰게 되었지요. 우리는 이별이나 단절을 겪어보지 않으면 내가 얼마나 사랑을 받고 있는가를 잘 깨닫지 못하는 것 같다는 생각도 들었고, 힘든 과정 속에서 만난 사랑하는 사람들, 특히 그 사람들이 가족이라면 얼마나 반갑겠어요.

마지막으로 이동순 시인의 '저 들판은 누가 차지하는가'라는 소설입니다. 이 소설을 쓰면서 많은 생각을 하게 되었습니다. 사실 이 소설은 제가 인터넷을 통해 본 짧은 글을 배경으로 글을 완성시켰는데 쓰면서도 많은 인상을 남기게 하는 책인 것 같습니다. 여러 가지 감정들과 내용들이 복합되어 있죠. 독자 분들은 어떻게 읽으셨는지 모르겠습니다. 저는 누구의 것도 아니고, 사진으로도 담을 수 없는 웅장한 자연 앞에 인간의 연약함이 가장 많이 표현하려 했어요

소설을 읽으면서 느끼실 테지만 제 소설에는 사랑이야기가 많이 나옵니다. 이 세 작품 외에도 여러 작품들이 있었는데 대부분 사랑 얘기를 다루고 있었죠. 선생님께선 좋아하는 여학생이 있는지 물어볼 정도였으니까요. 제가 하고 싶은 이야기는 사랑 얘기가 맞아요. 하지만 특정 대상을 향한 사랑보단 여러 기지 사랑을 우리는 느끼며 살았으면 좋겠어요. 제가 어려운 소실을 쓰지 않는 것도 그런 이유에서이죠. 주위를 둘러보고 사랑해 보세요. 그동안 놓쳤던 감사와 행복을 느낄 수 있을 거예요.

한상균

환상, 그림자에 가려져 보이지 않고

내가 원하는 모든 것
AISATNAF
마른 땅 위에 뿌린 눈물 한 줌

나무

이형기

나무는
실로 운명처럼
조용하고 슬픈 자세를 가졌다.

홀로 내려가는 언덕길
그 아랫마을에 등불이 켜이듯

그런 자세로
평생을 산다.

철 따라 바람이 불고 가는
소란한 마을 길 위에

스스로 펴는
그 폭 넓은 그늘

나무는
제 자리에 선 채로 흘러가는
천년의 강물이다.

내가 원하는 모든 것

타타타닥, 탁, 타닥.

이슬비라는 열성적인 주자의 손길에 가랑잎은 요란한 탄성을 울렸다. 하늘은 회색에 검은빛이 섞인 모호하고도 음침한 빛으로 가랑잎과 우중충한 활엽수들 사이에 고즈넉이 서 있는 소년을 밝힌다. 그는 살짝 뒤를 돌아보고는, 고개를 흔든다. 그곳에는 아마도, 활자로 된 감옥에 스스로를 박아 넣는 수인(囚人) 아닌 수인들이 도열, 진열되었을 것이다.

그는 고개를 다시 흔들었다. 소년 또한 수인이면서, 무슨 웃기지도 않은 생각인가, 자괴감이 밀려든다.

소년은 다시 활엽수들에게로 고개를 돌린다. 타다닥, 타타타닥 이슬비는 여전히 가랑잎을 두드린다. 그의 나이에는, 아니 어느 누구라도, 이런 시간의 이런 숲은 무서워질 법 하건만, 소년은 전혀 그렇지 않은 듯이 그저 무기질적인 얼굴로 주위를 바라보기만 한다. 그때, 소년의 어깨가 움찔거린다. 명백히 이슬비의 소리가 아닌 이질적인, 인위적인 소리가 그의 귀에 들린다.

이건 분명, 사람의 발소리다.

"야자(야간자율학습) 안 하나?"

사고의 중지와 동시에, 소년은 내달린다, 내달린다. 가랑잎 사이에 숨겨진 돌부리가, 그의 발을 잡아챈다. 펄석, 요란한 소리가 울려퍼진다. 소년은 얼굴을 일그러뜨린다. 아픈 게 문제가 아니다. 솔직히 별로 아프지도 않다. 엉망으로 일그러트린 얼굴로, 돌아본다.

거기엔 웃음으로 일그러진 얼굴을, 거북히 달고 있는, 또래의 소년이 서 있었다.

“괜찮냐, 그러게 누가 그렇게 달리랬냐. 교복이 엉망이 됐잖아.”

명백한 조롱투이지만, 왠지 모를 친밀감이 그에게서 느껴졌다. 소년은, 그를 살펴본다. 어두워서 자세히는 모르겠지만, 분명 그는 자기 학교의 교복을 입고 있었다. 그는 안도감과 짜증이 섞인 애매한 질척거림으로 중얼거린다.

“너도, 바람 쐬러 나온 거야?”

“오호. 대답하기 모호한 질문일세. 자기 집 앞마당을 나들이 장소라고 말할 수 있다면야, 그렇지.”

“앞마당?”

“그래.”

소년은 잠시 모회사의 전략시뮬레이션게임을 떠올리고는 고개를 젓는다. 전혀 상황에 맞지 않는 이야기일 뿐만 아니라, 명백한 학교의 사유지일 이곳을 자기의 앞마당이라고 주장하는 얼뜬 사람에게 통할 만한 농 또한 아니다.

“여기가 네 집 앞마당이라고?”

“으흠, 과연 너도 땅을 구획지어 생각하는 놈이로구나.”

“뭐?”

“땅은 결국 모두의 것일지언정, 그걸 감히 목 위에 머리를 얹어, 빳빳이 하늘을 올려다보는, 땅 위에 두 발로 선 간악한 놈들이 굳이 이익을 따지기 위해서 선을 갈라놓은 거야. 애초에 땅은 하나고, 다 이어져 있어. 그걸 자기네 땅이라고 하는 건 초등학생들이 서로 자기네 땅이라고 책상에다 줄 그어놓는 기니 히등 디를 비기 없지. 아니, 오히려 그런 이린아이 같은 소유욕에서 국경과 사유지라는 개념이 나왔을지도 모르는 노릇이야.”

"……."

소년은 말문이 막혔다. 물론 그의 논리에 탄복해서는 아니다. 과연, 저 어린 궤변론자는 누구란 말인가.

"……, 못 알아들었으면 그건 그것대로 좋아. 아예 무시하는 쪽보다는 나으니까."

"넌, 누구야."

그는 무반응이었고, 소년은 다시 물을 수밖에 없었다. 그의 표정은 '너의 질문은 잘못 되었으니 제대로 된 대답을 듣고 싶다면 제대로 질문해라.' 라는 문장을 완벽히 표현해 내고 있었기에.

"이름이 뭐야?"

"이름 따윈 상관없어."

……, 뭐라는 건가.

"여긴 우리 둘밖에 없고, 굳이 이름을 알아봤자 얻어낼 수 있는 건 '야' 이외의 호칭 외에는 없어. 서로 구분할 제 삼자가 없는 이상 우리는 이름을 서로 알 필요가 없다는 거지. 삼자가 나올 리도 없고."

마지막 말은 거의 속삭임에 가까웠기에 소년에겐 들리지 않았지만, 소년은 개의치 않았다. 소년은 그저 자기네 학교에 이런 궤변론자가 있는지 추려내고 있었다. 그 결론은, 추려내기 불가능이라는 것이었지만. 그는 자기네 학교 인물을 일일에 꿰고 있지 않았다.

"……, 됐어. 그럼 네 설명을 해봐."

"훨씬 낫네. 이번에는 대답할 맛이 나."

그러며 그는 입맛을 다시기 시작했다. 웃음기 가득한, 장난기 가득한 표정을 짓고서.

"난 신이다."

뭐래.

학생들은 야자시간의 끝을 알리는 종소리가 울리자마자, 그대로 밖으로 달려나갔다. 웃고 떠드는 학생들의 사이로, 소년의 모습이 보인다. 주위의 학생들 때문에 소년의 왜소함은 더욱 부각되어 보였다.

소년은 귀에다 폭력적으로 이어폰을 끼워 넣은 다음, 재생버튼을 눌렀다. 그와 동시에 귓속에서 요란스레 울려퍼지는 기타음, 베이스음, 드럼, 그 모든 걸 아우르는 보컬의 양주 몇 잔쯤은 가볍게 퍼마신 듯한 걸쭉한 목소리(양주를 먹어본 적이 없어 정말 그런 소리가 나는지 확신할 수는 없지만). 어렸을 때부터의 우상 아닌 우상이었던, 'OFFSPRING'의 'ALL I WANT'. 소년은 즐거이 그 엉망진창의 음을 흥얼거린다. 뜻은 알지 못한다. 그저 그는 이 가수의 경쾌함이 마음에 들었다. 우상이랬지만, 그는 'ALL I WANT' 밖에는 알지 못한다. 그저, 그 노래가 좋을 뿐인지도 모른다.

주위의 소음이 귀를 파고들기에, 소년은 더욱 귀에 깊게, 깊게 이어폰을 박아 넣는다. 소년은 한순간, 차라리 소리가 안 들렸으면 좋겠다고 생각한다, 생각을 지위버린다.

[ya, ya ya ya ya.]

2분 남짓한 곡이 끝났다. 그 곡이 끝남과 다음 곡의 시작 사이의 짤막한 시간이, 그 찔막한 시간마지 소년은 적대적으로 느껴진디. 그 공백의 시간은 지루함 뿐만이 아닌 외부의 소음도 같이 전해주었기에,

"왕따……."

"쓰레기……."

이어폰을 워낙 깊이 박아 넣어 잘은 들리지 않았지만, 소년은 그 단편적인 소리도 자신을 폄하하는, 경멸하는 소리로밖에 들리지 않는다.

소년은 더욱 깊이 이어폰을 박아 넣는다. 눈을 감는다.

그는 하굣길이 가장 싫다.

어디에서나 볼 수 있을법한, 평범하기 짝이 없는 맨션 안으로, 소년은 몸을 옮긴다. 그렇게 무기력하게 엘리베이터를 타, 나와, 문을 열어, 문을 닫으면, 그곳이 유일하게 그에게 우호적인 자신의 집이 된다. 소년은 옷도 벗지 않고, 그대로 침대에 누웠다.

"후우……,"

그리고 뒹굴, 그 덕에 귀에 끼워진 이어폰이 떨어진다. 그제야 소년은 귀가 꽤 많이 혹사당한 것을 절감한다. 소년은 귀를 만지작거리며 일어나, 베란다로 향한다. 베란다에는 가지각색의 옷가지들이 건조대에 널려져, 하늘거리고 있었다. 소년은 그 중 몇 가지를 바구니에 던져 넣은 다음, 그 바구니를 다시 방으로 들고 간다.

그리고 다시 침대에 누워 뒹굴, 그러며 옷들을 벗어던졌다. 휙휙 던져진 옷들이 방구석을 난장판으로 만드는 데 일조한다.

"신이라,"

소년은 그렇게 중얼거리며, 그 이상한 녀석에 대해 생각해 본다. 철학적으로 따지자면야, 그가 설파한 것은 범신론, 같은 것이겠지만, 솔직히 소년으로서는 그 강연은 훌륭한 헛소리로밖에는 들리지 않았다.

그리고 이젠, 제대로 기억나지도 않는다.

"뭐랬더라, 인간은……, 신이다? 신이 될 수 있다? …… 잘 기억나지가 않네."

그 피가 끓어올라 자신도 주체 못하는 것처럼 보이다가도, 냉정하게 말 끝을 잘라내는 그 말투는 어떤 말을 해도 독특하게 들렸기에 그의 입에 올라가는 것은 내뱉은 순간, 폭발적인 위력을 발산했다. 그 압도적인 위력은 사람을 끌어당기는 힘은 있었지만, 하나, 그 힘에 논설은 침수당한 듯하다.

“……,”

소년은 엠피쓰리를 만지작거렸다. 세상의 더러운 소리를 막아주는 고마운 물건이었지만, 아무래도 그를 만날 때는 쓸모가 없을 것 같다.

이제, 막 들어선 가을의 아침이란 꽤나 선선하다. 특히 이번은 여름에 유난히 더웠던 것을 만회라도 하려는 듯 가을은 피가 거꾸로 솟은 폭군마냥, 아침을 미쳐 날뛰고 다녔다.

나뭇잎들은 폭군의 눈먼 칼에 갈갈이 찢겨 본래의 빛을 잃은 채 바람에 휘날렸고, 쓰르라미들은 어느새 나무를 잡은 채 고사해 버렸다.

그리고 그 가을빛이 완연하게 든 길을 한 소년이 걷고 있었다. 여전히 애용하는 이어폰을 귀에 꽂은 채.

“훗츄! 으하,”

어젯밤에 무엇을 잘못해서 감기에 걸려버린 걸까, 생각해 보면, 그냥 다 벗고 자버린 게 화근인 듯하다. 이놈의 몸은 왜 이리도 주인을 생각하지 못하는 걸까(만일 몸이 들으면 변명거리가 산적해 있겠지만). 반품이 가능하다면 반품을 하고 싶은 마음이다.

아직 시간은 많았기에 주변에 같이 등교하는 사람은 그다지 많지 않았다. 그리고 그건 소년이 노린 바다. 아무래도 소년의 기분은 주위 사람들의 수에 깊은 관계가 있어, 소년은 자신의 기분을 위해 어떻게든 사람들을 피하고 싶은 것이었다. 인구 밀도가 안 그래도 높은 한국에서 퍽이나 쉽겠다마는.

“짜증나네.”

소년은 불평을 늘어놓으며 학교로 발걸음을 향한다. 주위에 모든 풍경이 소년을 압도한다. 걸어가는 사내 한 명이 소년을 바라본다, 소년은 위축된다. 장을 보던 중년의 여성이 자신을 바라본다. 소년은 위축된다. 모든 사람들이 자신만을 바라보는 것만 같다. 모두가 쑥덕인다, 자신에 대해 험담을 늘어놓는다. 들리지는 않아도, 보이는 것만 같다. 소년은 눈을 감아버리고만 싶다,

감는다.

아무것도 보이지 않는다. 깜깜하다, 마치 어린 날에 집안에서 숨바꼭질을 한답시고 이불을 뒤집어쓰고 숨을 죽일 때로 돌아온 것만 같다. 그 유쾌한 긴장감, 그런 것들이 느껴지는 것만 같지만, 결국은 착각에 불과하다. 소년은 그저, 현실을 도피하는 것이다. 소년이, 눈을 뜨면 거기에 보이는 것은 어느 나무, 한걸음만 더 갔어도 부딪혔을 거리다. 소년은 혀를 찬다.

결국 소년은 눈이라도 뽑아버리고 싶은 마음이 되어버린다.

교실로 들어서면, 아무도 자리하지 않은 한산한 교실이 그를 반긴다.

"알로하."

"……, 우리 반이었냐,"

그럴 리가 없다는 것을 소년 스스로가 알고 있지만, 그렇게 중얼거려버리고 만다. 물론, 당연히 아니기에, 녀석은, 예의 장난기 가득한 미소를 함박 짓는다.

"설마 설마, 놀러 와본 거지."

"내 반은 어떻게 알고,"

스스로 말하고도 놀라울 정도의 예리함이다. 과연, 이녀석은 어떻게 자신의 반을 알아낸 걸까,

"감, 놀랍지 않냐?"

"감으로 내 반이 어디 있는지 맞춘다고?"

"그렇지!"

헛소리, 라는 말이 입안에서 배회했다. 말하기 싫으면 그냥 말하기 싫다

고 하던가,

"그럼, 왜 온 거야?"

"놀러왔다니까. 난독증 있냐?"

"난독증은 책……."

"아아, 사전적 정의에 대해서는 나중에 도서관에서 가서 하자고."

소년은 힘이 빠진 표정으로 녀석을 바라봤다. 그리고 거기엔 전혀 생각 없다는 듯, 녀석은 주구장창 이론을 붙이고 덧붙여, '사전에는 낭만이 없어!' 라는 궤변에 이르렀다.

"사전에 낭만을 넣기를 바라는 거야?"

"……, 아무래도 상관없지. 나가자. 교실은 정말 답답해. 무슨 관 속에 있는 것만 같다고."

그렇게 녀석은, 소년을 밖으로 잡아당겼다.

소년은 계속해서, 녀석의 손에 끌려 다녔다. 질질, 끌려 다녔다. 그렇게, 반에서 나와, 뒷문으로 통해, 학교 뒤쪽의 숲에 다다랐을 때 즈음, 소년이 외친다.

"어, 어디까지 끌고 갈 거야!"

"얼라, 벌써 여기까지 온 건가? 좋았어."

"좋긴 뭐가!"

탁, 녀석의 손이 허공을 엔굽이친다. 소년은, 몸을 돌린다. 당황하는 녀석의 표정, 굳어져간다. 소년은, 입술을 짓씹어, 혀끝에서 대롱거리던 한 마디를, 간신히 내뱉는다.

"가겠어."

녀석 또한, 주먹을 꽉 쥔다.

"……, 네가 꺼내달라며,"

“뭐?”

“아, 아니야. 뭐, 가겠다면 가야겠지. ……, 너 같은 녀석이 오랜만이라서, 너무, 아니, 그,”

처음으로, 녀석은 당황한 모습을 보이더니, 황급히 고개를 돌린다. 녀석은, 뭐라 말하려는 듯, 입을 때다, 말다, 때다, 말다, 결국 입을 다물어 버리고는 웃는다.

“……, 가,”

“아니,”

“미안하다고 하지 마, 아니라고 하지 마, 가, 빨리. 붙잡아 버리고 싶어지니까, 빨리.”

소년은 주춤거렸고, 녀석은, 다시 웃어버리고는, 내달린다. 숲속으로, 뛰어든다. 소년은, 그 뒷모습을 보고는, 눈을 감아버린다.

과거로 돌아가는 것 같지는 않다.

다시 반으로 돌아와, 자기 자리에 앉는 동안, 소년은, 지금 당장이라도 자신의 뺨을 후려치고 싶은 기분을 주체할 수가 없었다. 도대체 무슨 멍청한 짓이란 말인가, 학교에서 대화할, 유일한, 기회였는데, 그걸, 내팽개쳐 버리다니,

소년은 자기 자리에 앉고서, 끔찍한 기분을 느껴야만 했다. 온몸에 개미들이 훑고 지나가는 듯한, 끔찍한 기분, 온몸을 긁어버려, 잘라내어, 태워버릴지언정 느끼고 싶지 않은 이 기분, 그리고, 그 기분은, 그 예감은, 늘 적중한다.

“야, 등신, 왔냐? 왜 왔는데 인사를 안 해, 임마!”

다리에 끔찍한 충격이 느껴지더니, 이내, 소년은 넘어져 버리고 만다.

소년은 입을 꾹 다문다. 아무 말도 하지 않을 것이다. 스스로 생각한다, 그 앞에서는, 소년은, 벙어리보다도 못한 존재이다.

"야, 무시하냐? 응?"

말하지 않을 것이다, 속으로 무수히 되뇌인다.

"무시하냐고, 임마!"

남자가, 짐승이, 학생이, 교복을 입은 뭔가가, 저것이, 한 마디 한 마디를 내뱉을 때마다, 소년의 몸은 온통 짓밟힌다. 이런다고 도대체 저것에게 무슨 쾌감을 줄까, 곰곰이, 맞으면서도 생각해 보지만, 그런 답 같은 건, 머릿속에서 나오지 않는다. 그는, 단 한번도, 저것의 입장이 되어본 적이 없다. 머릿속에서만 이루어지는 통쾌한 복수일 뿐. 저것의 입장 같은 건 생각해 본 적도 없다. 어떻게 맞게 된 건지도 모른다. 어떻게 생각해 보면, 그는, 맞기 위해서 태어난 걸지도 모른다. 초등학교 때에도, 중학교 때에도, 고등학교 때에도, 그렇게, 지금도, 그는 언제나, 교실 안의 이런 자리를 차지했다. 그만의 특등석인 셈이다. 결국 소년은 한번도, 그 특등석에게 저항해 본 적이 없다.

소년은 아스레하게, 머릿속에 그려지는 녀석의 얼굴이 순간, 아득해 보인다. 녀석이 이 자리에 있었다면, 도와줬을까, 그때, 목소리가 머리를 때린다,

'네가, 꺼내달라며,'

도와 달라고 하면 도와줄까, 스스로, 생각해 보고도 웃긴 생각이다. 라고 하지만, 결국, 부탁해 버리고 마는 소년이다. '도와줘.' 솔잎도 흔들리지 않을 바람에 부서져버릴, 말도 안 되게 연약한 바람이었지만, 그 부탁은 뜻밖의 목소리에 의해, 이뤄졌다.

"네들, 뭐하는 짓들이냐!"

학생들끼리는 어쩌구저쩌구, 친구들끼리는 어쩌구저쩌구, 학교폭력은 이러쿵저러쿵, 여차저차, 궁시렁궁시렁, 지금 네들 나이가 어쩌구저쩌구, 둘 다 잘못 이러쿵저러쿵, 고등학생이 이래서야 어쩌구저쩌구, 부모님들이 어떻게 생각 닐리리야, 쌍방이 화해 쿵딱쿵딱, 반성문 어쩌구, 양호실 저쩌구. 오케이, 끝. 가라.

교무실에서의 '문어대가리 선생의 말아먹을, 쓸모없는, 교우관계 강좌'는 소년의 머릿속에서 배가 부를 정도로 욕을 먹은 다음, 쓰레기통에 처박혀 버린다. 머릿속의 쓰레기통이란 게, 아파트 공용 쓰레기통같이 빨리빨리 수거되는 종류의 쓰레기통은 아니지만, 소년은 그냥 아무렇게나 생각하자고 마음먹고는, 다시 자리에 돌아왔다. 그리고 이어지는 또 다른 '저것'의 구타. 이어지고, 이어지고, 이어진다. 도저히 이해가 가지 않는 행동이다. 말을 걸어도 대답 안 할 걸 알면서 묻고, 짜증내고, 화내고, 구타하고 (결국은 이게 목적인 듯하지만). 이런다고 그에게 무슨 엄청난 혜택이 가길래.

소년은 고개를 내젓는다. 모를 노릇이다. 그가 어떻게 '저것'을 알까. 그 와중에도, 소년의 머리는 방금 전의, 슬퍼보이던, 녀석의 얼굴을 생각해낸다.

'가, 붙잡고 싶어지니까.'

소년은 몇 년 만인지 모를 웃음을 지어보인다. '저것'들이 본다면 또 다른 좋은 시비거리겠지만, 이제 아무래도 상관없다. 이제, 일어난다. 끼리릭거리는 요란한 마찰음과 함께, 모두의 눈이 자신에게 집중되는 것을 즐기며, 소년은 미소한다. 그대로 소년은, 뒷문으로 나선다.

일어나는 소음들과 발자국 소리를, 소년은 뒤로하여, 소년은 숲으로 내달린다. 이것 또한 얼마 만에 달려보는 걸까. 가늠조차 할 수 없다.

과연 녀석은 숲에 있는 걸까, 상관없다. 날 반길까, 상관없다. 소년은 아무래도 상관없었다.

"……, 지금 수업이잖아, 여기 있어도 돼?"

"너야말로."

녀석은, 소년이 떠난 그때 그 모습 그대로 나무에 걸터 앉아 있었다. 그 나무는 마치, 녀석을 위해 존재하듯, 녀석을 위해 피어난 듯, 그야말로 의자에 적합한 모양으로 자라나 있었다.

"또 왜 왔어?"

"그……, 사과, 하고 싶어서,"

"킥, 무슨 사과. 네가 사과할 게 뭐가 있냐?"

그러며 녀석은 손으로 소년을 부른다. 소년은 다가갔고, 딱.

"아! 아프잖아!"

"양호실 안 갔지? 잘하는 짓이다."

"어떻게,"

"감, 따라와. 보여줄 게 있으니까."

그러며 녀석은 소년을 다시 잡아 이끌었고, 소년은 피식 웃고는, 순순히 따라갔다. 그렇게 따라나선 길은, 생각보다 길었고, 녀석은 아무말도 없이 그저 이끌 뿐이었다. 그렇게 지루한 산책이 계속될 무렵, 결국 그 무료함을 참지 못한 소년이 말하려 할 때, 낙엽 속에 피어난 민들레가 보였다. 민들레, 민들레, 무엇이 이상한 걸까, 어째서 시선을 이렇게나 끄는 걸까.

소년은, 갑자기 두려워졌다. 민들레라니, 한 가을에 민들레라니, 그렇게, 녀석을 바라봤을 때, 이미 풍경은 확연히 뒤바뀌어 있었다. 파릇파릇이 자라난 새싹들, 나무에 피어나는 새파란 새잎들, 이미 낙엽 같은 것은 사라진 지 오래였다. 오히려 눈에 보이는 것은, 푸르른, 잎들로 우거진, 아름다운 숲, 이런 모습을 보는 소년으로서는 오히려 기괴스럽기까지 했다.

"도, 도대체 이게,"

"쉿,"

녀석은 보기 드문 진지한 표정으로 계속해 소년을 잡아끌었고, 어느새, 그들은, 숲속을 빠져나와 새파란 풀들과 온갖 빛깔의 꽃들이 지천으로 널린 들판에 와 있었다. 이름 모를 꽃들, 이름 모를 풀들이지만, 아름다웠다. 아름답기 그지없었다. 빛은 모든 곳에서 비춰지고 있었고, 해는 보이지 않을 정도로, 그 들판은 빛으로 가득 차 있었다. 해처럼 강렬한 빛이 아닌, 어머니의 품처럼 따뜻하고 부드러운 그 빛에, 소년은 절로 눈물을 흘려버렸다.

그때, 나지막한, 노랫소리가 귓속으로 들려왔다. 의미는 알 수 없지만, 그 또한, 너무나도 아름다워, 소년은 눈길을 돌렸다.

바람이 분다, 햇살이 비춘다, 비가 나린다, 눈이 나린다, 폭풍이 친다, 지진이 난다, 물이 끓는다, 물이 언다, 식는다, 모든 자연현상을 그곳에 갖다 붙여도, 그것은 모든 것을 포용할 것이다. 그러한, 모든 의미로써 거대한 나무가, 오색실로 치장된 채, 풀꽃으로 치장된 들판에 덩그러니 놓여 있었다. 그리고 그 주위를 한복을 입은 수많은 사람들이, 빙글빙글 돌고 있었다.

모를 노래, 모를 말이 울려 퍼지지만, 소년은 왠지 그 의미를 알지도 모른다고 생각했다. 그때, 녀석이 옆구리를, 툭, 쳤다.

“예쁘지, 임마.”

“그래, 이게 도대체 뭐냐?”

“옛날이야기. 옛날, 옛날에 있었던 이야기……,”

그러며, 녀석은, 슬퍼보이는 표정으로, 그 모습을 지켜보았다. 수많은 사람들이 나무 주위를 빙글빙글 돌며, 노래하는, 그 모습을.

“원래는 널 여기에 데려오려고 했지.”

“뭐?”

“그런데 관뒀어. 신선놀음이라고 들어 봤냐. 들어 봤을 거야. 뭐, 신선들이 바둑 두는 게 너무나 재밌어서 계속 보고 있었는데, 어느새 무수한 시간이 지났다는, 그런. 저기가 그런 곳이야. 세상도 잊고, 시간을 잊고. 모든 걸 다 잊게 되어버려서, 결국, 자신마저 잊어버리는.”

소년은, 멍하니 녀석의 말을 들었다. 그러며 바라본 녀석의 표정은, 웃고 있었다. 하나, 슬픈 웃음이었다. 소년은, 갑자기 튀어나오는 한 마디를 막을 수가 없었다.

“넌, 누구야?”

“나야. 원래는 뭐, 이름이 많지만, 그냥 편하게 서낭이라고 불러.”

“서낭, 서낭신?”

소년은 새된 목소리로 외쳤다. 서낭신이라니, 무슨, 옛날이야기에서나 나올법한, 그때, 방금 전 서낭이 말한 이야기가 떠올랐다. 저것은, 옛날이야기라고, 옛날, 저것은, 서낭의 ‘추억’인 걸까.

“아하, 요즘 시대에도 날 아는 사람이 있네, 기뻐라. 하하핫, 핫, 하……, 자. 이제 돌아가.”

“무슨,”

“내가 이렇게 백년 만에 나타난 것도, 네가 나한테 웬만하면 안하는 ‘기도’를 해서야.”

“기도를? 내가 언제?”

“심심하다며, 학교에서 꺼내달라며. 늘 숲속을 걸으면서 바랐잖아? 그 대상이 나였던 건 아니지만. ……, 더 말해 봐야 알아듣지도 못할 테니, 여기까지만 하지. 여하튼, 네가 날 거부한 이상, 이제 난 더 이상 이곳에 있을 수가 없어. 나 같은 건 믿어주는 사람이 없으면 존재 자체가 희미해지거든.”

“그, 그런,”

“자자, 이제 날 볼 생각 하지 마. 네 멋대로 살아버려. 내가 없는 이상, 더 이상 널 도와줄 존재 같은 건 없을 테니 이상한 것도 바라지 마, 스스로 상상할 바에는, 그냥 네가 질러버려. 자, 가!"

소년은, 종내에는 모든 들판들이 외쳐대는 것 같이 느껴지는 서낭의 목소리를 들으며 뒷걸음질을 쳤다. 서낭은 웃으며, 웃으며, 웃으며,

"안녕,"

털썩, 하는 소리와 함께 소년은 맨션 앞에 쓰러져 있었다.

"저거 결국은 다 자르는구만."

"저거 야자 튈 때 쓸 만했는데, 아쉬워라."

소심해 보이는 소년은 창가에 앉은 두 사람을 물끄러미 바라보더니, 한 녀석의 허벅지를 때리며,

"야, 야, 야, 나 빼고 뭔 얘기 하나?"

"아니 요 녀석이, 니, 니, 니, 니 일로 와봐라."

"키키킥, 뭐 임마, 내가 뭐 너한테 잘못한 거라도 있냐? 여튼, 뭘 자르는데?"

"아, 저기 나무들. 왜 벌레 많이 들어온다고 선생들 짜증냈었잖아, 수업 방해된다고."

순간, 소년이 몸을, 흠칫, 떨었다. 그리고 열리는 입술,

"……, 나무를 자른다, 라."

"야, 이 새끼가 은근슬쩍 말 돌리는 거 봐라, 이거 이거 안 되겠네, 얌마, 이리 와봐라!"

소년은 계속해서 외쳐대는 녀석의 외침을 무시한 채, 어느새 쓰러져들가는 나무들을 나직히 바라봤다. 그리고, 살며시 웃음을 지었다. "안녕,"

절정 (絕頂)

이육사

매운 계절의 채찍에 갈겨
마침내 북방으로 휩쓸려 오다

하늘도 그만 지쳐 끝난 고원
서릿발 칼날진 그 위에 서다

어데다 무릎을 꿇어야 하나
한 발 재겨 디딜 곳조차 없다

이러매 눈 감아 생각해 볼밖에
겨울은 강철로 된 무지갠가 보다

AISATNAF

바람은 마치 맹수의 발톱처럼, 내 몸을 산산조각 내버릴 듯이 광포하게 후려쳤다. 이미 손발의 감각은 사라진 지 오래이다. 그저, 걷고 걷고, 또 걸을 뿐이다. 아이사트나프에 오르면, 자신을 잃어버린다고 했던가, 그랬던가.

"후우, 후우."

어렸을 적, 어디에선가 봤을, 다큐멘터리에서나 들었나, 그러한 숨소리가, 내 입에서 난다는 것이, 참으로, 그저, 유쾌할 뿐이다. 자, 난 이제, 여기까지 온 것이다.

"후우, 후우."

한걸음, 한걸음, 내디딜 때마다, 온몸의 근육들이 비명을 지른다. 온몸의 관절이 조각조각나, 신경을 찌른다. 눈은 지금 당장이라도 잠길 듯하고, 안면은 이미 제동력을 잃은 지 오래이다. 지금이라도 사진을 찍으면, 정신줄을 놓고 있을 자신을 발견하게 될지도 모르는, 그런 노릇이다.

"후우, 후우."

귀가 얼어붙는다. 건들면 깨져버릴 듯이 예리하게 얼어붙은 귀는, 살짝살짝, 건드는 바람에도 요란하게 반응한다. 타닥, 무전기가,

[대장, 눈이에요!]

눈이, 내리는가. 무슨 소리일까, 눈은 이미 내리고,

"야, 눈이다!"

여자애 하나가, 창문을 바라보며, 소리를 친다. 그에 모든 반의 아이들이, 창 밖으로 눈을 돌린다. 그러했다. 모든 아이들이 동경하는, 그러한, 부드러운 눈이, 이미 교정을 새하얗게 덮고 있었다. 그리고 모두의 눈이 선생을 바라보고, 선생은 난처한, 그런 미소를 짓는다.

"네, 다녀오세요. 모두 조……,"

조심하세요, 였으리라. 아마도. 물론, 모두는, 그런 것에 신경을 쓰진 않았다. 그저, 비명, 혹은 환호를 지르며, 뛰쳐나갈 뿐. 그리고, 나 또한, 그 환호의 공명 효과에 의해, 뛰쳐나간다. 지금 당장이라도 야호라고,

"야호!"

지르고 싶은, 기분.

"그런 거 하면 부끄럽지 않냐?"

"히히힛, 하는 거지. 그냥!"

내 옆의 아이는 미소를 지으며, 그 광란의 대열에 끼어든다. 이름이 뭐였더라. 하, 웃기는 생각이다. 이미 머릿속에서 기억하고 있으면서. 그녀는 해맑게, 다시, 환호를 지른다. 그리고 나 또한, 그 환호를 따라 부른다.

"야아, 몇 천 년 만에 보는 눈인지 가물가물 한데?"

"말도 안 되는 소리. 우리 마을은 매년마다 눈 내리는 거 누가 모를 줄 알고?"

"아하핫, 말이 그렇다는 거지. 말이. 사람이 융통성이 없이, 젊은이가 말이야."

"내가 젊은이면 너는 늙은이라도 되냐."

"어머, 어떻게 그렇게 숙녀에게 심한 말을. 응징하겠다!"

픽, 차가운 느낌이 볼을 적신다. 어느새, 그녀는 눈덩이를 쥐고 있었던 것이다.

"으악, 이게!"

"아하하핫! 와라, 와!"

"자, 잠깐, 반칙이야 반칙! 유엔 안보리에 기소할테다!"

나는 황급히 그녀를 따라나선다. 그리고 교문을 나선 나의 눈엔, 30여 명 남짓한 아이들이 눈장난을 하고 있는 모습이 비춰진다.

이곳은, 오지 중의 오지, 성촌초등학교. 전교생 47명의 초소형 학교이다.

[후우, 후우. 대장. 정신 차려!]

몇 시간쯤 지난 걸까, 몇 년쯤 지난 걸까. 수천 년 만의 늦잠에서 깨어난 듯한 찌뿌드드함이, 온몸의 어색함이 나를 덮친다. 그리고 어색함은, 그 어색함은, 쉼없이 몰아치는 강렬한 바람에, 대원들의 계속되는 고함소리에 박살난다.

"하아, 하아. 들린다. 하아, 하아."

[대장! 어떻게 된 거야. 5분 동안 아무 말도 없었어.]

[정신 놓지 마! 대장이 정신을 놓으면 우린 다 같이 죽는 거야!]

"하아, 하아. 미안하다. 하아,"

[대장답지 않아.]

방금 전은, 아이사트나프가 보여준 환상인 걸까. 모를 노릇이다. 이, 인간이 한 번도 오르지 못했던 땅은, 자신을 처음 밟아준 사람에게, 환상을 보여주는 것일까. 모를 노릇이다. 이 바람도, 이 매운 추위도, 전부, 모두가, 이 아이사트나프의 환상인 걸까. 아니, 이런 생각으로 시간을 낭비할 수 없다. 이런 환상을 본다는 것 자체가, 내 체력이,

"하아, 전진, 한다. 하아,"

[라져.]

[라져.]

[라져, 대장.]

나는, 다시 걸음을 때었다. 아직, 멈출 수는 없는 노릇이다.

아이사트나프, 이곳 말로 환상의 땅이라고 했던가. 과연, 이 이름부터 환상인 이 땅은, 나에게 이런 환상을 보여주며 무엇을 바라는 걸까.

"자자, 정신 놓지 마! 나의 눈덩이에는 자비가 없다! 요 녀석아!"

수없는 눈덩이들이 내 몸을 강타한다. 어떤 고수도 이렇게 신명나게 후려칠 수는 없으리라. 그나저나 요 녀석이라니, 도대체 나이가 몇이나 됐다고 생각하는 거야, 저 할망구가.

"크아악, 야, 이, 억……!"

"아하하! 자자, 그렇게 멍청하게 입이나 벌리고 있으니까 밥을 줄 수밖에 없는 거야. 이지현 선수, 두 번째 투구, 던집니다!"

"잠깐, 잠깐, 대비할 시간은 줘야, 악!"

정말, 어떻게 보면 이 녀석은 메이저리그에 보내야 했을 실력인지도 몰랐을 노릇이다. 물론, 보낸다고, 다 메이저리거가 되는 것은 아니겠지만. 나는 그런 실없는 생각을 하며, 서둘러 눈덩이를 모은다. 모으면서도 날아오는 눈덩이를 온몸으로 견뎌내며, 던지고, 맞고, 던지고, 맞고. 수없는 눈싸움에 끼어드는 또다른 수많은 아이들. 어느새 교정은 이미 모든 아이들이 야구선수가 되어, 열정만은 메이저리그를 뛰어넘는 무시무시한 바구를 던지는 각축장이 되어 있었다.

그리고 그렇게 이미 시간은 잊어버린 채 뛰논 지 몇 시간이나 되었을까, 거의 모든 아이들이 나자빠졌을 무렵, 그 아이는 언제나 그랬듯이, 방긋방긋 웃으며 나를 부른다. 도대체, 저 녀석은 지치지도 않는 걸까.

"오늘도 멋진 걸 준비했으니까, 빨리 와!"

"아, 응!"

그리고 날 잡아끄는 그녀의 손길. 생각해 보면, 한 번도 단 한 번도 나는

그녀와 힘싸움에서 이겨본 적이 없었던 것만 같다. 도대체, 그녀는,

"빨리, 빨리!"

[후우, 후우.]

우리 모두는 전부가 지쳐가고 있었다. 이미 한 걸음 한 걸음 걷는 것이 고역이다. 지금 당장이라도 쓰러져버리고 싶은 마음이, 온몸을 잠식해 들어가고 있다. 마치 잘 익은 사과에 들어간 벌레처럼, 그 마음은, 맛있게, 맛있게 내 몸을 잠식해 들어가고 있었다. 그리고 그것은 전부가 마찬가지였다.

한 걸음 걷고, 쉬고, 한 걸음 걷고, 쉬고. 모두가 이제 그런 굼벵이 같은 여정에 익숙해져 가고 있다.

[후아, 하아.]

통신기에서 많은 동료들의 숨소리가, 시끄러이 내 귀를 간지른다. 내가 깨닫지 못했을 뿐이지, 나도, 지금 나의 목소리도, 다른 동료들 못지 않게 시끄러우리라. 그렇게, 한 걸음, 한 걸음 걸을 때마다, 모두의 숨소리는 더욱 거칠어져만 가고. 온몸은 이제 추위를 느끼지 않는 몸이 되어버렸다.

그리고 나는, 또다시 눈송이 속에서, 수십 년을 넘은 환상이 보여버렸다.

너무나도 따뜻했고, 너무나도 부드러웠던, 그날의. 환상의 산은, 나에게 이런 것을 어째서 보여주는 것일까.

"짜잔, 오늘의 주제는 바로, 이것입니다!"

그녀는 나에게 여러 색깔과 글자들로 치장된 종이 쪼가리들을 늘어놓았다. 아마 무슨 잡지였으리라. 조각조각 났긴 했지만, 어느 정도의 일관성을 보이고 있었기에. 그리고 맨 첫 장처럼 보이는 종이에 찍힌 글씨. 영어인가?

"aisatnaf……? 아이스트…아…스…으…음…"

"영어에 약한 건 알고 있었지만 이 정도였으리라곤……, 하아. 아이사트나프! 세계에서 제일 높은 산! 몰라?"

들어본 적도 없었다. 세계에서 제일 높은 산 같은 거, 알 리가 없잖아……, 하지만 저렇게 당연하단 표정을 짓고 있는 그녀에게 그런 말을 하기엔, 난,

"자자, 들어봐. 이 아이사트나프는 세계에서 유일하게 아무도 완정하지 못한 산이야. 그 유명한 산악가, 그……, 이름은 기억 안 나지만 그 사람도 완정에 실패한 산!"

"흐응,"

"흐응, 이 아니야! 보라구. 언젠가 난, 한국 제일의, 아니 세계 제일의 여성 산악가가, 아니, 세계 제일의 산악가! 가 되어서, 이 아이사트나프를 완정하고야 말겠어!"

"……, 그래."

"……, 뭐야 그 재미없는 반응은… 이봐! 난 내 일생의 꿈을 너한테 말한 거라구, 아이사트나프에는 왜 가려고 하는데, 라던가!"

"그래, 왜 가려고 하는데?"

그녀는 내 질문을 듣자마자, 함박웃음을 지으며 즐거이 입을 놀렸다.

"그곳에는 무지개가 있대. 커다랗고, 아름다운. 너무나도 아름다운. 사실, 이 아이사트나프는 완정이 수십 번도 됐는데, 그때마다 완정가들은, 보게 돼버린 거야."

"뭘?"

"너무나도 아름다운 무지개를! 그래서 말이지. 발이 떨어지지 않는 거지. 평생토록. 난, 한번만이라두 그 아름다운 무지개를 보고싶어."

"흐응,"

“좀, 좀! 대단한 거라니까! 놀라봐 좀! 적어도, 응원이라도!”

“대단하다! 힘내라! 달려라! 세계 제일의 산악가가 되어버려라! ……, 됐나?”

“크아아악! 너, 너 이리 와 봐!”

그녀는 두 손을 머리 위로 번쩍, 들며 마치 파워레인저에 나오는 괴수마냥 나에게 덤벼들었고, 나 또한 그에 맞서는 정의의 용사답게 멋지게,

패배해 버렸다.

괴수는 생각보다, 너무나도 강했다. 그렇게 한바탕 난리를 친 우리는, 우리만의 비밀기지에 누워,

“하아, 하아. 너 힘 너무 세……, 여자 맞아?”

“뭐라는 거야, 바보가. 너야말로 남자 맞아? 뭐가 이렇게 약해. ‘난 파워레인저 레드! 정의의 이름으로 널 용서치 않겠다!’ 라고 외치고는 멋지게 당한 주제에.”

“하하핫, 두고 보자!”

“그건 악당이 하는 대사잖아. ……, 아, 뭐야. 내 꿈을 기껏 얘기해 줬는데……, 이런 실없는 일이나 해버리다니. 에휴, 너한테 제일 먼저 하는 이야기가 아니었어.”

“흥, 아이…스…라떼? 였나?”

“아이사트나프, 바보야.”

“이름은 중요하지 않아! 어쨌든, 아이사틴이든 아이스라떼든, 내가 먼저 봐버려주마~!”

그녀는 가당치도 않다는 듯, 픽, 웃어버리더니, 손가락을 까딱였다.

“포기해라. 넌 못해.”

“왜!”

“바보니까.”

"으으, 무시했겠다……, 두고보라고! 세계 제일가는, 엄청난 산악가가
돼서 너보다 먼저, 그 무지개를 봐버려주마!"

이 날이, 나의 평생 꿈이 정해지는, 그런 날이었다. 그리고 그날은 또한,
내 꿈이 이뤄지지 못한다는 것을 정해 주는 날이었다. 나는 결국 그녀를
뛰어넘지 못했다.

그녀는 그날, 너무나도 빨리, 무지개를 봐버리고 만 것이다.

"후우, 후우."

오히려 지치지가 않는다. 이제, 아이사트나프, 세계에서 제일 높은 산,
아무도 오르지 못한 산, 너무 많은 꿈들을 집어삼킨 산, 환상의 산의 그 끝
이, 내 눈앞에 펼쳐지기 시작한다. 오로지 눈밖에 보이지 않는, 하이얀 그
곳은, 오히려, 처절하고, 또한 아름다웠다. 그곳에는, 무지개가,

"후우, 후우."

그곳에는, 그녀가.

"후우, 후우."

아이사트나프에, 여태까지 나를 기다리고 있었던 그녀가,

"후우, 후우."

숨소리가 거칠어진다.

나는,

나는,

나는,

아이사트나프를,

“저희들은 그때 대장이 무지개를 보았다고 생각합니다.”

“무지개요? 어떻게 그렇게 높은 곳에서 무지개를……,”

“대장이 늘 말했거든요. 아이사트나프에 무지개를 보러간다고.”

“설마, 그곳 원주민들이 얘기하는 아이사트나프의 전설을 얘기하신 걸까요?”

“글쎄요, 아마도 그런 건 아닐 겁니다. 그건 아마, 대장만의 환상이 아닐까, 라고. 모두는 생각하고 있어요.”

“네에……, 그럼, 다음 질문으로……,”

| 원작시 |

초토의 시 1

구상

하꼬방 유리 딱지에 애새끼들
얼굴이 불타는 해바라기 마냥 걸려 있다.

내려 쪼이던 햇발이 눈부시어 돌아선다.
나도 돌아선다.

울상이 된 그림자 나의 뒤를 따른다.
어느 접어든 골목에서 걸음을 멈춰라.

잿더미가 소복한 울타리에
개나리가 망울졌다.

저기 언덕을 내려 달리는
체니[소녀]의 미소엔 앞니가 빠져
죄 하나도 없다.

나는 술 취한 듯 흥그러워진다.
그림자 웃으며 앞장을 선다.

마른 땅 위에 뿌린 눈물 한 줌

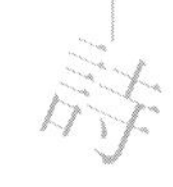

전쟁이라는 놈의 뒤는 언제나 잔혹하다.

임진왜란이 그러했고, 신미양요가 그러했다. 남은 건 하나도 없이 유일하게 있는 그것은 잿빛의 파괴. 차마 손대기 싫을 정도로 그 파괴라는 놈은, 전쟁의 뒤라는 놈은 잔혹하고, 끔찍하다.

나 또한 그런 파괴의 하나다. 이 A시라는 도시 또한 파괴의 하나다. 난 파괴의 결과로써 가족을 잃었고, 이 A시는 평화를 잃었다.

그저 도시를 걷고 있노라면 차디찬 불신의 눈길들이 나를, 내 온몸을 훑는다. 판잣집들 사이사이로 형형한 눈빛들을 느끼고 있노라면, 차라리 그림자 속에 숨고만 싶건만 이 A시라는 놈은 그런 그림자도 없이 맹렬히 내리쬐는 햇빛만이 날 비추고 있을 뿐이었다.

그 가차 없는 햇빛만이 얼마 남은 것 없는 A시를 불태워버릴 듯 내리쬐고 있을 뿐이었다.

남은 것 없이 터덜거리는 나그네의 발길은 어느 판잣집 안에서 멈추었다. 이 나열된 불신의 판자촌 가운데 유일하게 열린 판잣집으로 난 들어갔다. 지금이 일상이었다면 이 행동으로서 도둑으로 오인 받아도 좋을 상황이었으나 지금은 전시, 어떤 비윤리적 행동을 하더라도 무시당한다.

전장에선 살인이라는 인류 최고의 죄악이 펼쳐지고 있는 마당에 불법주택침입쯤이야.

게다가 지금 같은 불신의 시대엔 그 어느 누구도 함부로 집 문을 열어놓지 않는다. 문을 열어 놓은 집이래 봐야 피난간 집 정도.

그런 나의 예상은 쉽게 부서져 버렸다.

"…… 안녕하세요."

그 판잣집의 소녀는 해맑게 나에게 웃어보였다.

"아, 안녕……."

"들어오세요."

소녀는 밝게, 마치 천사처럼 내게 웃어주었고, 난 그 천사에게 이끌리듯 판잣집 안으로 들어갔다. 판잣집은 밖에서 본 것보다 더욱더 처참했다. 아니, 처참하다기보단 오히려 황량했다. 있을 건 없고 없어야 할 것은 있는 그런 황량함.

"어, 언니? 그 아저씨는 누구야?"

그리고 그 황량함 가운데엔 내 예상을 뒤엎고 더 많은 생명이 있었다. 이불을 덮고 있는 세 명의 다람쥐들, 모두 꼬질꼬질했지만 그 표정만큼은 빛났다. 조금 붉은, 그 웃음.

"응…, 아!"

소녀는 혼자 중얼거리더니 곤란하다는 듯 날 바라보았다. 아, 내 설명도 안했었나.

"이형준이라고 해요. 질 부딕해요."

그 다람쥐 중 한 명이 손을 뻗었다. 이불에 누워 손을 뻗는 모습은 꽤나, 우스웠다.

"一무슨?"

"유린이는, 앞을 못 봐요. 그러니까, 만져서야, 보는 게 가능해요."

소녀는 그리 말하며 방구석에 있는 상자를 뒤지기 시작했다. 뭘 찾는 걸까, 궁금했으나 일단 유린이라는 아이에게 얼굴을 들이밀었다. 유린이는 공중에 헛손질을 하더니 내 얼굴을 찾아 더듬거렸다. 여기저기, 이모저모.

“헤에… 꽤 잘생겼네. 형. 난 누나가 데려왔다길래 산머슴 같은 아저씨를 데려왔는 줄 알았는데. 음, 근데 수염 좀 깎지…….”

이렇게 직설적으로 아이에게 외모 평가를 들을 줄은 몰랐다.

“군인?”

“응”

“군인이야? 화약 냄새가 나.”

유린은 코를 찡그리며 말했다. 그리고 난 그의 후각에 놀란다. 군인다운 행세를 하지 못한 게 몇 달째인데 아직도 화약 냄새가 난단 말인가.

“유린아, 군인이든…….”

“아니든 상관없단 거겠지? 알아, 안다구. 그냥 그렇다는 거야. 누나가 그냥 집에 데려왔겠어.”

유린은 그리 말하더니 몸을 다시 담요에 뉘였다. 저 나이 치고는 너무나도 행동반경이 좁다. 어디 몸이라도 아픈 것일까.

“하…하. 그, 설명이 너무 늦은 걸지도 모르겠는데, 전 최지현, 차례대로 유린, 이린, 지유에요.”

지현은 계면쩍은 표정으로 머리를 긁적였다.

“그, 아저씨.”

“응?”

“국민방위군… 이죠?”

“……!”

“아, 걱정마세요. 인민군한테는 안 알려요.”

의심, 해버렸다. 표정에서 드러났을 것이다. 그래서인지 지현의 표정 또한 굳어버렸다.

“그래, 맞아. 국민방위군이다.”

국민방위군, 다른 말로 하자면 상거지 집단. 나라에서 인민군에게 인력을 뺏기지 않겠다는 명목으로 강제로 징집당한 국민방위군이란 이름의 상거지 집단. 그리고 나 또한 그 상거지 집단의 일원 중 한 명이다.

"헤헤, 틀리진 않았네요. 근데 보통 국민방위군은 무리지어서 구걸한다고 들었는데?"

"탈영했어. 거기에서 계속 있다간 굶어 죽을 것 같아서."

"네에……."

그녀는 고개를 숙였다. 뭐가, 잘못된 걸까? 한동안 고개를 숙이고 있길래 말을 걸어볼까, 싶을 즈음 그녀가 다시 웃으며 말했다.

"아저씨, 그럼, 국민방위군에서, 최익수라는 사람을 보셨나요?"

"최익수? 처음 듣는데?"

"네…, 그래요. 아저씨 갈 곳 없죠?"

"아, 응."

어떻게 알았을까, 라고 생각하다가 문득 웃음이 나왔다. 이 지현이란 아이는 처음부터 신기한 아이였으니까.

"그럼, 여기서 주무시고 가세요. 자린 없지만."

"그, 그래도 되나?"

"핫! 그럼 왜 여긴 들어오셨어요? 어차피 제가 얘기하지 않았으면 아저씨가 말했을 거였잖아요."

그 말을 듣고 나서야, 내가 이 아이에게 끌린 이유를 알았다. 난, 처음 보는데도 스스럼없이 받아준 그녀에게 끌린 것이다.

이 불신으로 점철된 마을에서 날 받아준 유일한 사람.

"그야, 그렇네. 고마워. 그러면 일단 자고 갈까."

지현은 해맑게, 여전히 해맑게 미소지었다.

"그래서, 너희 아빠도 강제징병 됐다는 거니?"

"비슷해요. 아니, 오히려 아빤 빨갱이들 잡는단 이야기에 좋아서 가셨어요. 자진입대인가요, 그러면."

지현인 그리 말하더니, 거의 처음으로 슬픈 표정을 지었다.

"국민방위군은 정말, 소문대로 말도 안 되나요?"

"무슨 말이야?"

"그러니까, 밥도 제대로 안 주고,"

거기까지만 들어도 충분했다. 내가 그 소문의 국민방위군인데 무엇을 물으랴. 제대로 된 군복도 없이 얼어 죽어간 이들을 바로 옆에서 본 난데 더 무엇을 물으랴. 먹을 군량이 없어 훈련을 빙자한 구걸을 수십 번을 거듭한 내가 무엇을 되물을까!

난 고개를 끄덕였다.

"응, 사실이야. 말도 못하게, 개판이지."

"그… 렇죠? 역시?"

순간 우리 사이엔 정적이 흘렀다. 세 명의 다람쥐는 어째서인지 이불 속에 누워만 있고, 난 입을 다문 그녀에게 말을 걸 만큼 철가죽이 아니다.

"우리 아빠도요, 그럴까요, 아저씨?"

"……!"

"우리 아빠도요, 먹을 것도 없고요, 입을 것도 없어서요, 힘들까요…….
아저씨?"

지유라고 소개받은 아이가 얼굴을 굳히고 물어보았다. 그 나이에 이렇게 진지한 표정을 짓는 게 웃기면서, 서글펐다.

"네, 아저씨?"

뭐라 대답하면 좋을까, 뭐라 대답해야 이 아이가……

"지유야, 아버지는……."

모르겠다, 도저히 모르겠다. 그렇게 입에서 꺼낼 말을 신중히 고르고 있을 때,

“아저씨, 아무래도 국민방위군끼리는 친하겠죠?”

“아, 그렇겠지.”

“그러면요, 전쟁이 끝나면, 우리 아버지를 찾아주세요.”

그런 그녀의 떨리는 목소리를 듣자 내 마음도 또한 떨리었다.

“그, 우리 아버진요, 기억력이 좋으셔서 혼자 돌아오실진 모르겠지만, 그래도, 찾아주세요, 이 주변. 꽤나 변해버렸으니깐요.”

“응, 그래.”

이루어질진 모르겠지만, 지켜질진 모르겠지만, 난 웃으면서 그녀에게 약속했다.

“그래, 찾아줄게.”

불신의 늪에서 빠져나온 듯한 느낌이, 들었다.

“와, 밥이다, 밥!”

“잘 먹을게, 누나.”

“뭐야, 진짜 쌀밥인가 보네. 손님 있다고 힘 쓰는 거야, 누나?”

“먹기나 해라.”

지현이는 그리 말하며 싯궂게 구는 유린의 입에 밥—인지 죽인지 모를 희멀건 무언가—를 넣었다.

“읍, 악! 또 낚았어! 너 이린, 지유! 이 형님이 우습게 뵈나!?”

“피, 거짓말은 아니다, 뭐. 죽도 밥인 걸? 베—.”

“난 쌀밥이라고 한 적 없어. 멋대로 형이 상상한 거지.”

“으악! 이것들이 정말!”

“가만히 좀 있어!”

유린이 어지간히 화났는지, 잡으려 이불 위를 꿈틀거렸으나 먹이는 입장에선 곤란하기에 지현이 소릴 쳤다.

그와 동시에 터지는 웃음, 지현은 그것도 조용히 시키고 나에게 고개를 돌려 계면쩍은 듯 웃었다.

"좀, 시끄럽죠?"

"아니, 좋아. 적당해."

난 그리 대답하고 내 눈앞에 있는 밥인지 죽인지 헷갈리는 무언가를 바라봤다.

희멀건 무언가—쌀 같다—가 둥둥 떠다니는 묘한 것. 이 아이들은 이걸 죽이라 부르나 보다. 생각을 해보면 무리도 아닐 것이다. 전시 중 이런 어린아이들이 어떻게 제대로 된 식사를 할 수 있을까. 생각해 보면 이런 거라도 먹을 수 있다는 게 놀라운 거다.

"잘 먹을게."

"네, 차린 건 없지만."

한입, 한입 입에 넣으며 눈앞의 아이들을 바라봤다.

지현이, 유린이, 이린이, 지유. 하나같이 귀엽고 사랑스러운 아이들이었고, 이 아이들 앞에서 난 한결같이 작은 존재였다. 아이들조차도 이런 비참한 상황에서 이렇게 밝은데, 어떻게 어른이란 놈이 허무주의에 젖어서 허우적댄다는 말인가.

개가 웃을 소리다.

"우왁, 아저씨. 밥먹을 때 웃지 마세요. 바보 같아요."

"응, 바보라서 그렇단다."

입가에서 웃음이 멈추지가 않는다. 너무나도 기쁘다. 그리 생각할 무렵, 밖에서 황량한 바람소리가 들렸다.

"음? 바람?"

"그… 오빠."

"왜?"

"무서워, 바람소리가… 꼭 귀신 울음소리 같아."

지유가 눈에 눈물을 그렁그렁 맺히며 말하자 유린이 씩 웃었다.

"괜찮아! 이 오빠가 있잖냐."

"눈은 안 보이지만."

"야!"

이린은 다시 틱틱댔고 유린은 잘 간수도 못하는 몸으로 이린 쪽으로 기울었다. 그렇게 시끄러워진 중, 다시 한 번 더 바람이 불었다. 이번 바람은 조금 셌는지 모두의 체온으로 덥힌 이불을 뚫고 맹렬히 돌진했다.

쾅,

쾅,

쾅,

쾅.

계속해 겨울의 북소리가 울릴수록 모두의 얼굴은 하얘져만 간다. 모두의 정신적 지주인 지현도 이것만은 무서운지 입을 꾹 다물고 있다, 별수 없나.

"자자, 잘 시간이야, 어린이들. 이런 건 잘 때는 오히려 더 웃기니까 말이시."

그리 말하자 모두가 의아한 시선으로 날 바라봤다. 주의 끌기는 성공했나.

"생각해 보라고, 귀신소리라고 했던가, 지유야?"

"응……."

"귀신은 귀신인데 외로운 귀신인 거야. 외로워서, 들여보내달라고, 추워서 들여보내달라고, 그러는 귀신인 거야."

"……."

“어때, 무서워?”

“불쌍해.”

“그치? 불쌍한 귀신인 거야, 무서운 귀신이 아니라. 그렇다고 문을 열면 안 되겠지? 얼어 죽을 거라고. 그런가, 귀신을 딴 집에서 받아주길 바라면서, 자자.”

“응!”

지유는 그리 말하더니 해맑게 웃으며 누웠다.

“대단한데? 그리 안 봤는데 꽤나 재치가 있어?”

“오글거리긴 하지만.”

“조용히 해! 같이 무서워했던 주제에. 자기나 자.”

지현은 억지로 퉁명스레 말하며 등불을 껐다. 좋아, 이제 고백하건데 솔직히 나도 무서웠었다.

쾅! 쾅!

“일어나라우! 날래 일어나라우!”

몇 시간을 잔 걸까, 갑자기 시끄럽게 구는 소리에 수마가 도망쳤다.

“으… 뭐,”

순간 머릿속이 차갑게 얼어붙었다. 누군가 뇌수 사이로 얼음물을 통째로 처박은 것처럼 머리가 각성했다. 이런 강압적인 말투는 쉬이 들을 만한 것이 못된다. 이런 함경도 방언은 특히!

난 조용히 일어나 4명의 다람쥐를 깨웠다.

쾅!

“날래, 일어나라우!!”

“무, 무슨……! 읍!”

난 일어나자마자 소릴 지른 지유의 입을 틀어막았다.

“쉿! 조용히. 도망쳐야 해. 조용히 이불에서 나와.”

나를 보는 모두의 눈빛이 떨린다. 웃기지만, 슬프구나. 난 품속의 보급형 권총을 꽉 쥐었다.

“자, 지현아. 여기서 정문 말고 나갈 곳이 어디 있지?”

“그, 저기, 창문 밑에 작은 개구멍이…….”

쾅!

“쥐새끼들마냥 수군덕거리고들 있었구만, 기래?”

“지기미.”

욕이 튀어나왔다. 들어온 인민군은 한 명이 아닌 여러 명. 함부로 죽이고 도망칠 수 있을 정도로 만만한 수가 아니었다.

“날래 기어나오라우, 쥐새끼. 설사 도망칠 생각은 하지 마라우, 내래 대갈통에 구멍을 뚫어주갔어.”

어두워 제대로 보이지도 않았으나 그들의 맨 앞에 있는 인민군이 계속 말하고 있는 것은 보였다.

아마, 그가 소대장급 정도 되리라.

“날래 날래 기동하라우!”

소대장이 다시 한번 더 소리치자 모두의 눈에 공포가 깃들었다.

“갈데니까, 소리치지 말고 기디리시오.”

“흥.”

콧바람 소리가 들리더니 검은 그림자가 군장소리와 함께 멀어졌다.

“아, 아저씨…….”

소리에 뒤를 돌아보니 모두의 눈이 날 바라보고 있었다. 자, 이젠 어쩐다.

“괜찮아. 괜찮을 거야.”

모두가 날 바라볼수록 귀총이 계속해서 무거워져만 가는 것을 느꼈다. 난 덩달아 무거워진 입을 간신히 뗐다.

"가자, 어떻게든 할테니."

"형, 멋있는 척 하지 마요."

억지로 유린이 말을 내뱉은 듯하나, 그 표정을 굳어 있다. 무서운 걸까.

"그래, 가자. 여기 있어봤자 좋은 거 없어."

지현 또한 말을 했으나 거기엔 약간의 떨림이 있었다. 하나 지현의 말이라서인지 모두가 움직였다. 지현이는 각자의 물품을 챙기려 했으나 곧 쓴 웃음을 지었다. 가져갈 게 없었던 것이다. 결국 챙긴 것은 얼마 안 되는 쌀과 이불.

그것들을 챙기고 나와보니 모두가 우리와 같은 모습을 하고 있었다. 우울한 얼굴, 단출한 행낭. 인민군을 바라보는 두려움의 눈빛. 어둡고 차가운 겨울밤, 그렇게 모두가 나와 우리와 같은 모습을 하고 있었단 것을 깨달았을 때 온몸에 소름이 돋았다. 그 즈음, 방금 전의 소대장이 당상에 올라 소리쳤다.

"들으라우! 우리 인민군은 너희 미제에 젖은 남조선 놈들을 위대한 수령, 김일성 장군을 위해 일하게 해주갔어. 이는……."

소대장의 말은 계속해 이어졌으나 결국은 '너희들은 지금부터 포로로 북한을 위해 일할 것이다.' 라는 말을 온갖 수식어구로 장식한 것뿐이었다. 그리고는 출발, 말 없고 우울한 행진이 시작되었다.

곁을 지나가는 모두의 눈빛은 우울하고, 비탄에 잠겼었다. 게다가 걸으면 걸을수록 보이는 차가운 눈들.

어느 사이엔가, 길을 걷는 모두의 발 밑엔 발목만큼의 눈이 쌓여 있었다.

"아저씨… 업어줘."

그렇게 걸어가던 중, 지유의 말소리가 들렸다.

지유를 돌아보니 지쳐 쓰러질 것만 같은 그녀가 있었다. 어린 아이에겐 너무 무리한 행군이었을까. 난 말없이 등을 내밀었고 지유 또한 아무말 없이 업혔다.

눈이 높아져 갈수록 모두의 얼굴에 드리운 어둠 또한 짙어져만 갔다.

어둠이 절정에 다다르고, 하늘에 뜬 별이 천중에 떴을 무렵, 우린 어느 터널 앞에 놓여 있었다. 눈과 산으로 둘러싸인 새하얀 벌판 앞의 터널은 마치 야수의 입만 같았다. 그렇게 한창 터널을 감상하고 있을 때 옆에 있는 인민군의 목소리가 바람에 실려 왔다.

"어차피 죽일 건데 너무 유난 떠는 게 아니오, 성?"

"칵! 쓸데없는 소리 하지 말라우. 걸리면 너두 나두 죽는 기야!"

"미, 미안하오."

―어차피 죽일 건데, 짧은 대화에서 들린 뜻밖의 소린 나의 머릴 후려쳤다. 죽일 거라니, 포로로 데려가는 게 아니란 말인가!

그렇게 한창 생각할 무렵, 소대장이 소리쳤다.

"우린 저 터널로 들어간다우! 맨 앞의 선두부터 차례차례 들어가라우!"

여느 때와 다름없는 상투적인 목소리였으나, 그엔 작두와 같은 섬뜩함이 있었다. 그러나 이 사실을 모르는 사람들은 그저 걸어갔다. 그 앞은 단두대로 향하는 길일신네!

머릿속이 점점 새하애져만 가는 도중, 누군가가 내 소매를 잡아끌었다.

"아……."

돌아보니 지현이었다.

"이제, 우리 차례에요."

"… 지현아, 그리고 모두."

한 마디 한 마디가 압정과 같이 혀에 박힌 듯 나오지 않았다. 하나, 말해야 한다.

“도망쳐야 해.”

“네?! 무슨……!”

“내 말 들어! 인민군은 우릴 죽일 거다. 아마, 저 터널에 몰아넣고 죽일 셈이겠지. 도망치려면 지금, 가야 해.”

“하지만 도망치면 죽인다고…….”

“안 도망쳐도 죽어!”

그 말에 모두가 침묵했다. 권총의 무게가 한결 가벼워진 듯하다.

“나한테, 생각이 있어.”

인민군은 자비 같은 것은 없다. 그렇기에 동정을 사는 방법은 쓸모없다. 그렇다고 무작정 도망치다간 총알받이가 되기 십상이다. 그렇기에, 내가 생각한 것은,

“뛰엇!”

그와 동시에 모두가 사방으로 달려나갔다.

지현은 들고 있던 짐 따위 다 던져버렸고, 앞이 안 보이는 유린은 실로 지현과 몸을 묶어 같이 달렸다. 인민군은 순간 무슨 일이 일어날 건지 판단하지 못하고 황망히 있다가, 소대장이 소리침으로써 움직였다.

“이, 멍청이들아! 잡으라우! 총으로 갈기든 어쩌든 잡앗!”

철커덕, 철커덕. 인민군들이 소란을 떨며 총기들을 챙겼고, 주위 사람들의 얼굴은 굳어진다. 그리고 그 소리에 아이들은 더욱 전속력으로 사방팔방으로 흩어진다. 달리던 나는, 그런 아이들의 모습을 보고, 웃음을 짓는다. 그리고 뒤돌아, 권총을 꺼낸다.

처음 계획은 모두가 사방팔방으로 흩어져, 인민군이 우왕좌왕하게 만드는 것이었지만, 설마 그런 말도 안 되는 방법이 통할까.

이런 방법으로는 결국, 다 죽게 된다.

탕!

난 총의 안전장치를 풀던 인민군의 머리를 쏜다. 투확, 하는 소리와 함께, 인민군의 머리가 터져, 새하얗던 눈밭의 위에 시뻘건 피를 뿌린다. 인민군의 소대장은, 얼빠진 소리로 중얼거린다.

"미친 거…라우?"

한 명이 다수를 상대하는 것이 웃기긴 하겠지. 난 미소를 지으며 두 번째 발을, 지현을 노리는 인민군의 머리에 박아주었다. 소대장은 그 모습을 보더니, 옆 부관의 총을 빼앗아, 쏜다. 어깨가 화끈거린다. 권총을 놓쳐버린다.

"보아하니, 방금 전에 도망친 애새끼들 아바이 같던데, 왜 같이 도망치지 않았어, 기래?"

"이렇게 도망쳐봐야 잡힐 걸 아니까."

소대장의 입꼬리가 올라간 것 같은 느낌이 들었다. 그래, 계속 지껄여라. 난 뒷걸음질쳤다. 그에, 소대장이 다시 총을 쏴, 다리를 맞춘다. 불에 지진 것 같은 화끈거림과 동시에, 저절로 다리가 꿇려진다.

"그래서, 이 미친짓을 한 거야, 기래?"

"다 죽일 거잖아. 그렇게 개죽음 당할 바에야……."

이쯤이다, 이쯤이다, 난 추위에 굳어 잘 움직이지 않는 왼손으로, 눈밭을 너듬는다, 너듬는다, 너듬는다,

잡았다.

"이렇게 하는 게 나을 것 같아서!"

탕! 소대장의 머리가 터져나간다. 그와 동시에, 수많은 인민군들이, 총구를 나에게로 향한다. 그와 동시에 철컥, 하는 쇳소리. 이 정도면 도망칠 만큼 쳤겠지. 지유쪽이 걱정되지만, 잘 해낼 수 있을 것이다.

아, 그러고보니, 지현이와의 약속,

탕!

후 기

　나는 책쓰기 동아리 '그린비'에 들어와서 처음으로 내 나름대로 시와 소설을 연결하는 작업을 했습니다. 올해를 마무리하면서 내가 지은 여러 작품 중에서 세 작품에 대한 창작의도를 정리해 보고자 합니다.

　첫 번째 작품인 '내가 원하는 모든 것'은 제목 짓기도 무시무시하게 힘들었지요. 제목은 작품 중에서 나온 offspring의 'all I want'를 그대로 번역한 겁니다. 이 이야기의 전체를 잘 아우를 수 있는 제목이라고 생각했습니다.

　처음 이형기님의 '나무'를 작품의 모티브로 정했을 때, 서낭은 정말 저 시에 맞는 캐릭터라고 스스로 생각하고 있습니다. 제자리에 선 채로 흘러가는 천년의 강물. 이 서낭은 그런 무수한 세월을 걸쳐가며 얼마나 많은 사람들을 만났겠습니까? 그 폭넓은 그늘 아래에서 사는 사람들을 보호하는 서낭신. 나는 저 시를 보고 그리 느끼고 썼습니다.

　결국 서낭은 사람들에 의해 죽습니다. ―물론 이것은 서낭의 죽음이 아닙니다. 소년의 마음 속에 있던 서낭의 소멸이지요. 서낭은 아마 다른 사람을 찾으러 갔을 겁니다. 또 소원을 빌고 있는 누군가에게 말입니다.

　다음은 'AISATNAF', 쓰기에 가장 골치 아팠던 소설이 아닌가 싶습니다. 워낙에 사랑이야기를 못 쓰는 나인지라, ―아마 해보지 못해서 그런 게 아닌가 싶습니다만.- 어떻게 주인공들의 마음을 표현해야 할지 난감했습니다. 그렇기에, 처음엔 마음에 떠오르는 대로 마구 적어나갔습니다. 혹시 제목인 'AISATNAF'를 거꾸로 읽어보신 분이 있으실까요? FANTASIA입니다. 중간중간 환상타령을 하는 게 다 그것 때문입니다. 주인공에게 저 아이사트나프는 환상이나 다름없었겠지요.

그렇기에 아이사트나프의 끝에는 무지개가 걸려 있는 것입니다. 이 작품의 주인공은, 목숨이 절정에 달했을 때, 무지개를 보게 되지요. 그토록 바라던 무지개를 말입니다. 그렇기에 저 아이사트나프는 완정 자체가 중요하다고 볼 수 있을 만한 게 못 됩니다. 자신이 절정에 달했을 때, 무엇인가를 보여주는 산이 아이사트나프, 이게 이육사 시인의 절정을 보면서 짜낸 생각이자 모티브거든요. 아, 나도 아이사트나프나 오르고 싶습니다. 나의 환상도 펼쳐질까요?

마지막으로 '마른 땅 위에 뿌린 눈물 한줌'은 그린비에 들어와서 제일 처음으로 쓴 글입니다. 그렇기에 더욱 애착이 가는 글이지요. 원래 이 글은 문제집을 풀다가 갑자기 생각해낸 글입니다. 초토, 거기에서 만난 천사 같은 아이들. 당장 문제를 집어치우고 이 이야기의 끝자락을 잡아서 미친 듯이 글로 옮겨적기 시작했습니다. 가장 잘 풀렸던 글이고, 한 치의 아쉬움도 없다면 거짓말이겠지만 만족스러운 글로 탄생하였습니다.

주인공은 국민방위군의 한 사람입니다. 처음에는 그냥 군인으로 하려고 했습니다만, 어떤 책을 보게 되었지요. 제목은 밝히지 않겠습니다만 정말 속이 터지고 열불이 나는 이야기였습니다. 저 국민방위군은 실존했던 군대입니다. 이 작품에 적혀 있는 대로 인민군에게 인력을 빼앗기지 않기 위해 강제로 징병했던 군대이지요. 불러놓고 시키는 행태 또한 가관입니다. 위에서 식량을 빼돌려 군인들은 먹을 것이 없어서 마을을 전전해가며 구걸을 합니다. 안타깝더군요, 그리고 생각이 난겁니다. 현실에서 가져온 이야기입니다만, 사실 이건 인민군이 아니라 UN군이 저지른 양민 학살 사건에서 따온 것입니다. 6·25가 발

발한 직후, 노근리라는 어느 한 마을에서 땅굴 밑에 숨어 있던 마을주민(양민) 수백 명을 미군들이 무차별 총살한 사건입니다. 말도 안 되는 일입니다만, 군 작전명령 중에서 '피난민을 적으로 대하라' 라는 명령이 있었다더군요. 슬픈 일입니다.

시를 통해서 상상의 나래를 펴서 소설을 창작한다는 것은 정말 매력적인 작업입니다. 물론 잘 풀리지 않아 고통스러웠던 시간도 포함해서 말입니다. 그 글들을 갈무리해서 이렇게 낼 수 있다는 점도 감사합니다. 여태까지 이 졸작들을 읽어주셔서, 너무나도 감사드립니다.

채민수

그들이 사는 세상

노을
울음
함께

물의 노래
'새도 옮겨 앉는 곳마다 깃털이 빠지는데'

이동순

그대 다시는 고향에 못 가리

죽어 물이나 되어서 천천히 돌아가리

돌아가 고향하늘에 맺힌 물 되어 흐르며

예 섰던 우물가 대추나무에도 휘감기리

살던 집 문고리도 온몸으로 흔들어 보리

살아생전 영영 돌아가지 못함이라

오늘도 물가에서 잠긴 언덕 바라보고

밤마다 꿈을 덮치는 물꿈에 가위 눌리니

세상사람 우릴 보고 수몰민이라 한다

옮겨간 낯선 곳에 눈물 뿌려 기심매고

거친 땅에 솟은 자갈돌 먼 곳으로 던져가며

다시 살아보려 버둥거리는 깨진 무릎으로

구석에 서성이던 우리들 노래도 물속에 묻혔으니

두 눈 부릅뜨고 소리쳐 불러보아도

돌아오지 않는 그리움만 나루터에 쌓여갈 뿐

나는 수몰민, 뿌리째 뽑혀 던져진 사람

마을아 억센 풀아 무너진 흙담들아

언젠가 돌아가리라 너희들 물 틈으로

나 또한 한 많은 물방울 되어 세상길 흘러 흘러

돌아가 고향하늘에 홀로 글썽이리

노 을

바람은 모든 것들을 태우고, 어둠은 먹어버리는 그런 밤. 내 나이 일흔에 고향 생각이 나는 건 내 생이 그리 많이 남아 있지는 않다는 뜻일까? 갑작스런 바다여행에서 느낀 그 바다 내음이 나를 일깨운 것일까? 문득 든 고향 생각에 난 아내와 함께 그리운 그 길을 따라 차를 타고 깊은 생각에 빠지며 시간을 거슬러 가고 있다.

옛 우리 마을은 크진 않지만 겹겹이 둘러싼 산들 가운데 오목하게 들어간 곳에 위치해 있었다. 마치 세숫대야처럼 생겨 대야(大冶)동이라 부르는 줄 알았건만, 철이 들고 난 후의 이야기를 들어보니 큰 마을이 되라는 뜻의 대야(大野)라는 뜻이라더라.

그곳에서 나와 내 가족, 그리고 옆집에 사는 (지금의) 아내의 가족과 즐겁게 살아가고 있었다. 우리 마을은 분지지만 그렇다고 해서 해산물이 귀하지는 않았던 걸로 기억한다. 우리 마을을 가로질러서는 인근 바다와 연결되는 계곡이 여러 가지로 뻗어나 있었고, 그 길을 따라 마을의 어부들이 고기를 꽤나 잡아오던 것이다. 우리 아버지 또한 그들의 무리 중 한 사람이었기에 그들은 꽤나 나를 귀여워했던 것 같다.

하루는 어부들 중 한 사람이 나에게 바다에 대한 호기심과 환상을 불어다 주었는데, 나를 매혹시킨 바다의 여러 가지 것이 있지만 노을이 가장 인상 깊었기에 지금도 기억할 수 있다. 그 어부의 말에 따르면 매일 산으로 넘겨 보는 노을과 바다에서 보는 노을과는 비교할 수가 없다고 한다. 그 한 마디가 나를 매혹시켰다. 어떤 때는 바다가 푸른색이기 때문에 노을 또한 푸른

색일 것이라 지레 짐작하곤 하였다. 아마 7살 때부터 아버지를 따라 서슴없이 뱃일에 뛰어들 수 있었던 것도 그 호기심의 비중이 상당수 차지하고 있다. 그 바다의 노을에 홀린 듯 자그마한 몸체로 뒤뚱뒤뚱거리며 선체에 올랐다. 나이가 어렸던 탓인지, 일이 지루했던 것인지 대부분 날이 불그스름해지기 전부터 내 몸은 이불안에 들어가 있었고, 매일매일 다음을 기약해야 했다. 그리고 10살이 되었을 때 겨우겨우 선체의 제일 앞부분에서 그 장면을 보았는데 그 장면은 아직도 나에게 바다 구경을 할 원동력이 되고 있다.

그런 어린 시절을 보내고 20대 초반 무렵일 것이다. 6월달, 장마철이 시작할 때였다. 하늘은 적막하였다. 시커먼 흑색구름들이 화가 머리끝까지 차오른 듯 천둥, 번개를 쳤고, 이 상황 속에서도 대야동 마을 주민들은 장마철의 대비를 모두 했기에 편안히 집에 틀어박혀 있었다. 그후 그 주, 다음 주, 그 다음 주, 셀 수 없는 날들이 비로 채워졌다.

불어버린 계곡물은 좀처럼 마을 밖으로 빠져나갈 생각을 하지 않았고, 배들조차 좌표를 잃고 마을 안팎까지 들어왔다. 물 위로 발버둥치는 소는 체념한 듯 초점 없는 눈망울로 나를 쳐다보고, 돼지는 조금이라도 더 살고 싶은 듯 꽥꽥 목청을 드높이며 헤엄치고 있었다. 사람도 예외는 아니었다. 이제 갓 결혼한 신혼부부인 우리 부부에겐 저기 멀리 떠다니는 검은 털뭉치와 살려달라고 하는 사람들이 점점 가라앉는 모습이 충격적이지 않을 수 없었다. 집 앞마당에서 키우는 대추나무 또한 막 꽃을 피운 아름다운 모습으로 반쯤 잠긴 채, 우리를 쏘아보고 있었다.

마을 사람들은 자신의 모든 재산을 잃어 버렸다는 첫 번째 부류와 자신의 가족을 잃은 슬픔에 괴로워하는 두 번째 부류로 나뉘었다. 딱히 우리 집도 나눈다면 두 번째 부류에 속해 있었다. 난리통에서 다른 사람들을 구하러 가신 아버지는 그때 이후로 나이든 내 모습도, 자신의 손주도 보시지 못했고, 어머니 또한 밭을 한번 보고 온다는 말씀 후에 다른 소식이 전무

후무 하였다. 그렇게 우리는 모든 가족과 작별인사를 하고, 나와 아내는 끝까지 버티어 극적으로 구급대원에게 구출되었다.

산을 타고 올라가는 동안 그 시절의 생각을 떠올리고, 산 중턱의 산장에서 묵을 때 그 꿈을 꾸어 잠시 가위에 눌린 나는 지금 옆에서 곤히 자고 있는 아내를 조심스레 깨워서 다시 올라갔다.

'과연 볼 수 있을까?

하는 생각을 품고 정상을 향해 올라갔다. 정상이라 그런지 안개가 짙고 기온이 낮아 조금 추운 느낌이 없잖아 있는 편이었다. 정상에 도착한 후 몸 위에 가벼운 난방을 걸치고, 차문을 열어 물속에 잠긴 우리 옛 대야동을 바라보았다. 가고 싶어도 가지 못하는 곳, 그리워도 그리워 할 수 없는 그 동네. 이젠 물이 넘치는 곳이 되어버린 지금. 나에게 깊은 고뇌를 안겨준다. 그리고는 내 눈에서는 지금의 마을에서 흘러넘치는 그 투명한 액체가 흘러나오고 있다. 아내는 나의 모습을 아는지 모르는지

"울어요?"

하자마자, 그 순간 눈에선 한 줄기가 아닌 굵은 여러 갈래의 계곡이 내 눈 앞을 흐리게 하였다. 땅을 적셨다. 원망스런 그 물로. 바람이 물살을 가르고 있다. 철썩철썩하는 소리가 마치 나에게

'네가 그리워하는 모든 것이 여기에 있다.'

라고 말하려는 사이렌의 목소리처럼 날 매혹하고 있다. 그 노랫소리가 옛날에 부르던 뱃노래 같아 내 마음을 적셨다. 그러곤 아내에게

"내가 죽으면 이곳에 뿌려주오. 내가 죽어서라도 그리운 얼굴들을 마주하며 죽어가고 싶구려."

아내는 나에게 팔짱을 끼며

"그럼 저도 이곳에 뿌려져야겠네요. 당신과 영원히 함께할 수 있도록."

어느덧, 우리 두 사람의 노을이 붉게 타며 지고 있었다.

승 무

조지훈

얇은 사 하이얀 고깔은
고이 접어서 나빌레라

파르라니 깎은 머리
박사 고깔에 감추오고
두볼에 흐르는 빛이 정작으로 고와서 서러워라

빈 대에 황촉불이 말없이 노는 밤에
오동잎 잎새마다 달이 지는데

소매는 길어서 하늘은 넓고
돌아설 듯 날아가며
사뿐히 접어올린 외씨보선이여

까만 눈동자 살포시 들어
먼 하늘 한개 별빛에 모두오고
복사꽃 고운 뺨에 아롱질 듯 두 방울이야

세사에 시달려도 번뇌는 별빛이라
휘어져 감기우고 다시 접어 뻗는 손이
깊은 마음 속 거룩한 합장인 양하고

이 밤사 귀또리도 지새우는 삼경인데
얇은 사 하이얀 고깔은 고이 접어서 나빌레라

울음

참 힘들었던 지난 나날들이었다. 무조건 앞을 보고 달려오고 난 지금, 그 검은 머리칼이 파뿌리가 되었고, 곧은 허리가 활시위처럼 굽은 나의 모습을 이제야 눈에 들어온다. 30여 년 전 그녀에게 약속한

"손에 물이 묻지 않도록 해줄게."

라는 거짓된 인사도 진실로 만들 수는 없었다. 그 거짓말을 순전히 믿고 나를 따라온 그녀는 지금 내 뒤의 부엌에서 설거지를 하고 있다. 모든 것이 손에 잡혔다가 떠나갔다. 권력, 돈, 사람조차도 모두 떠나갔다. 자식놈들은 각자의 나름대로 앞을 바라보며 뛰어 가지만, 뒷모습 밖에 볼 수 없는 것이 안타까울 따름이다.

모든 것을 자식에게 맡겨 놓은 채, 나와 아내는 2주에 한번씩 산 중턱에 위치한 절에 다니고 있다. 50여 년 동안 무신론자였던 내게 처음 절에 갔던 때의 경험은 다소 충격적일 수밖에 없었다. 매캐한 향냄새와 일정한 박자로 똑똑거리는 스님의 목탁소리, 그리고 도시의 사람들에겐 찾아 볼 수조차 없는 스님들의 반가운 웃음. 모든 것이 나를 매혹시키며, 그 절을 나올 때,

"여기에 계속 다니자."

라고 아내에게 제안했다. 그때의 아내는 정말 반가운 표정을 지었다. 아마 자신은 불교라는 종교를 믿지만, 나는 믿지 않았던 것을 내심 마음에 두고 있었던 듯하다. 지금 생각해 봐도 어떠한 후회는 하지 않는다. 아내의 오랜만의 미소도 수많은 이유들 중 하나이지 않나 싶다. 물론 몇 달 동안 절

에 다닌 후로 그 절에 정을 붙인 것도 한 가지 이유였다.

오늘이 마지막으로 절에 간 후 2주째가 되는 날이었다. 아내와 나는 늘 입던 흔한 등산복으로 갈아입고, 나의 낡은 승용차로 산의 입구까지 갔다.

등산은 꽤나 버겁지 않을 수 없었다.

"10년만 젊었어도, 10년만 젊었어도……"

라는 말이 저절로 입에서 흘러 나왔다. 정말로 10년만 젊었어도 정상까지는 뛰어갈 수 있을 것이다. 하지만 10년을 어디서 구할 것인가? 그렇기에 산 중턱에 있는 절이 반가웠다. 중턱에만 올라가면 땀이 비오듯 나있고, 옷을 입고 물놀이 한 사람처럼 축축해져 있어서, 가다 만난 약숫물이 꿀물 같았다. 이 맛에 일부러 멀리 있는 이 절에 많은 사람들이 찾는 이유일 것이다.

절에 들어가 보니 평소의 분위기와는 사뭇 달라보였다. 바닥은 쓰레기가 하나 없이 정리가 되어 있고, 평소 있던 낙서도 없어보였다. 가장 큰 변화들은 스님의 목탁 소리가 들리지 않았고, 주위에 인기척 또한 없었다. 이상한 낌새를 알아채고는 주위를 둘러보던 우리 부부의 눈앞에 한 분의 스님이 나타나셨다. 2주마다 오는 우리를 용케도 알아보고는 합장을 하며, 나에게 인사하였다. 우린 그에게 다가가서는 아내가 물었다.

"스님, 오늘 무슨 일이리도 있는지요? 큰 스님의 목탁소리가 들리지 않더군요."

그러자 그는 의아해 하는 표정으로

"아니, 모르셨습니까?"

"뭘 말입니까, 스님?"

"우리 절에 스님 한 분이 더 오신다고 이 주에 공고했던 걸로 아는데요."

"정말입니까?"

"정말이고 말구요. 지금 한창 환영회가 무르익고 있습니다. 절 따라 오시지요."

우리는 그를 따라가서 새로 오신 스님을 만나보았다. 남자 스님이겠거늘 하였지만, 그분은 여승이었다. 처음 보는 여승의 등장에 아내도 꽤 놀라는 눈치였다.

그녀는 무슨 이유인지 하얀 고깔모자를 쓰고 있었다. 모든 시선이 그녀에게 쏠리는 것이 부끄러웠던지 볼이 발갛게 물들어 있었다. 그녀의 까만 눈동자에는 촉촉한 물기가 서려 있었다. 얼굴에 많은 주름이 지지 않은 걸로 보아

'한 20대 중반은 되지 않을까?'
하고 짐작했다.

환영회는 환한 태양이 황금빛으로 물들고, 노오란 달이 떴다. 축제는 무르익어 축제장 가운데 불을 피워놓고 계속 되었다. 그러자 여승은 무대 위에 조용히 나섰다.

그녀는 조심스럽게 의자에서 내려와 무대 위에 섰다. 아까의 당당한 모습과는 달리 사춘기 소녀처럼 볼이 달아오른 걸 볼 수 있었다. 그렇게 그녀의 승무는 시작되었다.

승무가 시작되니 분위기가 한껏 고조되었다. 아마 미리 준비한 듯하다. 그녀는 이미 내가 알고 있던 사춘기 소녀의 여승이 아니었다. 그녀 고깔 아래로 비치는 표정은 어딘가 쓸쓸해 보이기까지 했다. 그녀의 긴 소매가 하늘로 올라갔을 때, 내 눈도 하늘을 향했고, 천천히 소매가 주위를 펄럭였을 때는 내 마음도 펄럭였다. 그녀가 북을 치고 있을 때는 내 마음의 심장이 쿵쾅거렸고, 눈동자마저 흔들렸다. 그녀의 바알간 볼 위로 한 방울씩 물이 흘러내리는 것을 볼 수 있었다. 그렇게 그녀의 승무는 끝이 났다. 난 그 자리를 떠날 수 없었고, 다른 사람들이 박수 칠 때 손이 움직이지 않았다. 내 안의 무언가가 요동치고 있었다. 가슴이 찢어질 듯하였다. 그 무언

가가 소리치고 있다.

그 어두운 밤이 지나고, 내 눈은 하얀 천장을 향하고 있었다. 그 천장 색의 방은 물론 절에는 존재하지 않는 곳이었고, 매캐한 약냄새들도 그걸 가르쳐 주고 있었다.

"여보! 의…의사선생님, 빨리 와보세요!"

'의사?'

난 내 주위에서 일어나고 있는 일들에 멍한 상태로 듣고, 바라보고 있었다. 곧 의사가 이마에 땀을 흘리며 나에게 다가왔다.

"음…. 음…. 음……."

끝없이 '음'이란 단어를 연발하며, 무언가를 알았다는 표정으로 고개를 끄덕인 채, 나와 아내에게 웃음을 지으며 말하였다.

"별일 아닙니다. 어떤 외부의 상황에 쇼크를 받은 것 같은데, 그래도 한 일주일은 병원에서 상태를 지켜보아야겠습니다."

그 말이 끝나자마자, 아내의 두 눈망울에서 쉴새없이 눈물이 흘러내리며, 감사하다는 말이 수십 번 흘러나왔다. 이윽고 의사가 내 주위에서 멀어지자, 난 아내에게

"무슨 일이야?"

하고 뒤늦은 나의 안부를 물었다. 그녀는 단단히 화가 난 듯이

"이 양반아, 왜 갑자기 쓰러져서 날 놀래키고 그래! 또, 꿈에서 뭐가 볼 게 그리도 많았어? 며칠씩이나 잠만 자고 있고……."

"뭐, 내가 자고 있었다고?"

"그래, 푹푹 자더라. 몇 주간 잠 안 재운 애기처럼"

꽤 놀랐다. 내 기억은 승무를 보고 난 후에 가슴이 조여오는 듯한 통증이 끝이 났었다. 그 뒤를 기억해 보려고 안간힘을 써도 누군가 방해하는 통증만이 따라올 뿐이었다.

"미안해."

"미안하면 다인 줄 알아?"

그녀는 내 이불 속에 파묻혀 울고 있었다. 이불이 모두 젖어버릴 만큼.

이튿날, 그녀는 집으로 돌아갔다. 나에 대한 앙금도, 걱정도 풀어버렸으면 해서 내가 집으로 돌아가게 만들었다. 그리고 그날 밤, 난 도대체 내 가슴이 왜 조여져 왔는지에 대해 깊은 시름에 빠져 있다가 한줌의 실마리도 얻지 못한 채 잠에 빠져 들었다.

그리고 그 다음날. 쓰러지기 전보다 더 좋은 몸 상태로 병원을 둘러보기로 했다. 내 침대를 빠져 나가자 우측에는 한쪽 발에 깁스를 찬 험악하게 생긴 남자가 무언가에 화가 난 듯 사과를 박력있게 씹어 먹고 있었고, 다른 쪽에는 꽤나 온순하게 생긴 남자가 팔에 깁스를 하고는 약간의 눈물을 보이며 벌벌 떨고 있었다. 난 그들에게 다가가 무슨 일이냐고 물어보았는데, 사건의 전말은 이랬다. 험악한 남자가 가벼운 교통사고로 타박상을 입어 들것에 실려 응급실에 들어가고 있었는데, 그때 마침 온순한 남자가 계단에서 굴러 허리를 삔 것에 대한 치료를 받고 나가고 있었다. 출구가 어디인지를 몰라 응급실 입구로 조용히 나가려던 온순한 남자는 험악한 남자의 들것에 충돌했고, 그 여파로 들것은 뒤집어져 남자의 다리를 부러트리고, 온순한 남자는 뒤집힌 들것에 깔려 오른손의 신경이 다쳤다는 것이다. 그들에겐 꽤나 심각하게 보였을지는 몰라도, 나에겐 그저 들것에 부딪혀 날아가는 자그마한 남자의 모습이 작은 웃음거리로 밖에 생각되지 않았다.

그들의 사정을 모두 들어주고, 난 병실 밖으로 나가 병원 내부에 있는 공원으로 향하고 있었다. 그곳으로 향하는 동안, 난 무료하게 TV 앞에서 앉아 시간을 보내고 있는 구부정한 노인들과 급하게 응급실로 들어가는 크나큰 핏덩이를 보았다. 그런 일들이 지나가고, 공원에 도착했다. 병원이 돈을 들여가며 지은 시설인지, 다른 국립공원과는 약간의 수준차가 보였다. 국립공원은 어딘가 모를 삭막하고 어두운 부분이 없잖아 있었지만, 병원의 공원은 산뜻하고, 활기차며, 녹색의 기운이 감도는 그런 곳이었다. 휠체어에 앉아 독서를 하는 젊은 남녀, 뛰어다니고픈 마음을 억지로 절제하는 듯한 얼굴 표정을 한 목발 짚은 어린 소녀, 벤치에 앉아 동생과 장난치는 팔에 깁스를 한 소년. 모든 것이 살아 있었다. 그곳에서 이미 죽어버린 듯한 내가 들어와보니, 다시 살아나야 할 것만 같은 느낌이 들었다. 그렇게 배고픔을 잊고 해가 지평선 너머로 질 때까지 난 그곳을 돌아다녔다.

병실로 돌아와 보니, 한 명의 간호사가 내 침대 앞에 서 있었다.

"할아버지, 지금까지 어디에 돌아다니셨어요! 걱정했잖아요!"

아내 말고 다른 사람이 걱정해 주는 게 신기할 따름이었다.

"그냥 공원에서 산책하고 있었네. 그보다 무슨 일 때문에 찾아 오셨나?"

"그건 할아버지한테 꽂혀 있는 링거 약을 보신 후에 말씀하시죠."

"아, 그렇구만. 미안하네."

"알면 됐으니까, 빨리 누우세요."

그리고 그녀는 링거 약을 교체한 후에 방을 나가 버렸다.

다음날 아침이 되었다. 아침을 먹고 다른 늙은이들 사이에 끼여 TV를 보다 아침시간을 보내고, 점심을 먹고 있던 찰나에 아내가 왔다.

"여보, 그만 퇴원해도 되지 않을까요?"

"그럼 의사한테 한 번 물어봅시다."

밥을 다 먹고, 의사가 나에게로 찾아왔다.

"음…. 음…. 음……."

또다시 '음'을 몇 번 말한 후에 그는 매번 같은 웃음으로

"이제 퇴원해도 되겠습니다. 내일 퇴원하게 짐을 챙기세요."

여전히 아내는 감사하다는 말을 몇 번이나 하고는 퇴원 절차를 밟으러

갔다.

　병실에서 보내는 마지막 밤은 외롭지 않은 밤이었다. 아내가 곁에서 함께 있어주었다.

“여보.”

“왜?”

“아니에요.”

한숨을 한번 쉬고는 한껏 부드러운 억양으로 다시 말했다.

“왜?”

“우리 내일 퇴원하면 어디에 가볼까요?”

“갑자기 어딜 간다는 거야?”

“그냥…….”

곰곰이 생각해 보다 그 여승의 승무가 기억났다.

“아직도 절에서 환영회가 한창인가?”

“뭐, 네. 하고는 있어요.”

“그럼, 거기로 가보자.”

그러자 아내가 약간 언성을 높이며

“안 돼요! 또다시 쓰러지면 어떡하려고.”

그러자 사방에서 헛기침 소리가 연발하기 시작했다.

“그냥 한 번 더 가보고 싶어서 그래.”

이번엔 한껏 더 언성을 높여

“안 된다니까 그러내. 내 말 좀 들어요!”

이번엔 험악한 사내가 단도직입적으로

“거참. 잠 좀 잡시다.”

하고 말하니 아내는 대화의 끝을 맺지 않을 수가 없었던 모양이다. 마지막으로 내가,

“무조건 가자. 거기로.”

하고는 잠이 들었다.

아침이 밝고 우리는 일찍 짐을 싸서 아침을 먹지 않고 바로 병원을 빠져 나왔다. 모든 것에 미련을 두지 않았지만, 공원은 약간의 아쉬움이 남았다. 그리고 아내는 내 대신에 운전석에서 안전띠를 매고 그 절로 향하였다.

그 절의 입구에는 아직도 ‘스님, 잘 오셨습니다!!!’ 하고 현수막이 붙어 있었다. 아직도 환영회를 하는 것을 잘 알 수 있었다. 승무를 보다 쓰러진 게 유명세라도 탔던지 주지스님까지 날 알아보고는,

“몸은 좀 어떻습니까?”

하고 안부를 묻는데, 내가 당황스러워 하는 기색을 보이자 아내가 재빨리 치고 들어와,

“이제 좀 나아졌다는데, 아직은 안정을 취해야 한다고 합니다.”

라고 말했다. 아내의 존재가 정말 고마워지는 순간이었다. 바로 다음 내가,

“아직 여승분이 승무를 추시는지요?”

하고 묻더니, 스님도 당황한 기색이 엿보이며

“네···. 뭐, 아직도 추고 계십니다. 왜 그러십니까? 혹여나 마음에 담아 두고 있는 게 있으십니까?”

“아닙니다. 다시 한 번 그 춤사위를 보고 싶어 그럽니다.”

“그러십니까? 스님도 매우 기뻐하실 것입니다.”

“네. 언제 시작할까요?”

“지금이 아침 10시니까, 한 2시간 뒤에 추실 것입니다.”

“감사합니다.”

“별말씀을요. 그럼 몸을 잘 추스르시길 빌겠습니다.”

그리고 스님은 합장을 하고 나를 지나갔다. 그때의 2시간은 정말 흐르

지 않는 모래시계와도 같았다. 휴대폰으로 TV를 보고, 잠을 청하여 보기도 했지만, 전혀 흘러가지 않았다. 그런 시간을 보내고 보내, 어느덧 2시간이 지나 여승이 춤사위를 시작할 때가 되었다.

"여보. 이제 시작하겠는데."

나는 자는 아내를 깨워 나가려 했지만 그녀는 일어날 생각조차 하지 않았다. 하는 수 없이 난 혼자 차 밖으로 나가서 그녀가 춤추려 하고 있는 곳으로 한발자국씩 걸어나갔다. 처음에는 가벼운 발걸음이었지만, 다가갈수록 천근, 만근이 되어 다가갈 용기가 나지 않았다.

'또다시 쓰러지면 어떡하지? 다시 병원에 가서 진찰을 받고, 그렇게 누워 있어야 하나?…'

많은 생각이 떠올랐지만, 단 한 가지 생각으로 좁혀졌다.

'일단, 한 번 보자.'

그 생각이 모든 잡념들을 일깨우고 그녀가 춤추는 곳으로 나아갔다.

공연은 시작되려 하고 있었다. 정확히 말하자면, 내가 갔을 때 공연은 시작됐다. 여전히 동작 하나하나가 슬퍼 보였다. 하얀 소복과 하얀 고깔이 더욱 쓸쓸하게 만드는 것 같았다. 그녀의 눈물 또한 같은 곳에 맺혀져 있었다. 그리고 그곳에는 그녀를 보며 슬피 울고 있는 한 여인이 보였다. 무슨 이유인지 난 그녀에게 말을 걸어야만 할 것 같은 느낌이었다.

"저기, 무슨 이유 때문에 슬프게 우시나요?"

"네. 전 사실 저기 있는 여승의 에미되는 사람입니다."

정말 놀라웠다. 자식이 저렇게 한을 품은 춤을 추고 있으면 어느 부모가 눈물을 흘리지 않을 수 있을까?

"정말이십니까? 그런데 왜 여기에 오신 이유가 무엇 때문인지?"

"사실 저희 애는 제가 낳은 애가 아닙니다. 입양한 딸이지요. 사춘기 시절이 다가오기 전까지는 그런대로 살았습니다. 어디 다칠까 봐, 상처받을까 봐 잘 보살펴 주었지요. 그런데 사춘기가 다가온 후에 제 남편과 싸운 일이 있었지요. 그때, 제 남편이 그만 말하고 말았습니다. ‘내 딸도 아닌 년’이라고 말이지요. 그 한 마디에 모든 것이 밝혀졌습니다. 그 애는 방황하기 시작했고 결국에는 집을 나갔지요. 그러곤 수소문을 해서 찾다가 여기로 와 보았는데, 설마 여승이 되어 있을 줄은 상상도 못했습니다.”

난 그녀가 눈물을 흘린 것을 알고 있었다. 또한 그녀가 흘린 눈물에 대해서도 이제야 알았다. 그런 사연이 숨겨져 있을 줄이야…….

차로 돌아가고 있을 때 한숨이 절로 튀어 나왔다. 그 춤사위를 보고 생각하자니 앞이 막막할 따름이었다. 그리고 멀리서 곤히 자고 있는 나의 아내를 보았다. 옛날과는 달리 흰머리가 자라 있었지만, 그래도 아름다운 나의 신부였다. 조용히 그녀를 옆좌석으로 옮긴 후에 난 운전석에 타서 서행으로 산길을 빠져 나갔다. 귀뚜라미가 울고 있는 어느 저녁 가을날이었다.

| 원작시 |

빗소리

주요한

비가 옵니다
밤은 고요히 깃을 벌리고
비는 뜰 위에 속삭입니다
몰래 지껄이는 병아리같이

이지러진 달이 실낱같고
볕에서도 봄이 흐를 듯이
따뜻한 바람이 불더니
오늘은 이 어둔 밤을 비가 옵니다

비가 옵니다
다정한 손님같이 비가 옵니다
창을 열고 맞으려 하여도
보이지 않게 속삭이며 비가 옵니다

비가 옵니다
뜰 위에 창 밖에 지붕에
남 모를 기쁜 소식을
나의 가슴에 전하는 비가 옵니다

함께

　오늘은 이상하게도 비가 보슬보슬 내립니다. 매년 이맘 때는 항상 맑은 날이 계속 됐는데 말입니다. 하지만 난 밝은 해보다 땅을 촉촉이 적셔주는 비가 더 좋습니다. 왠지 땅이 살아 숨쉴 수 있을 것 같아 보이기 때문입니다. 항상 나를 보러 빨리 오시는 아버지는 지금 이때가 되면 유독 늦으십니다. 그런데 오늘 비를 맞으며 숨통을 트시는지 아버지는 더욱 늦게 오십니다. 오늘 약속했던 공원에서 야구를 한다는 걸 지키시려 하시는 걸까요? 공원에서 홀로 우산을 쓰고 기다리시는 아버지를 생각하니 덜컥 겁부터 납니다. 비가 오는데 내가 올 줄 알고 기다리시다니, 미안한 생각부터 듭니다. 마음이 초조해지고, 가슴이 답답하여

　"엄마, 나 좀 나갔다 올게!"

라는 한 마디를 던지고는 우비를 입고, 장화를 신고, 무작정 공원 쪽으로 달려갑니다. 제발 공원에서 기다리지 마시고 집으로 오길 바라며 스쳐지나가는 많은 사람들이 알아보아도 인사 한 번 안 하고 지나쳤습니다.

　그렇게 우비 사이로 땀이 흠뻑 적셔졌을 무렵에 난 공원에 도착했습니다. 그곳엔 아무도 없었습니다. 아무도……. 다행이란 마음이 앞섰지만 작게는 서운한 마음도 없다면 거짓말일 것입니다. 나와 아버지의 약속을 깬 건 아버지 쪽이었기 때문입니다.

　'내가 열심히 달려온 결과가 무엇일까?'

라는 생각도 들었습니다. 또

　'아버지가 약속을 깨신 걸까?'

라는 의문도 가져보았습니다. 그 모든 것은 이 생각 때문에 사라졌을 것입
니다.

'아버지가 돌아오시면 등에 이마를 대고, 확 울어버려야지. 그러면 아버
지는 나에게 미안하다는 말을 하시겠지.'

이 생각을 잊어버리지 않으려고 분을 삭히지 않고 되뇌이며 왔습니다.

집에 돌아와 보니 젖은 신발이 한 켤레, 물이 아직도 흥건한 비닐우산이
한 개 세워져 있었습니다. 아버지가 돌아오신 겁니다. 눈을 도끼눈으로 부
라리고, 째려보는 연습을 신발장 앞 거울에서 연습해 본 뒤에 울먹한 얼굴
로 들어갔습니다. 들어가자마자 아버지는 소파에 누워 TV로 야구중계를
보고 계셨습니다.

"왜 이제 와? 빨리 와 빨리, 중요한 시점에서 딱 들어오네. 역시 내 아들
은 행운의 여신급이라니까. 뭐해 네가 봐야 이기지. 옆에 앉아."

아버지의 신나하는 태도를 보니 모든 걸 제쳐두고서라도 TV 앞에 앉아
야겠다는 생각이 먼저였습니다. 그리고 소파에 앉아 아버지와 함께 보았
습니다. 만루 상황에서 우리 팀의 4번 타자가 상대의 투수에게서 끝내기
홈런을 치는 것을요. 매우 기뻤습니다. 중요한 순위 결정전이었기 때문에
질 수 없는 경기라 더욱 그렇습니다. 모든 화가 가라앉고 승리의 기쁨에
도취된 채, 아버지와 얼싸안고 환호성을 질렀습니다. 그때, 어머니가 중재
하지 않으셨다면 옆집에서 초인종을 눌러 문제가 있는지 확인했을지도
모릅니다. 그리고 승리의 기쁨이 조금 가라앉고 나서 아버지는 나에게

"오늘은 미안하다. 야구 못했지? 비도 오고 그래서 일부러 나가지 않았
는데, 어휴 땀 봐라."

아버지는 내 얼굴을 닦아 주시고는 윗옷을 벗겨 수건으로 곳곳을 닦고
머리도 털어 주셨습니다.

"그 대신 모레 예정된 경기를 보러 야구장에 가자. 야구는 비가 와도 볼

192

수 있는 경기잖아?"

"네!"

너무 기뻤습니다. 내가 동경하는 선수들이 내 눈앞에서 경기하는 것을 지켜 볼 수 있다니요. 하루 빨리 내일, 그리고 또 다시 내일이 지나가길 소망했습니다. 그런 기대를 앉고 하룻밤을 설레는 마음으로 잠이 들었습니다.

다음 날이 밝았습니다. 잠에서 벌떡 일어나 꿈속에서 어제 본 선수들과 경기하는 기억을 되돌려 봅니다. 그런데 되돌리려 해도 잘 안 되는 이건 꿈이기 때문일까요? 아쉬움을 뒤로 한 채, 난 내 방에서 나와 세수를 하고, 안방문을 살며시 열어 봅니다. 아직 엄마, 아버지가 깊은 잠에 빠져 계십니다. 해는 잠에서 깨어나기 일보 직전인데 말입니다. 그때, 베란다에서 처음으로 해가 지상으로 올라오는 것을 보았습니다. 뒷산으로부터 바알간 빛이 스믈스믈 기어나와 마침내 밝은 구의 형태가 이루어지는 그런 풍경을 보았습니다. 어느새, 조금 전까지 코를 골며 주무시던 아버지는 내 곁으로 다가와,

"아름답지?"

란 오늘의 첫인사를 내게 건네셨습니다.

"놀라운 거 가르쳐 줄까?"

"네!"

"내가 너보다 많이 살았지만, 이것보다 아름다운 건 아직 못 봤단다."

난 무슨 뜻인지 이해가 되지 않았지만, 아버지의 얼굴은 어떤 아름다운 존재를 보고 있는 듯한 황홀감에 빠져든 표정이셨습니다.

아름다운 찰나의 시간이 흐르고, 아버지와 어머니는 토요일이지만 직장에 가는 주이기 때문에 허겁지겁 나가셨습니다. 이따금 되면 동생이 있는 애들이 부러울 때가 많습니다. 항상 그들은 함께 다투지만, 함께 웃습니다. 함께 밥을 먹고, 함께 외출하며, 함께 잡니다. '함께' 라는 단어의 중

요성은 여기에서 드러나는 것 같아 보입니다. 난 혼자 다투지도 못하고, 혼자 웃습니다. 혼자 밥을 먹고, 혼자 외출하며, 혼자 잠을 잡니다. 그래서 인지 비가 좋습니다. 그들은 언젠가 먹구름 안에 함께 있다가, 모두 다 함께 떨어지니까요. 아침을 먹기 전에 너무 빨리 일어난 탓인지, 잠을 더 잡니다. 12시가 되니 더는 못 잘 것 같아 눈을 떠 혼자 아침 겸 점심을 먹습니다. TV를 틀어보니 어제의 경기 중 중요부분을 뽑아서 방영하는 프로가 방송되고 있습니다. 내가 들어온 순간 홈런을 친 타자가 타석에 들어서고 있습니다. 그러곤 홈런을 칩니다. 어제의 일을 생각해 봅니다. 홈런을 치고 우린 아우성을 하며 껴안던 그때, 아버지가 야구장에 가자고 하던 그때 가 생각납니다. 설렘을 안고 잠을 자던 그때도요. TV도 지겨워 글러브와 공, 그리고 하얀 용지와 테이프를 가지고 밖으로 나가봅니다. 그리고 공원 을 향해 익숙한 발걸음으로 걷습니다. 어제 인사를 드리지 못했던 할머니, 할아버지, 아주머니, 아저씨 등 모든 분들께 인사를 드리고 공원으로 향합 니다.

공원에 도착하니 역시나 아무도 없습니다. 나는 여기서도 홀로인 것입 니다. 하지만 괜찮습니다. 혼자인 것에 익숙했기 때문입니다. 난 내가 있 는 곳에서 열 발자국 앞으로 가서 종이를 내 배가 있는 높이쯤에 붙입니 다. 그리고 그곳으로 공을 날립니다. 이때가 되면 난 혼자가 아닙니다. 그 나마 타석에 타자가 있다고 생각할 수 있기 때문에 누군가와 함께한다고 느끼기 때문이죠. 그렇게 1구, 2구, 3구,…40구가 넘어가면 어깨가 아프기 시작해서 약 10개 이상을 더 던지면 본격적인 아픔이 시작됩니다. 어쩔 수 없이 나에게 주어진 '함께' 하는 시간은 1시간이 조금 넘는 게 한계인가 봅니다. 집으로 돌아오면 바로 욕실에 들어가 샤워를 합니다. 처음에는 익 숙하지 않았던 비누거품, 샴푸거품이었지만, 지금은 요령이 생겼습니다. 하지만 어쩔 때면 샴푸를 행구고 나서

"수건 좀 주세요!"

하고 크게 외치고는 혼자 웃습니다. '함께의 시간' 이 그리울 뿐일 따름입니다. 샤워를 마치고 시계를 보아도 멈추어 있는 듯 가지 않고 가만히 제자리를 지키는 것 같습니다. 다른 두 분이 오시려면 한참하고도 한참이 남아 있기 때문이죠.

아침에 이어 점심 또한 나 혼자 해결해야만 합니다. 그나마 아침은 따뜻한 온기라도 남아 있지만, 점심 때는 냉장고에 들어 있는 엄마가 미리 해놓은 음식들을 전자레인지에 데워 먹어야 합니다.

그렇게 다시 나는 '혼자의 시간' 을 갖게 됩니다. 어머니, 아버지 한 분이라도 돌아오실 때까지 말이죠. 사실 아버지가 돌아오시길 더욱 기다리고 있는 건 숨길 수가 없습니다. 왜냐면 아버지가 내 얘기를 더 잘 들어 주기 때문입니다. 내가 혼자서 야구했던 일, 씩씩하게 혼자서도 목욕한 일, 전자레인지를 데울 때의 터지지 않을까 하는 긴장감. 어머니는 피곤하시고, 저녁도 준비해야 하시지만, 아버지는 활기 넘치시고, 저녁도 준비하지 않아도 되기 때문이죠. 그런데 어제와는 달리 오늘은 아버지가 더 빨리 오십니다. 난 반갑게 달려서 마중 나가지만, 아버지는 더 반갑다는 듯 나를 안고 이리저리 목마를 태워 주십니다. 무슨 일인지 기분이 더 들뜨신 것 같습니다. 목마에서 날 내려주고 하시는 말씀이

"아빠가 말이야, 회사에서 승진, 아, 넌 모르겠구나. 그러니까 레벨업? 이라고 해야 하나? 아무튼 레벨업했다!"

승진이란 말은 꽤나 생소했지만, 흔히 들었던 레벨업이란 말은 좋은 일이란 걸 알고 있었기에,

"축하드려요"

"또 말이야, 더 좋은 일인데, 네 동생이 생길 거야."

무슨 말인지 이해하지 못하였습니다. 내게 동생? 하고 같은 말이 들렸

는데.

“무슨 말이야?”

하고 되물었습니다.

“동생! 동생이 생긴다고. 네가 바라고 있던 동생! 하하, 참. 네 엄마는 그걸 숨기고 있었다니 뭐니. 자기도 아무런 통증도 없어서 가만히 있었는데 오늘 보니 배가 불룩하고 아프다는 거야. 그래서 무작정 회사의 점심시간에 네 엄마한테 레벨업한 소식을 전하려고 전화를 했는데, 글쎄 병원이라고 하더라니까. 무슨 영문인지도 몰라 다급하게 이유를 물었지. 그런데 애가 생겼다지 뭐니. 하하하. 너도 기쁘지 않니? 기쁘지?”

꽤나 얼떨떨한 기분입니다. 그 말을 들은 직후엔 기쁜 감정이 뭔지도 모를 정도였으니까요. 그리고 어느새 입고리가 씨익 올라가며 함께 부둥켜안고 웃고 있었습니다.

‘그래, 난 이제 혼자가 아니야’

란 생각에 눈물까지 날 정도인 걸요.

‘동생이 나하고 야구하면, 포수가 돼서 공도 받아주고 투수가 돼서 공도 던져주고, 또, 또…’

무수한 일들이 내 머릿속을 지나가고 있었습니다. 그게 진정되자 아버지에게

“그럼, 언제 동생이 세상에 나오나요?”

하고 묻자 아버지가

“음, 네가 동생을 바라면서 하룻밤, 또 하룻밤씩 자고 나면 엄마 배가 이만큼 달덩이처럼 부풀어 올라. 그 달님이 네 동생을 가져다주실 거야.”

그러셨습니다. 조금 더 기다려야 동생이 생긴다는 데 왜 이리도 가슴이 벅차오를까요? 이제까지 매번 혼자만 있던 기억이 흐릿하게 피어오릅니다. 혼자가 아닙니다. 함께 다투지만, 함께 웃습니다. 함께 밥을 먹고, 함께

외출하며, 함께 잠을 잘 수가 있는 것. 생각만 해도 가슴이 벅찬 이야기가 아닐 수 없습니다.

그런 일이 있고 나서 얼마나 지났을까요? 그렇게 그날 저녁이 지나가고 매일 매일 꿈을 꾸기 전 빌었던 달님에게 한 기도가 점점 엄마의 배에 쌓이고 쌓여, 어느 샌가 홀쭉하던 엄마의 배는 실로 달님과 똑 닮아 있었습니다.

"엄마!"

"우리 아들 오네."

반갑게 맞아 주셨습니다. 엄마의 배는 다를 게 없어 보이는데 여기에 내 동생이 살고 있다는 게 신기할 따름입니다. 그리고 이게 첫 대면이기도 했던 나는

"안녕?"이란 첫 인사로 먼저 말을 붙였습니다. 그리고 난 조그마한 그 애에게 반갑게 다가가, 한동안 그 애에게 태어나면 내가 해 주고 싶은 일들을 모두 말해 보았습니다. 그리고 가만히 귀를 대고 목소리를 들으려 하자 발로 한번 차는 듯한 느낌이 온 것입니다. 난 걱정이 되어

"엄마, 내가 해줄 수 있는 게 부족했는가 봐요."

"아닐 걸? 아마 네가 하는 이야기를 듣고 빨리 태어나 보고 싶었던 걸 거야."

그제야 마음이 한결 가벼워졌습니다.

그렇게 병실에서 이야기를 주고받다가 집으로 돌아왔습니다. 가슴 설레는 기분을 안고 그날을 꿈꾸며 기다렸습니다. 그리고 그 날은 금세 내 곁으로 빨리 다가왔습니다. 병실에서 엄마와 인사를 하고 수술을 받으러 들어갔습니다. 아버지는 예정보다 빨리 태어나는 아기 때문에 때를 잘못 맞추어서 차를 타고 빠르게 오고 계신다고 할머니가 통화하시는 걸 얼핏 들었습니다. 비가 오는 때라 차가 더욱 막혀 오기가 쉽지는 않을 거라 생

각합니다. 6시에 들어간 엄마가 9시에 나왔습니다. 의사선생님은 수술이 성공적이었다고 말하고, 난 간호사 누나를 통해 내 동생을 보았습니다. 하지만, 아버지는 아직 오지 않으셨습니다.

'빨리 아기의 귀여운 모습을 보여드려야 하는데…….'
라는 마음에 무작정 병원의 출입구로 뛰어갔습니다. 그리고 조금 기다리자 저 멀리서 검은색 중형차가 보이기 시작하였습니다. 아버지인 것입니다. 틀림없는 아버지입니다. 난 비가 오는 지도 까맣게 잊고서 온 몸으로 비를 맞으며 달려갔습니다.

"아버지! 내 동생이 태어났어요. 얼마나 귀여운지 몰라요"

하늘에서는 따뜻한 비가 내리고 있었습니다.

후 기

　사실 문학 쪽에는 관심이 어느 정도 있었습니다. 있지 않고서야 글쓰기 동아리인 '그린비'에 들어올 턱이 없죠. 내가 1학년 때 몸담았던 동아리는 '시화부'였습니다. 격주로 한 번씩 시를 쓰고 그에 맞는 그림을 그리며 문학적인 정서를 키워나갔습니다. 그리고 1학년말. 2학년이 되자 '그린비'라는 책쓰기 동아리가 생겼습니다. 그때 문득,

　'시도 좋지만, 자신의 생각을 길고 서정적이며 자유로운 소설에 도전하는 것도 나쁘지만은 않겠다.'

하는 생각이 들었습니다. 물론 갑작스런 생각에 내 모든 것을 맡긴 건 결코 아니었습니다. 시화부에서 하는 활동도 꽤나 흥미있었던 건 사실이었으니까요. 그러나 한 곳에 정체되어 있기는 싫었습니다. 또한 내 자신의 문학적 소양을 믿었던 부분도 없지는 않았구요. 그래서 그린비에 들어왔습니다.

　그린비에서 있었던 활동들은 나에게 있어서 작가들의 마음속을 조금이나마 들여다볼 수 있는 구멍과도 같았던 시간들입니다. 한 개의 시를 가지고 소설을 짓는다는 것은 그리 쉽지만은 않더군요. 창작의 고통을 맛볼 수 있는 좋은 기회였던 것 같습니다. 그로 인해 잘 쓰여졌다고 생각한 것들은 내게 희열을 주었구요. 내가 등재한 세 편의 작품들도 희열을 느끼게 했던 작품들입니다.

첫 번째 작품인 '물의 노래'는 사실 수몰민의 정서를 느껴보려고 여러 차례 시도해 봤지만, 딱히 진전이 없었어요. 내가 살고 있는 대구라는 지방의 특성상 비가 그렇게 많이 내리는 것도 아니고. 그래서 수몰민이 가진 슬픔의 원인을 들여다보니 그 슬픔 중에는 실향민이란 슬픔이 녹아 있었습니다. 작품에 나오는 노인은 청소년시절 마을이 수몰되어 지금은 사라져버린 그곳을 그리고 있습니다. 그 슬픔을 중점으로 쓴 글입니다.

'울음'은 조지훈 시인의 '승무'라는 시를 통해 쓰게 되었습니다. 승무가 여승들이 추는 춤이라고 학교에서는 배웠지만, 시 속에 스며들어 있는 슬픔은 학교의 정형화된 교육으로 채울 수 없었어요. 그래서 인터넷에 승무라는 이름이 붙은 춤은 5~6편 정도 보았습니다. 그렇게 하니 조금은 슬픔이 와 닿는다 하는 느낌이 들어 소설을 전개해 나아갔습니다. 주인공인 노인은 그저 '평범함'이라는 세 글자로 표현됩니다. 젊을 때는 힘들게 돈을 벌었고, 가족의 뒷바라지를 해 가며 사는 지극히 평범한 가장의 모습을 띄고 있습니다. 그에게 승무의 모습을 찾아 볼 수 없다고 생각하실지 모르겠지만, 난 그 평범함 속에 있는 쓸쓸함을 표현하고 싶었습니다. 언젠가부터 돈을 벌어 가족의 뒷바라지가 평범하다고 느끼게 된 가장들. 그들이 늙어 아무런 목적도 없이 사는 것에 비참함이 승무를 추는 여승의 감정과 비슷하다고 느꼈습니다.

다른 작품들도 그렇지만 주로 노인들, 사회에서 소외된 계층들을 주된 인물로 정하여 글을 써 내려갔기 때문에 나에겐 주요한 시인의 빗소리를 읽고 난 후에 쓴 '함께'라는 작품은 꽤나 큰 시도였습니다. 전과 달리 모든 것을 다 아는 듯한 시각보다는 티끌 한 점도 없는 어린아이의 시각에서 서술해야 했기에 어렵지 않은 부분이 없잖아 있었습니다. 화자인 어린이 '나'는 외동아들입니다. 맞벌이 부부인 자신의 부모들이 집에서 나간 후에 벌어지는 일 들을 말합니다. 겉으론 내색하지 않지만, 속으로는 우울함이 쌓여 있던 그는 마지막의 힘찬 목소리의 대사가 그 전까지의 감정들을 말해 줍니다.

이동하

기억

세상에서 제일 사랑해 줄게

산문에 기대어

송수권

누이야
가을산 그리메에 빠진 눈썹 두어 낱을
지금도 살아서 보는가.
정정(淨淨)한 눈물 돌로 눌러 죽이고
그 눈물 끝을 따라가면
즈믄 밤의 강이 일어서던 것을
그 강물 깊이깊이 가라앉은 고뇌의 말씀들
돌로 살아서 반짝여 오던 것을
더러는 물 속에서 튀는 물고기같이
살아오던 것을
그리고 산다화 한 가지 꺾어 스스럼 없이
건네이던 것을

누이야 지금도 살아서 보는가
가을산 그리메에 빠져 떠돌던, 그 눈썹 두어 낱을 기러기가
강물에 부리고 가는 것을
내 한 잔은 마시고 한 잔은 비워 두고
더러는 잎새에 살아서 튀는 물방울같이
그렇게 만나는 것을

누이야 아는가
가을산 그리메에 빠져 떠돌던
눈썹 두어 낱이
지금 이 못물 속에 비쳐 옴을.

세상에서 제일 사랑해 줄게

밤이 늦었다. 좁은 시멘트 바닥 위로 듬성듬성 서 있는 가로등에선 노란 눈이 내린다. 그 눈에 적셔져 집으로 집으로 위로 위로 향한다. 올라감에 있어 상승의 이미지를 환기하면 안 되는 달동네 같은 언덕길을 끝없이 올라간다. 그 중턱에 서서 녹색으로 페인트칠 되었었지만 이젠 거의 벗겨진 대문 앞에 나는 서 있다. 대문을 열쇠로 열 때면 철컥 하는 소리가 들린다. 철컥 하고 문이 열리면 난 세상에서 가장 좁고 가파를 것 같은 시멘트 계단을 밟고 이층 월셋방 집 문 열쇠구멍에 열쇠를 넣었다. 덜컥 하고 소리가 난다. 약간 벌어진 커튼 사이로 가로등의 노란 불빛이 새어 들어온다.

집안이 조용하다.

"마음아?"

내가 들어오면 문 앞에서 엎드리고 있었을 것이다. 오늘은 아니지만.

"마음아?"

신발을 벗으면서 한 번 더 불러보았다. 집안은 여전히 조용했다. 신발을 마저 다 벗고 방 안으로 들어갔다.

"마음아. 어디 있어?"

하면 집안 어디에 있었든지 꼬리 흔들며 나에게 왔을 것이다. 마음이는 어디에 있는 걸까. 집안을 뒤져 보았다. 한 칸짜리 방. 화장실. 다시 나와 한 칸짜리 방. 컴퓨터 책상 밑 옷장 안. 어디에도 마음인 보이지 않았다. 애가 어딜 간단 말인가?

'분명 아침에 출근했을 때 현관 앞에서 내쪽을 보고 엎드려 있었어. 그

리고 나와서는 분명 문을 잠갔는데…… 창문으로 나갔나?'

하고 창문 앞에서 멈춰 섰다. 커튼 사이로 가느다란 노란 불빛은 여전히 새고 있었다.

'나랑 몇 년을 같이 살았는데…… 어딜 나갔을 리가 없지. 아, 피곤하다.'

정말 말 그대로 오늘은 피곤했다. 버스비가 없어서 집까지 걸어왔었고 업무량도 많은 하루였다. 마음이는 보이지 않았고 소리도 들리지 않았다.

한번 크게 내 늙은 개를 불러보았다. 나와 17년을 함께 살아온 내 가족을 불러보았다.

"마음아. 언니가 너무 피곤해서 그만 잘게. 내일 보자."

하고 말았다.

난 정말 그대로 엎어졌다. 까는 이불 없이. 덮는 이불만 대충 꺼내서. 그대로 잠들어 버렸다.

커튼 사이로 새어 오는 새하얀 빛이 얼굴에 가라앉았다. 눈을 간지럽힌다. 그래서 깨고 말았다.

"여섯시네."

아침에 일어나 한 첫 마디.

잔 자리 옆에 둔 소그만 시계에 눈을 떼고 기지개를 피고. 일어났다.

"아, 마음이."

여전히 마음이가 보이지 않았다. 어디에 있을까.

"여섯시면. 삼십분 정도는 시간 있네."

하고 화장실에 들어갔다. 나왔다. 그 앞에 흰 한 줄기 빛이 커튼 사이를 비집고 새어 나오고 있었고, 내 시선은 그 빛줄기가 새어나오는 커튼 아래로 아래로 갔는데, 묵직한 뭔가가 있었다. 달려가서 커튼을 걷었다. 그곳에 마음이가 있었다. 차갑게 웅크려서 창 밖을 내다보고 있었다.

가슴이 철렁 내려앉았다. 온몸이 순간 차가워짐을 느꼈다. 놀라서 떨리는 손을 마음이의 허리 위에 올려보았다. 차갑다. 식어 있었고 딱딱했다. 흔들어 보았다. 마음이는 엎드린 채 창 밖만 보고 있었다.

"죽은 거야?"

적어도 살아 있는 것 같지는 않다.

다리에 힘이 풀렸다. 오므려서 모아 바닥에 닿은 무릎은 미끄러져 엉덩이가 바닥에 털썩 하고 주저앉았다.

"마음……"

"죽은 거 맞아?"

죽은 게 맞다. 대답할 리도 없다. 한 5분은 마음이의 시체를 엉덩이를 바닥에 붙이고 바라보고 있었다. 그리고 고개를 드니 전화기가 보였다. 무릎으로 기어서 내 오랜 친구의 시체를 피해, 옆으로 피해 수화기를 들었다.

"뚜우. 뚜우. 뚜우……"

"상대방이 전화를 받을 수 없어 음성 사서함으로 연결됩니다. 삐 소리 후에는 통화료가……."

"철컥"

"삑 삑 삑 삑 삑 삑 삑"

"뚜우. 뚜우. 뚜우……"

"찰칵"

"어, 엄마?"

"왜?"

엄마의 목소리는 방금 깨고 일어나 전화를 받은 듯이 우중충하다.

"엄마, 마음이가 이상한 거 같아."

“뭐가.”

“마음이가… 마음이가 일어나지 않아… 몸도 차가워. 딱딱해… 왜 이래? 왜 이러는 거야?”

“마음이가 아픈 거니?”

“아니, 아픈 건 아닌데… 그런 게 아닌 거 같아…….”

잠깐 저쪽에서도 나도 아무런 말도 하지 않았다. 창문 사이로 빛이 나리고 있었다.

“병원은 가 봤어?”

“아니.”

“그럼, 어서 병원부터 가봐. 그 근처에 동물병원 없니?”

“있어. 10분 달리면 밑에.”

“얼른 가 봐. 어서.”

“엄마…….”

“왜?”

“갔는데…… 갔는데 마음이 보고 죽었다하면…… 그러면 어쩌지? 그러면…… 안 되는데…….”

엄마는 또 잠깐 말이 없으셨다. 내가 간간이 훌쩍거리는 소리만 있을 뿐이있다.

“그럴 리가 없잖아……. 마음인.”

“그렇겠지?”

“그러니까 어서 가 봐.”

“응, 알겠어…….”

철컥 하고 소리가 났다. 난 마음이의 시체를 보면서 옷을 갈아입었다. 마음이는 여전히 엎드리고 앉아 창문 밖을 보고 있었다.

나갈 준비를 마쳤다. 그런데 다리에 힘이 풀렸다. 난 털썩 주저앉고 말았다. 마음이를 안기가 무서웠다. 만졌을 때 차갑다면 난…… 난 선 채로 너를 놓아 떨어뜨려 버릴지도 몰라. 만졌는데 딱딱하면. 난 널 앉고 바닥에 머리를 박고 엎드려 울어버릴지 몰라. 그럴 리 없지만 난 널 안기가 무서워.

옷 한 벌을 더 꺼냈다. 두꺼운 옷으로. 마음이를 그 품에 넣고 난 집을 나와 아래로 달렸다. 동물병원으로 달렸다.

여덟 살 때였을 거야.

박스에 담겨 있는 널 처음 집으로 데려온 날은. 네 새까맣던 온몸을 보았어. 신기했었다. 그런 걸 본 건 그때가 처음이었으니까. 널 안고 집에 갔었어. 그때 널 안았을 땐 네 뒷발이 내 허벅지에서, 네 머리가 내 어깨 너머까지 왔었는데. 널 데리고 와서 혼난 다음날부턴 널 보고 싶어서 학교에서 버틸 수가 없었단다. 학교를 마치고 집까지 달려 와서 문을 덜컥 열면 넌 언제나 날 올려다보며 꼬리를 흔들고 있었는데…… 그럼 난 널 내 품에 안고 '마음아, 다녀왔어.' 라고 말했을 거야. 널 보고 싶었으니까. 언제나 네가 반가웠으니까. 앞으로도 난 네가 이렇게 문 앞에서 날 맞이해 줬으면 좋겠다고 생각했어. 그런데 그게 아니더라. 난 나이를 먹어 갔어. 너도 그 새까맣던 털이 어느새 희뿌연 회색이 되었구나. 시간이 흐를수록 내 키는 자라나고. 널 보면 내 키만 했었던 널 보아도 이젠 예전과 같지 않더라. 내가 너를 보는 반가움이 네가 나를 반겨주는 만큼 한결 같다면. 그렇진 않았지만. 난 언제나 밤늦게까지 밖에 있었으니까. 네가 날 생각했던 만큼 난 내 일에 바빴으니까. 시간이 지날수록 키가 커질수록 넌 나에게 작아지고 어렸던 네가 나에게 준 사랑만큼 내가 널 볼 시간이 줄어드니까. 언제나 네가 까맣고 나에게 커다란 그런 개였으면 좋겠어. 오늘처럼 차가운 모습이 아니라. 내가 집으로 돌아온 밤에 날 향해서 꼬릴 흔드는 널 다시 보고 싶어. 그럴 수만 있다면…….

6시 40분 정도
동물병원에 도착했다. 그러나 아직 동물병원엔 아무도 없었다.

" Closed "

진료시간

평일　　　　　주말

Am8~Pm9　　　Am10~Pm8

같은 팻말만 병원 문에 걸려 있었다. 난 멍하니 팻말을 보고 섰다. 옷으로 여며진 마음이를 한쪽 팔에 안고서 다른 한쪽 손으로 문을 흔들어 보았다. 당연히 열리지 않았다. 뒤돌아섰다. 병원의 유리문에 기대어 앉았다. 저 달동네 중턱에 비해 여긴 큰 거리다. 출근하는 사람, 학교를 가는 아이, 산책을 나가시는 어르신, 그 뒤를 쌩쌩 달려가는 자동차. 그들을 앉은 채로 아무 생각 없이 바라보았다. 사람들은 동물병원 문에 기대어 앉은 나를 신기하다는 듯이 저다볼 뿐이었나.

"무슨 일이세요?"
난 어느새 문 앞에 기대 앉아 다리를 오므리고 그 속에 얼굴을 품은 채자고 있었다. 누군가 내 어깨를 친 느낌에 고개를 들었더니, 여자 한 분이서 계셨다.
"저기요. 마음이가 많이 아픈 것 같아요……."
그러자 여자는 잠깐 바라보더니

“문 열어야 되니까 잠시만 비켜줄래요?”

하는 것이었다. 일어났다. 여자는 문을 열고 들어왔다.

‘벌써 여덟시구나.’ 난 생각했다.

“이름이 뭐라고 했죠?”

접수처에 선 여자가 날 향해 물었다.

“마음이요.”

“선생님이 일이 있으셔서 조금 늦으신대요. 저쪽에 앉아서 기다려 주세요.”

했다. 여자가 가리키는 곳으로 가 앉았다. 무릎 위에 마음이를 여민 옷을 올린 채로.

“저, 환자는 어디 있죠?”

여자는 휴대폰을 만지작거리며 말했다.

“아. 여기. 이 안에 있어요.”

“그래요?”

하고는 자기 휴대폰만 만지작거렸다.

이렇게 10분이 지나고 20분이 지나자 의사로 보이는 한 남자가 도착했다.

“아, 선생님 오셨어요?”

“어? 어, 그래. 김간호사. 환자는 어디 있나?”

“저분, 저 옷 안에 있대요.”

“그래?”

하시고는 나를 보았다.

“들어오시죠.”

일어나 의사가 가는 곳으로 따라갔다. 여자가 휴대폰에서 갑자기 손을 놓더니

“잠깐, 잠깐. 보호자분 접수부터 하셔야죠!”

"뭐야, 김간. 여덟시에 왔다면서 아직 접수도 안 했어?"

"아, 그게 깜박하고……"

그리고 의사의 시선은 나에게로 옮겨졌다.

"죄송합니다. 어서 접수부터 하고 오시죠."

하고는 혼자 진료실로 들어갔다

"보호자분 성함이 어떻게 되나요?"

"휴대폰 번호는요?"

"집 주소는 어떻게 되시나요?"

"애완동물 이름은요?"

그런 질문엔 쉽게 답할 수 있었다.

"어디가 아파서 오셨죠?"

유일하게 대답하기 힘든 질문은 이거였다. 난 대답할 수 없어 한참을 망설였다.

"열이 오른다거나……."

"저기 그건 잘 모르겠어요."

여자는 종이에 뭔가 끄적거리더니

"접수 완료되었습니다. 저쪽 진찰실로 가보세요."

하며 의사가 들어간 방을 가리켰다. 마음이를 안고 들어갔다.

"어디가 아파 오셨나요?"

마음이를 옷에 싸서 무릎 위에 올린 나에게 의사는 간호사와 똑같은 질문을 했다.

"잘 모르겠는데요."

의사는 뒷머리를 긁적이더니

"뭐, 좋습니다. 환자를 여기 눕혀 보세요."

일어나기 힘들었다. 난 더 꼭 마음이를 품에 안았다. 의사는 내 모습을 보더니 한번 한숨을 짧게 쉬고 말했다.

"보호자분께서 환자가 아파 가슴 저미는 건 이해하겠는데, 환자를 치료하려면 그렇게 품에 안고 있는 게 아니라 절 믿고 제 말을 따르는 거예요."

난 마음이를 여민 옷을 침대 위에 올려 놓고 다시 자리에 앉았다. 의사는 날 잠깐 쳐다보더니 다시 내 옷에 시선을 옮기고

"자! 어디가 아픈지 한번 볼까?"

하면서 내 옷을 풀었다. 의사는 마음이를 보았다. 그리고 만져 보았다.

"저, 말씀드리기 뭐 하지만 이 개는 죽었어요. 치료할 수 없습니다."

난 고개를 숙이고 있다가 의사의 말이 끝나고 의사를 올려다보았다.

"그런…… 가요?"

의사는 마음이를 침대에 눕힌 채 내버려 두고 자기 컴퓨터 앞에 뒤돌아 앉았다. 그리고 자판으로 뭔가를 열심히 두드리며 말했다.

"개가 뭐 땜에 죽었는진 한 6시 정도면 알 수 있을 거예요. 굳이 알기 싫으시면 지금 데려가셔도 좋고요. 어쩌실 건가요?"

의사는 이 말을 끝내고 나서도 자판으로 뭔가를 열심히 두드렸다.

"그럼, 그럼 그때 올게요. 마음이를 잘 부탁 드려요."

하자 그때서야 모니터에서 눈을 떼고 뒤돌아 앉아 웃는 얼굴로

"그럼 그렇게 하시죠. 기다리고 있겠습니다."

하였다.

진료실을 나가자 휴대폰을 만지작거리고 있는 여자가 보였다. 여자는 나의 인기척을 느끼고는 일어서서

"진료 끝나셨어요? 잠깐만 저기서 기다려 주시겠어요?"

하고 그 소파를 가리켰다.

잠시 뒤 여자는 다시 나를 불렀다.

“진료 기록 다 되었고요. 진료비 5만 원입니다. 결제 도와드리겠습니다.”

“저, 저녁에 다시 오기로 했는데……”

“아, 그거 계산해 드린 거예요. 그럼 그때 뵐게요.”

하며 나를 내몰았다.

9시가 넘었다. 지각이다.

지각인데도 빠르게 뛰지 못했다. 오늘은 계속 이럴 것 같다. 정말 오랜만에 택시를 잡아타고 회사를 가게 되었다.

언제인지는 정확히는 모르겠어요. 당신이 나가버리면 우리집은 언제나 조용했었기 때문에…… 이젠 회색빛이 된 내가 할 일이란 문 앞에서 당신이 오기만을 기다리는 것뿐이었으니까. 그런데 언젠가 당신이 나를 부르는 것과 같이 입이 움직이고 당신이 손바닥으로 땅을 탁탁 튀기며 부르는데 난 그걸 보았지만 아무것도 들리지 않았어요. 그때 알아버렸어요 난 더 이상 아무것도 듣지 못한다는 걸. 하지만 난 알 수 있어요. 당신이 날 부를 때를. 당신이 나에게 하는 푸념소리를 들을 수 있어요. 그러니까. 괜찮을 거예요. 하지만. 당신이 집을 들어오며 계단에서부터 들려오는 당신의 발소리가 언세나 그리울 거에요. 그래요. 딩신을 기다릴 수 있다는 건 행복한 일이에요. 당신은 늦게까지 밖에서 일을 하는데 아무도 생각이 나지 않는다면 얼마나 쓸쓸할까요. 그래서 당신이 나를 더 보고 싶어 하길 바라요.

버스를 내리니 벌써 어두워지려 하고 있었다. 오후 여덟시. 다시 그 병원으로 들어갔다. 여자가 휴대폰을 만지작거리다가 문이 열리자 나를 보며 물었다.

"아, 아침에 오신 분 맞으시죠? 지금 선생님께서 진료 중이니까 잠시만 저쪽에서 기다려 주실래요?"

그렇게 했다. 마음이를 기다리는 시간이다. 매일 매일 난 집에 들어왔을 때 마음이가 날 기다리고 있었는데. 이젠 내가 내 늙은 개를 기다리고 있다.

"진료 끝났대요. 이제 들어가 보세요."

여자는 나에게 말했다. 그러라는 대로 했다. 진료실에 들어갔다. 여전히 의사는 컴퓨터 자판을 두드리고 있다가 내가 들어온 인기척을 느끼자 뒤돌아 앉아,

"아, 오셨나요? 기다리고 있었습니다."

했다. 내가 고갤 숙이고 아무런 대답도 하지 않아도 의사는 자기가 할 말을 시작했다. 책상을 뒤적거리더니 엑스레이 사진 몇 장을 빛이 나는 벽에 올려 두더니 손가락으로 집으며 말했다.

"뇌종양이에요."

"뇌종양이요?"

"네, 많이 번져 있었어요. 특히 이 부분이."

하며 의사는 뇌 사진의 한쪽 구석에 손가락으로 동그라미를 그렸다.

"이쪽이 청각을 담당하는 부위거든요. 하, 이 정도면 거의 아무것도 못 들었을 텐데 이때까지 아무것도 눈치 채지 못했나요?"

"듣지 못하다니요? 아닐 텐데…… 내가 부르면 어디 있다가도 달려왔다구요."

"뭐 사실이 어떻든 사인은 뇌종양이 심해졌기 때문입니다. 보니까 애도 오래 산 거 같은데 어쩔 수 없는 거죠."

난 아무 말도 할 수 없었다. 침대 위에 있는 내 늙은 개를 바라보았다.

'네가 내게 온 게 엊그제 같은데 언제 이렇게 살 만큼 산 나이가 돼버린

거니'

　의사는 다시 컴퓨터 모니터 앞에 앉아서 자판으로 뭔가를 두드려 댔다.

　나는 아침에 마음이를 싼 옷으로 다시 마음이를 쌌다. 그걸 품에 안고 진료실을 나왔다. 마음이를 품에 안고 우리 집이 있는 달동네 중턱까지 올라간다. 듬성듬성 노란 불빛에 적셔진 골목길을 올라간다.

　당신이 집을 나서면 나는 뭐든지 할 수 있어요. 당신이 없는 동안 저는 아래층을 향해 크게 짖을 수 있어요. 저는 쓰레기통을 마구 뒤질 수도 있어요. 가구를 마구 긁을 수도 있어요. 하지만 그러지 않아요. 이젠 함께할 수 있는 시간이 너무 적어서 한 시간 한 시간이 소중하기 때문이에요. 그런데 오늘은 몸이 이상한 것 같아요. 당신이 나가기 전에는 그래도 어떻게 버틸 수 있을 것 같았는데, 이제는 더 이상 그럴 수 없을 것 같아요. 당신이 오늘은 일찍 와 주었으면 좋겠어요. 당신이 마지막으로 날 한번 꼭 안아 주었으면 좋겠어요. 하지만 오늘도 당신은 저 높은 기둥에 달린 노란 등불이 켜질 때까지도 오지 않아요. 이 천들 사이로 오늘도 노란 불빛이 새고 있어요. 당신이 오길 기다리고 있을 거예요. 이 창문 앞에 엎드려 당신이 올 때까지 기다리고 있을 거예요. 만약 내가 눈을 감기 전에 올 수 있다면 난 온 힘을 다해서 문 밖을 향해 짖을 거예요 당신이 날 들을 수 있도록 나를 기억해 달라고.

　집을 올라오는 중간엔 공터가 있다. 평소에는 거들떠보지 않았다. 아니 어두운 골목길에선 그 공터는 보이지 않았다. 마음이를 안고 그곳에 있는 조그만 그네에 앉았다.

　'네가 가버릴 줄 몰랐어. 언제나 넌 내 집에서 나와 있을 줄 알았어.'

　"이럴 줄 알았으면 널 더 사랑해주는 거였는데. 더 깊이 안아주는 거였는데. 왜 넌 내가 부를 땐 다 들리는 척하면서 왔는 거야. 왜 너 아픈지도 모르게 한 거야. 왜 그냥 가버리는 거야."

난 그제야 눈물이 흘렀다. 아무런 가로등 불빛도 없는 어둠 속에서 난 소리 없이 눈물을 흘리고 있었다.

"더 사랑해 줄 걸. 널 더 듬뿍 안아 줄 걸."

마음이를 감싼 내 옷을 꽉 안아보았다. 있는 힘껏 꼭 안아보았다. 마음이가 귀가 먼 채로 내 목소리를 들은 것처럼 난 왜 마음이의 목소리가 들리지 않을까. 마지막으로 한번만 더 널 보고 싶어.

하지만 난 결국 마음이의 무덤을 만들어 주었다. 비가 와도 쓸려가지 않을 구석진 곳, 해가 뜨면 볕이 잘들 환한 곳에 마음이를 떠나보냈다.

내가 집으로 돌아오면 다른 곳은 다 차지만 유독 따뜻한 한 자리가 현관문 앞에 있다. 네가 기다린 시간 만큼 데워진 그 자리… 오늘은 차갑게 식어버린 그 자리가 파랗게 보였다.

그렇게 5개월이 지났고, 마음이가 없는 겨울이 왔다.

주말 아침 난 밖으로 나가 마음이 무덤이 잘 있나 살피러 집을 나섰다. 춥지만 햇볕은 따뜻하다. 목도리를 코까지 둘러매었고 두툼한 패딩으로 몸을 쌌다.

공터에 들어서서 보니 마음이 무덤 근처에 웬 비틀비틀 거리는 고양이 한 마리가 있었다. 다가가서 자세히 보았다. 고양이는 비틀거리면서 공터에 있는 물건에 머리를 박고 있었다. 고양이의 허리를 잡아 내 쪽으로 들어보았다. 한쪽 눈에 백태가 끼어 있었다.

"너, 눈이 안 보이는 거야?"

그러자 고양이는 자기 허리를 감싼 내 손을 손톱으로 할퀴었다.

“아야.”

손을 놓고 말았다.

퍽 하고 고양이는 제대로 착지하지 못하고 떨어졌다. 마음이 무덤 쪽으로 향하는 건진 모르겠지만 그쪽으로 비틀거리며 걷고 있었다.

“이리 와.”

뒤돌아 가고 있는 고양이에게 손을 내밀며 말했다. 고양이는 그 소리에 내 쪽으로 뒤돌아보았다. 나도 고양이 쪽으로 한 걸음 한 걸음 다가갔다. 그리고 그 어린 고양이를 아까 같이 양 손으로 힘껏 들어 꼭 안아 보았다. 그리고 내 목소리가 말했다.

“세상에서 제일, 세상에서 제일 사랑해 줄게.”

후기

　2학년이 되어 동아리 재배치에 대한 이야기가 나올 때쯤이다. 딱히 좋아하는 부서는 없었지만, 동아리에 들어보고 싶었다. 1학년 때는 동아리에 들지 못했고, 3학년 때는 활동이 불가능할 것이기 때문에, "들어갈 수 있으면, 무조건 들어가야지!" 하고 생각하던 차였다. "너 글 써볼 생각 있니?" 하고 동아리 담당 선생님께서 먼저 권유해 보시는 것이다. 그렇게 동아리 활동은 시작되었다.

　토요일, 처음 동아리 활동이 시작되는 날이었다. 아니 근데 일단 글(소설)을 써오라고 하는 것이다! 난 '아니 이게 뭔가' 하고 속으로 생각했다. 글 같은 건 써 본 적이 없었기 때문이다. 그러나 나는 펜을 잡을 필요가 있었다. 그런데 이게 해야 된다고 할 수 있는 게 아니었다. 이건 시에서 영감을 얻어야 비로소 첫 문장을 쓸 수 있는 것이다. 그런데 신기하게도 내 머릿속에 떠오른 한 시가 있었다.

　'산문에 기대어'라는 시에서 화자는 누이의 죽음을 슬퍼하고 있는데 나는 문득 이 시 속에서 17년을 함께한 반려견 마음이와 한 여자의 이야기를 적어보고 싶은 생각이 들었다. 남매의 이별도 슬프겠지만 17년을 함께한 반려견과 인간의 끈끈한 사랑도 그에 못지 않다고 생각했고, 그것을 소설 속에 드러내보고 싶었다. 그것은 아마 어린 시절 함께했던 사랑하는 개와의 뜻하지 않은 이별

경험도 이 작품을 쓰는데 한몫했다고 생각한다. 이 작품의 '나'는 여자이고 17년 동안 함께한 마음이를 무척 사랑하며 그를 조용히 떠나보낸다. 그리고 어느 날 마음이의 무덤가에서 버려진 한 고양이를 만나게 된다. 어린 고양이를 마음이의 현신으로 나타내서 여자와 마음이를 재회시키고 싶었다.

내 글의 부족함을 알고 있어 지금 이 글을 읽고 계신 분에게 감히 재미있어 해 달라고 부탁하기가 미안하다. 하지만, 만약 부족하고, 부족한 이 글에서 여러분이 내가 이 글을 쓰는 데 도움을 준 그 시에서 보았던 그 비슷한 무엇인가를 보았다고 생각을 하게 된다면 그것은 내게 아주 감사한 일이 될 것이다.

앞선 내 부족한 글을 읽었다면 내가 이 지면에 채운 자질구레한 설명을 여러분이 보기보다, 여러분의 머릿속에 떠오른 그런 사건들이나, 인물들의 인상을 다시 한 번 생각해 주길 바란다. 그리고 내가 말하고 싶었던 게 그것이라고 생각하길 바란다.

김현무

숨결

110층에서 떨어지는 여자

9·11에 죽은 여자를 추모하며

마지막 만찬

| 원작시 |

110층 에서 떨어지는 여자
- 9 · 11에 죽은 여자를 추모하며

김승희

110층 화염의 하늘에서 떨어지면서
여자는 핸드폰을 목숨처럼 껴안고
사랑했다, 사랑한다고 말하며
110층에서 떨어지는 여자는
두 신발에 오렌지색 불이 붙은 것을 느끼면서
너를 사랑했다, 너를 사랑한다고 말하며
110층에서 떨어지는 여자는
꼭두서니빛 불타오르는 화염으로 치마를 물들이면서
너를 사랑했으며 너를 사랑한다, 영원히 사랑한다고
말하며
110층에서 떨어지는 여자는
엉덩이를 다 먹고
허리 한복판을 너울너울 화염이 베어먹는 것을 느끼면서
110층에서 떨어지는 여자는
이 불타는 허리 이 불타는 등줄기 이 불타는 모가지
110층에서 떨어지는 여자는
누구나 자기 무덤을 만들 시간은 없지만
너를 사랑했다고 말하는 여자는
난폭한 머리카락 난폭한 두 귀가 갈기처럼 일어서는 것을 느끼며
110층에서 떨어지는 여자는
죽지 마, 죽어선 안 돼, 라고 연인이 말할 때
불길이 그녀의 하얀 두 손을 먹고 핸드폰을 녹여버릴 때
그때

바로 그때까지
죽어선 안 돼, 절대로 안 돼,라는 연인의 말이 전해진
귀 두 짝을 소중히 움켜쥔 채
110층에서 떨어진 여자는
사
랑
해
!

110층에서 떨어지는 여자
− 9·11에 죽은 여자를 추모하며

뉴욕은 아침이 밝아오고 있었다. 저 멀리 수평선에서 치고 올라오는 태양빛을 뉴욕의 고층빌딩은 고스란히 받고 있었다. 여느때와 다름없이 바쁘고 또 평화로워보였다. 하수구에서 올라오는 연기에서부터 택시가 줄지어 서 있는 타임스퀘어 광장. 자유의 여신상에 가기 위하여 아침부터 줄지어 서 있는 사람들. 뉴욕의 아침은 이렇게 시작되었다. 수많은 뉴욕시민 중 한 명에 불과한 평범한 시민 존 맥켄은 오늘도 뉴욕행 비행기를 타고 있었다. 전날 출장을 갔었는데 마지막편을 잡지 못해서 하루 동안 여기저기 떠돌다가 오늘 새벽행 항공편을 잡고 집으로 돌아가는 중이었다. 기류가 심해서 기내식 서비스를 하지 못하고 있었다. 아침에 일어나면 본능적으로 커피포트에 컵을 꽂고 토스트를 굽는 행동이 몸에 익혀진 상태라 기내식이 오지 않는 이 상황에 그는 적응하기 어려웠다. 토스트와 커피 없이 아침을 시작해야 할 터였다.

이른 아침 비상회의를 위하여 기존 출근시간보다 더 빨리 출근을 한 그녀는 길목에서 즉석초밥을 구입해 빠른 걸음으로 식사를 해결했다. 그리고는 건물 입구에 있는 인식표에 카드를 대고 건물 안으로 들어섰다. 세계무역센터의 건물은 뉴욕시의 자랑거리이자 국제적인 자랑거리이다. 세계의 무역이 여기에서 이루어진다고해도 무방할 정도로 거대한 규모의 무역센터이다. 110층이 넘는 빌딩 두 채가 나란히 솟아올라 있어 쌍둥이 빌딩이라고도 부르기도 하는데 그냥 쌍둥이 빌딩보다는 세계무역센터가 자신의 입에 더 잘 감긴다고 느꼈다. 의미없는 자신의 생각을 뒤로하고 그는 엘리베이터를 타고 110층으로 올라갔다. 비상대책회의가 열리는 곳으로 엘리베이터는 초고속으로 올라가고 있었다. 그녀는 110층으로 올라가는 엘리베이터 안에서 오늘 발표할 리포트와 작업계획을 다시 한 번 읽어보았다. 틀린 철자는 없는지 어제 꾸벅꾸벅 졸면서 억지로 만든 터라 개연성이 없는 건 아닌지 한번 확인해 보았다. 하지만 그녀에게 이러한 확인 작업은 별 효과가 없었다. 그녀는 리포트의 내용을 마음대로 바꾸는 데 선수이기 때문에 이번에도 그녀에게 불리한 내용은 눈치껏 분위기를 봐가면서 은근 슬쩍 바꿔 말할 것이다. 엘리베이터는 110층을 가리키고 몇 초 간의 정적 후에 문이 천천히 열렸다. 그녀는 엘리베이터에서 나와 회의실로 걸어갔다.

　기류가 안정해진 듯했다. 기내식 서비스가 시작되었다. 존 맥켄은 커피와 토스트를 먹을 생각에 들떠 있었다. 기내식이 그의 앞사람까지 도착했다. 앞사람은 그와 같이 커피와 토스트를 주문했다. 그리고 기내식 바퀴가 그에게 굴러갔다. 젠장! 커피와 토스트가 다 떨어져 다른 음식을 택해야 했다. 바로 앞에 있는 그 사람이 주문한 것이 마지막 커피와 토스트였던 것이다. 그는 괜시리 앞사람을 원망하며 울며 겨자 먹기로 옥수수정식과 샐러드바를 선택해야 했다. 이런 음식은 별로 먹어본 적도 없는데 이래서 일반석이 좋지 않다니까! 그는 괜시리 자리를 탓하며 오늘 아침이 재수 없음을 스스로 확정지었다. 하지만 그릇을 깨끗하게 비운 존 맥켄은 함께 딸려온 샐러드바를 먹으며 잡지를 꺼내들어 이번 주 박스오피스 순위를 보았다. 그는 영화에 관심이 있어서 틈틈이 박스오피스의 순위를 보곤 했다. 요즘은 조지 부시에 대한 비평문들이 많이 올라오고 있어서 자신이 주로 보던 박스오피스 잡지마저 영화에 대한 비평문이 올라올 공간에 조지 부시의 정치적 방향에 대한 진지한 비평문이 실려 있었다. 그는 정치에 대해 큰 관심이 없어서 부시가 돈을 횡령했든 게이 짓을 했든 상관하지 않았다. 그는 잡지를 접어 제자리에 꽂아놓고는 잠을 청하기로 했다. 잠에 들려고 하니 옆에서 인기척이 들려왔다. 아랍계인으로 보이는 두 사람이 서로 아랍어로 대화를 하고 있었다. 꽤나 큰 소리로 대화를 한 터라 잠에 쉽게 들지 않았다. 존은 괜시리 짜증이 났다. 찡그린 표정으로 간신히 잠에 들려고 하는데 갑자기 그들이 일어나더니 우리를 향해 소리쳤다. 존은 눈을 감고 있어서 무슨 상황인지는 몰랐지만 그들이 소리를 지르고 나서 곧바로 옆자리에 있던 여성이 소리를 지르는 것을 봐서는 눈을 뜨면 안 될 듯한 상황인 듯했다. 존이 눈을 뜨자 바로 앞에 복면을 쓴 괴한이 그의 얼굴을 개머리판으로 가격하였다. 순간 머리가 뒤로 젖혀지며 그의 눈에서 눈물이 핑 돌았다. 그는 코를 부여잡고는 고통스러워했다. 하지만 그의 얼굴을 가격한 개머리판이 소총의 개머리판이라는 것을 인식한 그는 최대한 고통스러운 기색을 감추었다. 이게 무슨 상황인지도 파악하기 전에 그는 의자에 손을 대고 바짝 엎드려야 했다. 그의 얼굴을 가격한 사람은 그의 자리 바로 옆에서 아랍어로 대화하던 두 사람 중 한 명이었다.

그녀는 문을 열고 회의실로 들어가 자신의 의자에 앉았다. 사람들이 꽤나 들어찼다. 비상회의라 빠짐없이 참석을 했기 때문에 그녀는 더욱 긴장할 수밖에 없었다. 그녀는 무역센터 국장 바로 옆에 앉아 있었다. 프레젠테이션과 리포트 발표를 위해 앉은 자리지만 그녀는 괜히 눈치가 보였다. 그녀는 지금의 상황과 주제를 파악하기 위해 애썼다. 일단 분명한 점은 자그마한 실수라도 하면 이번 발표를 망친다는 것이다. 비상회의로 일찍 출근한터라 직원들이 조금 끓어오른 듯했다. 나쁘게 표현한다면 누구 하나

든 걸리면 죽일 듯한 기세였다. 그게 자신이 아니기를 그녀는 바랐다. 국장이 회의시작을 발표하고 그녀는 리포트를 중심으로 프레젠테이션 발표를 해나갔다. 이번 무역에 대한 새로운 개선안이지만 왠지 그녀에게 집중을 하는 사람은 별로 없는 듯했다. 모두들 다 오늘 자신이 아침을 먹지 않았다는 점과 빠듯한 출근시간으로 주유소에서 기름을 채우지 못한 점과 같은 자잘한 생각을 하고 있었던 게 분명했다. 그녀는 속으로 리포트를 탁자에 집어던지고 여기 있는 모든 사람들을 훈계하고 싶었지만 그럴 수 없었기에 계속 발표를 이어나갔다.

아까 가격당한 코가 계속해서 욱신거렸다. 코를 부여잡고 울고 싶은 심정이었지만 바로 옆에 아까 자신의 코를 가격한 재수없는 자식이 서성거리고 있어서 그럴 수도 없었다. 그들이 왜 이런 짓을 꾸미는 건지도 이해할 수 없었고 왜 돈도 없이 탑승한 우리들을 총으로 협박하는 건지도 이해할 수 없었다. 뒷문에서 문이 열리는 소리가 나더니 복면을 쓴 괴한 두 명이 추가로 나타났다. 도대체 몇 명이 있는 건지…… 존은 갑자기 공포에 휩싸였다. 이들이 제대로 미국에 대해 선전포고를 하는구나. 그들은 부시에 대해 안 좋은 시선을 가지고 있는 중동군이 확실한 듯했다. 아까 잡지에서 본 중동국가와의 날카로운 관계에 대한 비평문이 생각났다. 부시! 빌어먹을 자식! 그는 정치에 대해 문외한이지만 이것 하나만은 알게 되었다. 멍청한 대통령양반 때문에 선량한 시민들이 공격받는 것 말이다. 그들은 서로 대화를 하는 듯했다. 아랍어라서 무슨 얘기를 하는지 알아듣지도 못한 채 공포에 벌벌 떨며 그들의 대화를 들었다. 그런데 대화 중 유일하게 알 수 있었던 말이 있었다. World Trade Center, WTC. 세계무역센터. 쌍둥이 빌딩이었다. 나는 순간적으로 가족이 생각났다. 지금까지 나의 생명만 생각하며 이 상황을 모면하려 했는데 갑자기 뇌리를 스치고 지나가는 가족의 모습. 아직 아이는 없지만 사랑스러운 아내의 모습. 나는 순간적으로 이 모든 상황이 엿같게 느껴졌다. 빌어먹을 부시!

그녀는 계속해서 발표를 하고 있었다. 사람들은 이제 절정에 다다랐는지 거의 모든 사람들이 꾸벅꾸벅 졸고 있었다. 심지어 무역센터의 국장이라는 자도 꾸벅꾸벅 졸고 있으니 그녀는 미칠 노릇이었다. 그녀가 헛기침을 하자 국장이 천천히 눈을 떴다. 자신도 졸고 있었다는 사실을 인식하지 못한 채 그는 앞을 둘러보았다. 국장은 탁자를 크게 치고는 옆에 서 있는 비서를 향해 손짓을 했다. 비서는 국장의 손짓에도 불구하고 부동의 자세로 서 있었다. 국장이 손을 뻗어 비서의 허벅지를 꾹꾹 찌르자 그제서야 정신 차리고는 국장의 손짓을 확인했다. 그녀가 보기에 비서도 존 게 확실했다. 그만큼 내 프레젠테이션이 재미없는 건가? 하지만 그녀는 더 이상 자책하지 않고 이 모든 것의 시발점은 자신의 재미없는 발표가 아니라 비상회의를 연 국장의 잘못이라고 생각했다. 비서는 몇 걸음 걸어나가 스위치를 켰다. 형광등이 밝아지고 프레젠테이션의 화면은 선명하게 보이지 않았다.

"잠은 많이 잤으니 이제 좀 듣는 게 어떻소?"

자신도 졸았으면서 되려 님에게 큰 소리를 치는 게 그녀에게는 우스워 보일 뿐이었다. 똥 묻은 개가 겨 묻은 개 나무란다더니 그 말이 딱 이 국장에게 하는 말인 듯했다. 그녀는 사람들은 한번 둘러보고는 다시 발표를 이어나갔다.

존은 괴한들의 무전기 소리를 들을 수 있었다. 무전기 속에서도 비명소리가 여기저기 들려왔다. 비행기를 납치한 것이 자신들의 비행기만이 아니라는 것을 존은 알아챘다. 그리고 이 사태가 매우 심각한 상황이라는 것도 알아챘다. 단순한 금전적 이익을 위한 납치가 아닌 국가에 대한 전쟁, 선전포고를 위한 테러인 듯했다. 그러기 위해서는 빌어먹을 조지 부시에게 보낼 강력한 메시지가 필요할 터. 존은 머리를 굴렸다. 그리고 곧바로 해답을 찾아냈다. 이 비행기는 지금 세계무역센터 빌딩을 향해 돌진중이라는 것을…… 그리고 그대로 처박아버릴 것을 그는 예측했다. 괴한들이 했던 대화 중 WTC가 나온 이유는 하나였다. 그곳이 타깃이었기 때문이겠지. 갑자기 눈앞이 깜깜해지고 머리가 어지러워졌다. 그리고 그는 비행기가 왼쪽으로 방향을 꺾고 있다는 것을 느꼈다. 천장에 달린 전자TV는 항공경로를 벗어났다는 것을 알려주었다. 그리고 이 비행기가 WTC, 쌍둥이빌딩으로 향한다는 것을 경로탐색기가 알려주었다. 전속력으로 항공기가 날아가고 있었다. 지금 항공기는 저공비행을 하고 있는 듯했다. 중앙에 앉아 있는 존이 창문을 바라보았을 때 구름이 아닌 건물들이 보이니 말이다. 그리고 지금 운행 중인 사람도 베테랑급 뉴욕항공 운행사가 아닌 테러리스트의 운행이라는 것도 알아차렸다. 꽤나 흔들림이 심한 이유가 있었다. 항공기에 있는 모든 사람들이 흔들림에 반응하고 또 곧 일어날 테러의 참사에 슬픈 기색을 보이고 있었다. 어떤 사람들은 울부짖고 있었고 어떤 사람은 심리적 압박을 이기지 못하고 안전벨트를 풀고 일어서려고 하다가 존과 같이 개머리판에 얼굴을 가격을 당했다. 존과 다른 점이 있다면 그 사람은 기절했다는 점일 것이다. 존은 아내를 생각하고 있었다. 이제 곧 죽을 것이라는 생각이 든 것과 함께 아내의 얼굴이 눈앞에 아른거렸다. 비행기가 심하게 흔들리기 시작했다. 옆에 서 있던 재수 없는 괴한도 기체의 흔들림을 이기지 못하고 넘어지려하다 간신히 좌석을 붙잡고 중심을 잡을 수 있었다. 지금이라도 아내에게 당장 뉴욕에서 도망치라고 전화로 말하고 싶지만 휴대폰을 썼다가는 그대로 총탄이 심장에 박히기 십상이었다. 그런데 갑자기 괴한들이 앞에 나서더니 'cell phone'을 외쳤다. 휴대폰을 내라는 뜻으로 생각하고 존은 휴대폰을 꺼내들었다. 하지만 휴대폰을 거두는 사람도 없었고 존이 휴대폰을 꺼내도 괴한들은 계속 'cell phone'만을 외칠 뿐이었다. 이리저리 상황을 둘러보니 사람들이 휴대폰을 꺼내 전화를 하고 있었다. 무슨 일인지는 모르지만 일단 아내에게 다급히 전화를 걸었다. 지금으로서는 아내가 전화를 받기를 기도하는 것이 존이 할 수 있는 최선의 방법이었다. 911이 아닌 아내에게 기댄 것. 이 항공기에 탄 모든 사람들이 911이 아닌 사랑하는 사람들에게 전화를 걸었을 것이다. 빌어먹을 테러리스트 자식들. 마지막으로 유언이라도 남기라는 말인가? 전화신호는 계속해서 울리고 있었다.

그녀는 계속해서 발표를 하고 있었다. 하지만 몇 분 지나지 않아 큰소리 치던 국장도, 비서도, 다른 직원들도 모두 곯아떨어졌다. 그녀는 이러한 분위기에서 발표를 해야 한다는 사실이 짜증났지만 그대로 리포트를 발표해나갔다. 그때 탁자 위에서 벨소리가 울려퍼졌다. 그녀의 핸드폰이었다. 벨소리에 국장과 비서, 직원들이 졸음에서 깨어났다. 국장은 또 뻔뻔하게 그녀를 노려보았다. 방금 깬 듯한 안면상태이지만 눈빛만은 그 누구보다 날카로웠다.

"죄송합니나. 급한 전화라서요."

전화를 받은 그녀가 답을 하기 전에 전화를 건 자가 말을 꺼냈다.

"당신, 지금 어디요?"

"지금 회의중이에요"

"오 맙소사. 당장 나와야 돼!"

"존, 무슨 소리……."

갑자기 비행기 소리가 요란하게 나더니 펑 소리와 함께 폭발음이 귀를 파고들었다. 건물이 통째로 흔들리고 탁자에 있던 커피잔들이 떨어지며 깨지는 소리를 냈다. 그리고 천장에 달려 있던 형광등도 탁자에 떨어지며 산산조각이 났다. 직원들은 소리를 지르며 그대로 얼어버렸다. 누구 하나 도망가지 못하고 이 상황에 대해 설명이라도 해주길 바라는 눈치였다. 그녀는 귀를 틀어막고는 커튼을 열어젖혔다. 그러자 시커먼 연기가 창문 아래에서 풀풀 피어올랐다. 옆 건물에서 폭발이 일어난 듯했다. 연기가 창문을 거의 가려 앞을 바라볼 수 없었다.

"아만다! 아만다!"

존은 자신의 아내를 애타게 불렀다. 핸드폰으로 들려오는 폭발음에 그는 얼굴이 창백해지며 아내를 계속해서 불렀다. 폭발음이 사그라들자 아내의 목소리가 들려왔다. 그리고 사람들의 비명소리도 함께 들려왔다.

"아만다, 내 얘기 잘 들어요. 지금 당장 나와야 해요. 당장 나와야……."

또 한 번의 폭발음이 들려왔다. 이번에는 진동이 느껴질 정도로 강력한 폭발음이 들려왔다. 또 한 번 그는 아내를 애타게 불렀다. 다른 사람들도 마찬가지였다. 눈물을 흘리며 지금 처한 상황을 말하는 사람도 있었고 부모님을 부르며 죽음을 두려워하는 사람들도 있었다. 존은 그 속에서 누구보다 큰 소리로 아내를 불렀다.

건물이 무너질 듯한 기세였다. 창문이 깨지면서 연기가 건물 안으로 들어왔다. 직원들은 모두 의자를 박차고 일어나 일제히 문으로 향했다. 직원들은 문을 열고 나가기 위해 애를 썼다. 질서가 순식간에 무너지면서 사람들이 이리저리 밟히고 치였다. 국장도 나가기 위해 애를 썼지만 그 누구도 국장을 먼저 보내려는 사람이 없었다. 자신의 생명이 우선시 되어 그들은 비좁은 문을 나가기 위해 애를 썼다. 그녀는 연기 속에서 핸드폰을 찾아 남편의 부름에 응하였다.

“존, 나 여기 있어요. 이게 무슨 일이에요”

“아만다, 걱정하지 말아요. 일단 빨리 그곳을 나와야 해요!”

“당신은 어디 있는데요!”

“지금 난 납치된 비행기 안에 있어요. 곧 이 비행기도 폭발음과 함께 재로 변하겠지. 그리고 나도.. 아만다, 당신만은 살아남아요. 꼭 살아남아야 해요. 빨리 그곳에서 나와요”

“납치라뇨? 그게 무슨 소리에요! 납치되었다뇨!”

“더 이상 지체하면 안 돼요! 아만다 빨리 당신이라도 살아남아야 해요. 곧 이 전화도 끊길 거요. 정말 고마웠어요. 정말 고마웠어요.”

다시 한 번 폭발음이 들려왔다. 이번에는 옆 건물이 아니라 그녀가 위치한 건물에 직접적인 타격이 온 듯했다. 폭발의 강도가 전보다 더욱 강했고 진동도 그녀가 중심을 못 잡을 정도로 강했다. 건물이 타격을 입고 약간 기울었다. 그녀는 발을 헛디뎌 그대로 뒤로 넘어가고 말았다. 각이 기울어져있어 미끄러졌지만 그녀는 기둥을 잡고 버틸 수 있었다. 하지만 옆에 있던 핸드폰은 계속해서 미끄러져가고 있었다. 미끄러져가는 핸드폰 속에서 존의 목소리가 들려왔다.

“여보 당신에게 꼭 하고 싶은 말이 있었소. 여보…….”

핸드폰이 미끄러져가면서 그녀와 거리가 밀어졌다. 핸드폰의 소리도 들리지 않았다. 그녀는 팔을 힘껏 뻗어 핸드폰을 잡으려 했다. 하지만 핸드폰은 잡히지 않고 계속 미끄러져갔다. 그녀는 기둥에서 손을 뗀 뒤 미끄러져 내려갔다. 그리고는 핸드폰을 잡았다. 그리고 그녀는 110층이나 되는 건물의 창문에서 떨어졌다.

“여보! 여보! 죽지 마요! 죽으면 안 돼요!”

떨어짐과 함께 그녀는 극한의 공포에 휩싸였다. 바람 소리 그리고 뜨거운 마찰로 인해 온 몸이 불덩이가 되는 듯한 느낌. 그녀는 두 손으로 핸드폰을 귀에 꼭 대고 있었다. 바람 소리 때문에 핸드폰 소리가 잘 들리지는 않았지만 흐릿하게나마 그의 목소리를 들을 수 있었다.

"여보. 잘 들어요. 잘 들어요!"

그의 목소리가 나오고 그는 말을 하지 않았다. 떨어지면서 바람 소리가 거세게 불고 있었다. 그리고 그가 큰 소리로 말했다.

"사랑해!"

그리고 그녀는 위를 내다보아 한 대의 비행기가 다시 건물을 들이받으며 큰 굉음을 내면서 잿더미가 되는 광경을 보았다. 그리고 전화가 끊겨버렸다. 통화가 끊기고 의미없는 뚜— 소리만 그녀의 귀에서 울릴 뿐. 그녀는 소리 내어 울고 싶었지만 바람의 영향 때문에 울지도 못하고 그저 소리 없는 비명을 지를 뿐이었다. 마찰로 인해 몸에 불이 붙고 핸드폰이 녹아내렸지만 그녀는 귀에 붙인 두 손을 절대 놓지 않았다. 그렇게 110층에서 떨어진 그녀는 애타게 한 남자를 찾으며 그렇게 그렇게 떨어져갔다. 화염에 휩싸여 온몸이 타들어가면서도 그녀는 그를 애타게 찾고 있었다…….

아만다는 911테러의 사망자 중 한 명이 되었고. 존은 실종자 중 한 명이 되었다.

떠나신 후에

이정은

아버지
아버지가 되면
당신처럼 되지 않으리 다짐했습니다.
쓰다듬어 주기보다는 모진 매를,
장다운 말보다는 무뚝뚝한 말을,
거친 손보다는 더 거친 마음을,
그런 아버지처럼 되기 싫었습니다.

아버지
아버지가 이 세상을 떠나신 후에
제가 아버지가 된 지금
조금은 마음을 표현하는 방법에
서투르셨던 것이었음을
그런 아버지를 사랑합니다.

마지막 만찬

"랍스터, 감자튀김, 도넛, 후라이드치킨, 맥주……."

주문메뉴를 읽어보는 이완의 눈빛에서 귀찮음과 짜증이 우러났다.

"요새 주문량이 통 많지?"

벽에 등을 기대고 있는 잭슨이 말했다.

주문량이라……. 물론 식당에서 주문량이 많다면 반가울 일이다. 하지만 그들이 요리하고 있는 이곳은 일등급 레스토랑도 아니고 일반 식당도 아닌 교도소라는 사실. 물론 음식을 만든다는 것에는 여느 식당과 다를 바 없지만 그들은 일반 식당에서 요리하는 레시피의 대부분을 알고 있어야 한다. 교도소의 죄수들은 먹고 싶어하는 음식이 제각기 다르기 때문이다. 하지만 이도 모든 죄수들에게 적용되는 것은 아니다. 마지막 인생을 준비 중인 사형수들을 위한 마지막 배려. 교도소에서 5년 넘게 사형수들의 마지막 식사를 책임지던 이완은 평소와는 다르게 많아진 메뉴에 한숨이 나왔다. 처음에는 음식을 준비하면서 사형수들에 대해 연민의 정이라는 것도 들곤 했었다. 특히 그의 아버지뻘 되는 사형수들에게는 더더욱……. 그에게 아버지라는 존재는 그저 약탈과 악의 존재였다. 가정을 황폐화시키고 어린 시절을 혹독하게 보내게 해 준……. 이완은 자신의 아버지를 생각하면 마음이 아파왔다. 술에 찌들어 사는 아버지에 대한 반항심이 커졌을 당시 어머니와 함께 집을 나와 둘이서 힘겨운 생활을 보냈다. 분명한 것은 아버지가 있었을 때보단 훨씬 편안하고 행복했다는 것. 아직 호족에는 아버지가 등록되어 있지만 아버지는 이완을 찾으려들지도 않았으며 이완도 아버지를 찾으려 하지 않았다. 서로 등을 돌리며 수십 년을 살아온 것이다. 어찌 보면 아버지뻘 되는 사형수들에게 요리를 지극정성으로 만들어준 것은 당연한 것일 수도 있다. 그에게는 요리로 그들을 위로해 줄 수밖에 없었다. 지금은 감정이 말라버린 건지 아무런 생각도 하지 않은 채 요리만을 만들어낸다. 랍스터가 싱싱하지 않다. 이완은 랍스터를 그대로 쓰레기통에 집어던지고 봉지에서 새로운 랍스터를 잡아낸다. 이번에는 꽤나 크고 팔팔한 것이 잡혔다. 이완은 그대로 도마에 가재를 얹은 뒤 칼 머리로 머리를 때려부쉈다. 그리고 그는 다리를 잘라내며 요리를 시작했다.

"주문이 없는데?"

이완은 글자가 적혀지지 않은 빈 종이를 바라보며 말했다. 누가 장난을 친 건지 아니면 사형수가 그들의 요리 수준에 의심을 품고 주문을 하지 않은 걸지도…….

"아까 들었는데 사형수가 음식을 주문하지 않더군. 자신은 끝까지 무죄라면서 말이야. 곧 사형을 당하는데 거기서 무죄라고 울부짖는 게 무슨 소용이겠어."

무죄, 법원에서의 호소는 통할지도 모르겠지만 곧 사형을 앞둔 사형수가 말하는 호소를 교노소에서 들어줄 리가 없었다. 이완은 왠지 모르게 그가 자꾸 생각났다. 아무 음식도 만들어 주지 않은 채 빈 접시를 간부에게 주었을 때 그리고 그 간부가 사형수가 있는 방에 문을 열고 들어갈 때까지 그는 계속해서 억울한 사형수의 표정을 상상해내고 있었다. 잭슨은 그 사형수에 대해 별다른 반응을 취하지 않았다. 아무래도 그는 그의 호소가 연기거나 조금이라도 더 삶을 연장하고픈 발악이라고 느꼈을 것이다. 하지만 이완은 달랐다. 그의 얼굴을 직접 보지도 않았고 그의 목소리도 들어보지 않았지만 그는 그의 억울함을 느끼고 있었다.

“나는 정말 무죄라고요!”

“본 법정은 피고의 입장에 동의할 수 없습니다. 무차별 살인을 저지르고 아직까지 반성하는 태도와 근신처분의 상황 속에서도 끝까지 자신의 의견을 고집하는 피고에게 독극물 주사형을 선고합니다.”

판사봉이 판자를 세 번 때리고 검사는 피고를 바라보며 웃음을 지었다. 사형이라는 두 글자에 그대로 무너져버린 살인자라는 이름을 단 피고는 의자에서 쉽게 일어나지 못했다. 변호사도 없는 상황에서 그는 검사와의 대결에서 이길 수 없었다. 눈빛으로 피고를 압도하는 검사의 냉정함과 차가움, 그리고 객관적인 자세를 취하며 한 치의 부동도 없이 상황을 정리해가고 있는 판사. 법원이라는 곳이 이렇게 잔혹하고 무자비한 곳인가. 그는 생각했다. 하지만 이제 그에게 돌아온 건 살인자라는 네임카드뿐이었다. 하지만 만약 그 자가 정말 무죄라면 어떻게 되는 것일까. 그는 밤새 울부짖으며 자신의 상황을 호소하고 있었다. 사형수의 이야기는 대부분 거짓말이거나 변명덩어리지만 그 사형수만큼은 이완의 마음을 움직여냈다. 이완은 다시 주방으로 돌아와서는 채소가 담긴 포대자루에 앉아 있는 잭슨에게 말했다.

“신은 우리를 구원해 주지 않는 것 같아. 만약 신이 있다면 억울하고 약한 자를 구원해 줘야 하는 것이 아닐까? 만약 신이라는 것이 존재한다면 신은 인간을 지옥에 떨어뜨리고 즐거워하고 있을 끔찍한 창조주일 거야.”

“너 임마, 내가 지금 기독교인이라고 놀리는 거지? 내가 종교 가지고 뭐라 하지 말라고 했잖아.”

“아니, 놀리는 게 아니야. 지금 이 상황에 대해 네가 믿고 있는 종교에 대한 객관적인 말을 한 거지”

잭슨이 포대자루에서 내려와 이완에게 다가갔다.

“그게 무슨 소리야.”

그가 이완의 손목을 잡으며 말했다.

"그 자가 무슨 말을 했는지 모르지만 나는 여기 생활을 오래 해봐서 알아. 이 교도소는 결국 거짓말과 폭력만이 남아 있을 뿐이야. 자비로움 같은 건 여기서 따질 때가 아니라고 친구."

이완은 잭슨을 바라보았다. 그의 눈빛은 마치 사형수의 한 마디에 그렇게 마음이 흔들리는 네가 참 착한 것 같다라는 것과 함께 종교에 대한 발언을 한다면 그 다음에는 네가 사형에 처할 줄 알라는 메시지가 담겨 있었다. 이완은 그의 눈을 피하며 손목을 약하게 뿌리쳤다. 그래 그래 너는 오랫동안 하느님이나 믿으며 사후에 천국에 가서 잘 살아라. 독신한 개독자식 같으니라고. 이완은 마음속으로 생각했다. 시간이 지나자 무죄를 주장하던 사형수가 모습을 드러냈다. 40대 초중반으로 보이는 얼굴에 정리되지 않은 머리와 수염. 그는 간부들에게 팔짱을 끼인 채 천천히 걸어가고 있었다. 이완은 주방문을 열고 걸어가는 그의 뒷모습을 지켜보았다. 굳건히 닫혀 있는 철문. 어둠의 장소, 그리고 마지막 생의 종착점. 교도소에서는 그의 이름을 부르지 않는다. 죄수번호가 그의 이름이 될 뿐. 그는 결국 교도소에 억압받고 그곳에 국한된 존재로 생을 마감해야 한다. 그 누구도 그를 찾으러 들지 않고 쓸쓸히 혼자 깊은 잠에 드는 것이다. 독극물 주사형이라……. 교수형보다는 전기 의자형보다는 더 괜찮겠지. 하지만 이완은 또 다시 슬픔을 느꼈다. 과연 저 자는 사형을 당할 때까지도 다른 사형수와 마찬가지로 아무 생각이 없을까? 아니 그는 다른 사형수와 다르게 술을 주문하지도 않았으며—술을 마시면 감각이 둔해져서 사형을 당할 때도 최소한의 충격으로 목숨을 끊을 수 있다.— 그가 만약 연기였다면 연기를 실패한 것대로 슬픔에 쌓일 것이고 그가 무죄였다면 죽을 때까지 마음속의 한을 품으며 울부짖을 것이다. 이완은 그가 후자쪽에 가깝다고 생각했다. 철문 안으로 간부와 그가 들어가고 문은 굳게 닫혔다. 철이 부딪히는 소리가 복도를 울려 주방까지 전달되었다. 오늘 따라 유난히 커보이는 철문의 소리. 잭슨과 이완은 아무 말도 않은 채 서로 채소를 넣은 포대 위에 앉아 있었다.

　알람시계가 울리고 이완은 이불 속에서 몇 분을 이리저리 낑낑댄 뒤 침대에서 빠져나올 수 있었다. 여느 때와 다름없이 그는 턱에 난 자질구레한 수염을 밀어버리고 차가운 물로 세수를 한 뒤 양치질과 머리감기를 동시에 했다. 차에 탑승한 뒤 그는 교도소로 향했다. 아침 라디오를 들으며 차를 몰고 가던 이완은 U턴 구간에서 U턴을 하고는 교도소와 다른 방향으로 차를 몰았다. 그는 골목을 들어가 어느 한적한 마을 안으로 들어갔다. 그곳에는 허름한 집들이 줄지어 서 있었다. 그는 그중 빨간 지붕의 집 앞에다 차를 세운 뒤 문에 달린 벨을 눌러댔다. 잠시 후 문이 열리고 그의 어머니가 그를 꼭 껴안았다. 꽤나 오랜만에 어머니와 그가 만났다. 그리고는 그녀는 갑자기 눈물을 쏟아내더니 그대로 이완의 품속에 안겼다. 이번에는 이완이 그녀를 꼭 껴안았다. 갑작스러운 상황에 당황한 이완은 울음이 그칠 때까지 그녀의 등을 두드려주었다. 시간이 지나자 그는 울음을 멈춘 뒤 그의 얼굴을 쓰다듬었다. 그리고는 그와 함께 거실로 갔다.
　"갑자기 왜 그러세요?"
　"그게 말이다. 나도 오늘 알아서 말이지……. 너에게는 말 안하려고 했는데…… 네가 찾아오니까 어쩔 수가 없구나."
　이완은 궁금하기도 하면서 한편 걱정스러운 마음도 들었다.
　"무슨 얘기인지 저한테 다 말씀해 주세요."
　그녀는 서랍에서 편지봉투를 꺼내더니 말했다.
　"한번 읽어보렴."
　이완은 그녀에게서 봉투를 건네받은 뒤 편지를 꺼내 읽어냈다.

"아들에게……?"

그는 첫 문장만 읽고는 그녀를 바라보았다. 그리고는 편지를 다시 봉투 안에 넣고 일어났다.

"어머니가 무슨 생각이신지는 모르겠지만. 이걸 왜 읽으라고 하시……."

"그냥 한번 읽어봐."

나지막이 말하는 그녀를 이완은 무시할 수 없었다. 그는 다시 자리에 앉아서 편지를 꺼낸 뒤 읽어냈다. 그는 편지를 읽으면서 손이 떨리기 시작했다. 소식 없던 아버지가…… 생사도 알 수 없는 아버지가 처음으로 그들을 찾고 있었다.

"어머니는 여기 기다리고 계세요."

그녀는 다시 한 번 울음이 터졌다. 이완은 의자에 걸려 있던 수건을 그녀에게 건네주었다. 그녀는 수건을 받아들고는 눈물을 닦으며 울음을 참아내고 있었다. 이완은 그녀에게 마지막으로 말을 한 뒤 그녀의 집에서 나와 차에 탑승했다. 그리고 그는 다시 교도소로 향했다. 운전을 하며 이완은 스스로 흐르는 눈물을 억제할 수 없었다. 감당할 수 없었다. 그는 차를 운전하는 데에 집중하지 않고 눈물을 닦는 데에 집중을 하고 있었다. 차가 1차선과 2차선을 헤집으며 가고 있었다. 옆의 차량들은 연신 클랙슨을 울려대었다. 그는 다시 성신을 차리고 운전에 집중했다. 하지만 계속해시 흐르는 눈물은 참을 수 없었다. 그는 갓길에 차를 세운 뒤 핸들에 머리를 박은 채로 흐느꼈다.

'에바와 이완에게.

편지를 쓰는 것이 몇 십 년 만인지 모르겠구나. 가족이라는 터에서 나는 어떻게 살아온 건지. 지금에서야 가족을 찾는다는 것이 얼마나 한심하고 부끄러운 일인지는 나도 잘 알고 있단다. 하지만 용기가 나지 않앉어. 아버지로써 가장으로써 아내와 아들에게 모습을 드러내기란 쉽지 않았지. 수십 번 우리 가족을 생각했었어. 처음에는 혼자라는 생각이 기쁘고 자유로워진 느낌도 들었지만 시간이 지날수록 가족 없는 생활이 참으로 허전하다는 것을 깨달았단다. 술만 처먹고 담배만 피워대면서 가족에게 상처를 준 사람이 어떻게 가족이 없는 허전함을 느낄 수 있었겠냐고? 그건 나도 잘 모르겠단다. 그저 시간이 지나면서 자연스럽게 생기게 되더구나. 그러면서 나도 자책하게 되고 스스로 단단해지게 되었어. 마지막으로 이 아버지라는 못된 사람을 찾아와줬으면 어떨까 하는구나. 지금 아니면 더 이상 만날 수가 없을 것 같아.'

이완은 계속해서 핸들에 머리를 박은 채 눈물을 흘리고 있었다. 머리를 들어 의자에 기댄 뒤 그는 다시 한 번 울어댔다. 울음을 참으려고 했지만 목에서 차오르는 슬픔이라는 감정을 막을 수는 없었다. 그는 몸을 떨며 계속해서 울고 있었다.

'내가 과연 아버지 그리고 가족의 가장이라고 말할 수 있는 사람일까. 내가 생각해도 그건 아닌 것 같구나. 하지만 연속되는 가난함과 혼자가 된 소외감은 사회에 대한 살기를 불러일으키게 만들었어. 결국 정말 이런 말을 해서 미안하고 또 미안하구나. 나는 절도와 살해협박으로 사형에 처해졌단다. 그리고 이 편지가 내가 죽어서 보내질지 아니면 죽기 전에 보내질지 모르겠지만 정말이지 한번쯤은 만나보고 싶구나. 우리 가족이 어떻게 살아왔는지 나에게 와서 뺨을 때리고 나를 밟아도 좋단다. 우리 가족에게 용서를 구하고 싶어. 꼭 왔으면 좋겠구나. 브레튼 교도소 1787이란다.'

이완은 다시 차를 몰았다. 출근시간이 많이 늦어버렸다. 그는 더욱더 빨리 차를 몰았다. 그는 최대한의 속도로 그의 직장으로 가고 있었다. 그의 직장 브레튼 교도소로……

'난 아침에 사형에 처해진다고 하는구나. 편지가 빨리 도착한다면 전날 밤에 와준다면 얼마나 좋을까. 내가 못다한 말들을 해주고 싶구나. 그럼 이 잔인한 아버지를 용서하길 바라며…….'

그는 더욱더 액셀러레이터를 밟아댔다. 다른 차들의 두 배 가량의 속도로 지나가고 있었다. 평소와 같으면 2번 정도 거쳐야 하는 사거리신호등도 그는 한 번에 통과했다. 그에게는 시간이 없었다. 촉박했다.

'시간은 흐른다고 지나가는 것이, 인간은 숨 쉰다고 사는 것이 아니지 않니. 이완 리브스의 아버지 매트 리브스가.'

이완은 그의 직장에 도착했다. 차를 주차한 뒤 다급히 교도소로 뛰어 들어갔다. 그리고 그는 주방에 도착했다. 그는 이리저리 살피더니 복도로 향했다. 그러자 갑자기 누군가가 앞에서 튀어나와 이완을 위협했다. 이완은 순간적으로 뒤로 물러섰다. 하지만 위협적인 행동을 한 사람은 바로 잭슨이었다.

"놀랐지? 놀랐어! 놀랐어!"

"이 미친놈!"

이완은 생각할 틈도 없이 무의식적으로 잭슨의 안면을 주먹으로 후려갈겼다. 안면을 강타당한 뒤 잭슨은 귀를 부여잡으며 비틀비틀거리다 뒤로 넘어갔다. 채소들과 식자재들이 바닥에 나뒹굴었다. 몇 가지 액체재료들은 바닥으로 쏟아져 나왔다. 잭슨은 당황스러운 표정으로 그를 바라보았다. 그가 표해내고 있는 감정은 자신을 놀라게 했다는 분노가 아닌 또 다른 감정이 내재되어 있었다. 이완은 잭슨의 눈을 피하고 그대로 복도로 걸어 나갔다. 잭슨은 뒤돌아 그를 바라보았다. 딱히 그에게 할 말이 없었다. 그저 자신의 얼굴을 더듬거리고 있을 뿐이었다. 이완은 복도로 뛰어들어가 편지 속 방 번호로 찾아들어갔다. 이완의 눈에 멀리 문이 열려 있는 방이 보였다.

그는 순간적인 직관으로 그곳을 향해 뛰어갔다. 꽤나 긴 거리였다. 그는 혼신의 힘을 다해서 뛰어갔다. 방에서 간부 한 명이 나와 문을 닫으려 했다. 이완은 간부에게 소리쳤다. 그리고는 그 방 안으로 들어갔다.

"문은 열어놓으세요. 제가 닫죠."

간부는 이완에게 끄덕거리며 뒤돌아 걸어갔다.

이완은 바닥에 있는 식판을 보았다. 잭슨이 만들어준 음식이다. 하지만 식판은 비어 있었다. 이미 먹은 걸지도 모르겠지만 식판이 너무 깨끗해서 담지도 않았다는 생각이 들었다. 이완은 고개를 천천히 들어 사형 직전의 그를 바라보았다. 덥수룩한 흰수염과 머리, 팔자주름과 이마주름. 고난의 세월이 고스란히 얼굴에 새겨졌다. 그는 담배를 하나 집어들고는 불을 켜 담뱃불을 붙이고 있었다. 그리고 담배를 한 모금 한 모금 들이마시고 있었다. 그는 마지막 음식으로 담배를 주문한 것이다. 연기가 뿜어져 나오고 그는 한 번 더 담배를 들이마셨다. 이완은 그를 계속해서 바라보았다. 담배를 입에 가져다대려던 그는 동작을 멈추고 옆을 천천히 바라보았다. 인기척을 느낀 듯 그는 옆에 서 있는 이완을 바라보았다. 그리고 그는 몇 초간 가만히 이완을 바라보았다. 이완도 그를 계속해서 바라보았다. 그가 의자에서 천천히 일어나 이완에게 다가갔다. 이완은 가만히 서 있었다. 그는 천천히 이완에게 다가오더니 그를 꼭 안았다. 이완은 노인이 다 된 그의 늙은 어깨에 턱을 갖다대고는 그의 냄새와 피부를 느꼈다. 매트 리브스는 이완 리브스의 머리카락에 얼굴을 비비고 있었다. 그리고 그는 울음을 터트렸다. 그러자 이완도 울음을 터트리기 시작했다. 철장 안에서 네모난 창문에 햇빛이 강하게 들어오는 사형수의 방 안에서 두 명은 서로 껴안으며 흐느끼고 있었다. 얼마나 기다려야 할까. 수십 년간 보이지 않던 아버지라는 자의 마지막 모습. 몇십 년 만에 만나는 아버지의 모습. 분노와 복수 그리고 이제는 무관심으로 아버지에 대한 기억을 떨치려 했지만 이렇게 아버지를 보는 순간 북받치는 아버지 그 자체에 이완은 눈물을 흘리고 말았다. 매트 리브스 역시 아들의 숨결과 피부를 느끼며 몇십 년 만에 만나는 부자간의 만남을 느끼고 있었다. 이완은 계속해서 울고 있었다. 분노도 아니고 복수심도 아니다. 아버지의 마지막 모습이라는 생각에……. 몇십 년 만에 만났지만 그는 아버지를 보며 연민의 정과 슬픔, 두려움을 느꼈다.

"미안하다. 미안해."

이완의 아버지는 미안하다는 말만 되풀이하고 있었다. 슬픔을 지고 살아온 아들에게 할 수 있는 용서의 말이었다.

"죄송해요. 죄송해요."

매트의 아들은 죄송하다는 말만 되풀이하고 있었다. 슬픔을 지고 살아온 아버지를 지켜내지 못한 용서의 말이었다. 그렇게 그들은 서로서로 미안해 하며 계속해서 눈물을 흘려보내고 있었다. 햇빛이 매트의 등을 비춘다. 그렇게 그들은 서로 감싸안으며 지난날의 시간을 모두 녹여내고 있었다. 이완은 아버지의 얼굴을 손으로 감싸며 계속해서 울어댔다. 매트는 그런 아들을 다독이고 있었다. 이완은 처음으로 아버지의 따뜻한 손길을 느낄 수 있었다.

"신은 참 야속하구나. 이제야 어떻게든 살고 싶어졌는데……."

의자에 앉은 매트는 이완과 이야기를 나누고 있었다.

"신은 참 잔혹한 사람인 것 같아요."

이완이 말했다.

"이 못난 아버지를 만나서 어렸을 적부터 고생이란 고생은 다하고……. 아버지가 없는 가정에서 가장이 되어 어머니를 책임지면서 살아가는 게 얼마나 힘이 들었겠니."

이완은 웃으며 말했다.

"이제는 괜찮은 걸요. 어머니도 저도 다 부유하게 사는 건 아니지만 행복하게 살고 있어요."

"그래? 그거 다행이구나."

매트는 이완의 얼굴을 바라보며 웃고 있었다. 그리고 대화가 끊겼다. 더 이상 할 말이 없는 건지……. 너무나도 갑작스러운 상황이라 매트도 이완도 대화의 준비를 하지 않은 상태였다.

"편지가 늦지 않아서 다행이구나."

"사실 오늘 못 올 뻔 했어요. 아니 못 볼 뻔 했죠."

"그게 무슨 소리냐?"

이완은 자신이 이 교도소에서 근무하고 있다는 사실을 매트에게 말하지 않았다.

"아니에요."

그는 매트를 향해 웃어보였다. 그러자 매트도 그를 향해 웃어보였다. 그때 갑자기 간부 두 명이 들어오더니 매트 앞에 섰다.

"무슨 일이죠?"

"시간이 다 됐습니다."

간부가 매트의 팔을 잡자 이완이 그들의 손을 잡으며 말했다.

"1시간만…… 1시간만 시간을 주세요."

"무슨 소립니까. 이러면 곤란해요."

간부들은 이들이 어떠한 사이인지 알 것이다. 복도에서 다 들었을 것이 뻔하니……. 간부는 매트의 팔을 잡고 그를 일으켜 세웠다.

"제발요. 1시간만, 1시간만 주세요."

간부는 이완을 바라보았지만 그의 요청을 들어주지 않았다. 그들은 매트의 팔을 잡고 팔짱을 낀 채 문 밖으로 걸어나가고 있었다. 이완은 뒤에서 그들을 잡고 말했다.

"저희 아버지예요. 몇 십 년 동안 잊어버리며 살다 드디어 찾게 된 저희 아버지예요. 정말이지 1시간만 주세요. 아니 더 빨리 끝낼 수도 있어요. 제발요."

간부는 머뭇거리더니 매트에게서 손을 떼었다.

"그럼 1시간만입니다."

"이러면 곤란한 거 아시잖습니까. 빨리 끝내주세요."

간부들은 복도로 걸어 나갔다. 그들도 이완에 대해 동정심을 가지고 있었다. 성실하게 요리를 만들어내던 그를 생각해서 간부들은 그에게 1시간이라는 큰 선물을 주었다. 그대로 서 있던 매트에게 이완은 웃음을 지으며 말했다.

"배고프시죠? 맛있는 거 먹을까요?"

매트는 이완을 바라보며 흐뭇한 미소를 날렸다.

"잠시만 기다리세요, 아버지."

이완은 그대로 방을 나가 주방으로 향했다. 1시간이라는 시간을 음식을 먹으며 보내기로 이완은 생각했다. 적다고 느끼면 적고, 크다고 느끼면 큰 1시간. 이완에게 이 1시간은 매우 짧으면서 또한 매우 귀한 시간이다. 주방에 들어서자 잭슨이 그를 바라보았다. 나에게 뺨을 후려갈기거나 아까 맞은 충격에 대한 복수를 생각했지만 잭슨은 나를 향해 오더니 어깨를 툭툭 치고는 머리를 쓰다듬었다.

"힘내, 친구."

이완은 그대로 잭슨을 껴안았다. 잭슨은 소리 내어 웃으며 이완의 머리를 쓰다듬었다. 잭슨도 알아챈 듯했다. 이완이 왜 자신을 때렸는지……. 사형수의 방 안에 들어가서 무엇을 했는지…….

“마지막 요리 내가 도와줄게!”

이완은 미소를 지어 보냈다. 하지만 그는 그의 도움을 거절했다.

“아니. 이번에는 나 혼자서 해볼게.”

잭슨은 그의 어깨를 툭툭 치며 말했다.

“그래. 열심히 잘해 봐.”

이완은 불판에 쇠고기를 얹은 뒤 구워대기 시작했다. 그리고 도마쪽으로 가서는 오이와 각종 야채를 썰었다. 잭슨은 팔짱을 낀 채 지켜보고 있었다. 그가 만들고자하는 요리는 특별하지 않았다. 일상생활에서 먹을 수 있는 쇠고기와 야채샐러드, 그리고 빵과 맥주, 아이스크림이었다. 하지만 그는 그의 힘을 백분 발휘하여 요리를 해나가고 있었다. 빵이 들어 있는 봉지도 3개나 뜯어 그 중 가장 쫄깃하고 탄탄한 빵을 골라 식판에 얹었다. 그리고 그 위에 딸기와 포도, 메론을 섞은 잼을 얹어냈다. 옆에서 고기가 노릇노릇 익자 고기를 집어 식판에 놓은 뒤 소스양념을 위에 얹었다. 야채를 모두 버무리고 드레싱을 바른 뒤 다시 한 번 섞어 식판에 놓았다. 또 냉동실에서 아이스크림을 꺼내 크게 떠서 식판에 얹었다. 그리고 초코시럽을 바른 후 과자를 꽂아놓았다. 마지막으로 맥주병을 약간 기운 상태로 맥주를 담아 가장 맛있는 비율로 맥주를 만들어냈다. 꽤 다른 점이 있다면 이러한 음식이 담긴 식판이 2개라는 것이다. 그는 양손에 식판을 들고 직접 아버지가 있는 방으로 향했다.

“야, 이완 리브스!”

그가 돌아보자 잭슨은 오른쪽 손의 엄지손가락을 힘껏 치켜들었다. 이완은 미소로 답했다. 그리고 그는 계속해서 걸어 나갔다. 그리고 아버지가 있는 방에 도착했다. 매트는 이완을 보며 환하게 웃었다. 이완은 양손에 든 식판을 의자에 놓았다.

“교도소에서 주는 음식이 맛있을지 모르겠네요.”

“냄새는 꽤나 괜찮구나.”

이완은 고기를 썰어 매트의 입안으로 고기를 넣었다. 매트는 고기를 씹으며 음미하였다.

“상당히 맛있구나! 정말 신선해.”

“다행이네요.”

이완은 고기를 썰며 미소를 지었다. 그는 이 요리가 자신이 만든 요리라고 말하지 않았다. 그저 마음속에 간직해 두기로 했다.

“언제 한 번 아들이 해주는 밥도 먹고 싶구나.”

이완은 고기를 썰다말고 매트의 말 한 마디에 울음을 터트렸다. 매트는 미소를 지으며 그의 등을 두드려주었다. 이번에는 매트가 고기를 썰어 이완의 입안에 넣었다. 울음을 간신히 그친 그는 고기를 받아 먹고 맛을 음미하였다.

“맛있어요, 정말로.”

목이 멘 채로 그는 말했다. 매트도 끄덕이며 답했다. 서로 음식을 먹여주고 있었다. 매트는 자신 앞에 놓인 음식을 썰어 이완에게 주었고 이완도 자신 앞에 놓인 음식을 매트에게 건넸다. 이렇게 서로서로 먹여주며 행복하면서도 영영 잊지 못할 아침식사를 하고 있었다. 시간이 지나고 식판에는 맥주만이 남았다. 매트는 앞에 놓인 맥주잔을 들고는 이완에게 건넸다. 이완도 똑같이 건넸다. 이렇게 서로 맥주를 교환한 그들은 맥주를 한 번에 마시고는 소리를 냈다.

“캬-”

“캬-”

그들은 서로 웃어보였다. 이완이 매트의 입술 근처에 묻은 양념을 손으로 닦아냈다. 매트도 이완의 턱에 묻은 양념을 손으로 닦아내주었다.

“둘이서 밥을 먹으니 정말 좋구나.”

“저도 정말 좋아요.”

“어머니는…… 잘 계시니?”

“네.”

“네 어머니도 한 번 보고 싶구나. 지금은 만날 수 없지만 꼭 전해 주렴. 나중에 만나자고. 그리고 오랫동안 기다렸다고. 사랑한다고 전해 주렴”

“꼭 전해드릴게요.”

“사후세계는 믿지 않지만 지금부터는 믿고 싶구나. 천국에 간다면 먼저 가서 너희들을 기다리고 있으마. 천국에서는 편히 쉬면서 행복하게 잘 살 자구나.”

사후세계라……. 신은 잔혹하고 인간을 지옥에 떨어뜨리며 즐거워하고 있는 자라고 생각한 이완이지만 그도 지금부터는 사후세계 그리고 신적인 종교를 믿고 싶어졌다. 죽음은…… 새로운 시작이다. 매트 리브스는 죽는 것이 아니다. 먼저 떠나 우리들을 기다리고 있는 것일 뿐. 복도에서 발소리가 들려오고 점점 소리가 커져간다. 그리고 간부들이 다시 매트의 방에 들어섰다. 이번에는 이완도 막지 않았다. 매트도 스스로 일어나서 밖으로 갈 채비를 하고 있었다. 간부들이 그의 팔을 잡고 팔짱을 끼운 뒤 방을 나갔다. 이완도 함께 걸어 나갔다. 철문까지 향하면서 이완과 매트는 아무 말도 없었다. 매트는 철문을 바라보고 있었고 이완은 매트를 바라보고 있었다. 철문에 다다르자 간부들이 문을 열고는 매트와 함께 안으로 들어갔다.

“저도 들어갈 수 있을까요?”

이완은 별 기대하지 않은 채 말을 꺼냈다. 하지만 간부들은 웃으며 말했다.

“들어오시죠.”

이완은 미소를 짓고는 안으로 들어갔다. 중앙에는 의자가 설치되어 있었고 그 옆에는 주사기가 놓여져 있었다. 간부들은 매트와 함께 의자쪽으로 걸어갔다. 그리고는 매트를 의자에 눕혔다. 그리고는 매트의 오른팔을 잡고는 옆으로 빼 팔걸이에 걸었다. 그리고 간부들은 주사기를 꺼내 피스톤을 살짝 눌러 액체 상태를 확인하고는 그대로 매트의 오른팔에 주사기를 꽂아 피스톤을 눌렀다. 주사기 안의 독극물이 서서히 빠지고 있었다. 이완은 눈물을 훔치며 지켜보고 있었다. 그리고 매트는 점점 힘을 잃더니 서서히 눈을 감았다.

"갑자기 피곤하구나. 잠 좀 자도록 하마, 아들아."

"네. 푹 쉬세요. 나중에 깨워드릴게요."

목이 메어 더 이상 말할 수 없었다. 매트는 웃음을 짓고는 눈을 감았다. 그리고 그의 숨이 멈추었다. 이완은 아버지의 마지막을 지켜보며 눈물을 흘렸다. 그리고 미소를 지었다.

"사랑해요, 아버지."

죽음은, 새로운 시작이다…….

후 기

　소설은 또 다른 세상이다. 나는 적어도 그렇게 생각하고 있다. 생각하고, 연상하며, 고치고, 상상하고를 반복하며 이 세상과는 다른 또 다른 세상을 창조하는 것이다. 그렇다면 작가는 창조주가 될 것이다. 자신의 세계를 고찰하고 더욱더 확고한 세계를 만들어내는 것. 그렇기 때문에 하나의 소설을 짓기 위해서는 일단 확실한 것은 절대 단기간에 만들어질 수 없다는 것이다. 오랫동안 고민하고 수정하고의 반복이 작가가 상상속으로 원했던 세계를 아름답게 만들기 때문이다. 우리는 신이 아니라 인간이다. 그렇기 때문에 완성하는 데에는 오랜 시간이 소요된다.—신은 빠른 시간에 세계를 창조했다고 사람들은 말한다. 그렇기 때문에 이렇게 피폐하고 불완전한 세계가 된 것이 아닐까? 빈부격차가 일어나고 물가는 폭등하며 서로 공존할 수 없는 삶. 다듬어지지 않은 창조주의 작품인 것이다.— 오히려 그런 점에서는 인간이 신보다 더 좋은 것이 아닐까? 오랫동안 고민하고 생각하는 것이 나는 되려 크나큰 축복이라고 생각한다. 케이블카로 타고 올라간 정상보다 힙겹게 제 다리로 올라간 정상이 더욱더 아름다운 것처럼……. 소설이라는 것은 예술을 넘어선 또 다른 세계와 연결되는 통로이다. SF영화가 보여주는 세계보다 더욱더 상상력이 깊으며 더욱더 아름다운 세계 바로 소설 속의 세계이다. J. J. 에이브람스가 스타트랙을 만들었어도, 피터잭슨이 디스트릭트 구역을 창조해내도, 제임스카메론이 아바타의 세계를 만들어내도……. 우리들의 상상력은 그러한 영화를 뛰어넘는 세계를 만들 수 있을 만큼 정교하고 묵직하게 짜여 있다. 우리들이 오랜시간 생각하며 다듬어 만들어내는 소설은 모두에게 감명을 줄 수 있으며 여운을 줄 수 있다. 그렇다면 일단 여러 번 글을 쓰는 경험을 통해 세상을 창조해나가는 첫 발걸음을 떼어야 하는 법. '그린비'는 이렇게 첫 발걸음을 시도하는 또 한 명의 영화학도(시나리오 작가)의 발걸음에 도움판이 되어주었다. 매주매주 글을 써서 보내며 글을 쓰는 능력을 키워나가고 덕분에 글을 쓰는 능력이 머리 속에 박히고 이러한 이야기의 구성 능력이 영화를 관람하면서 영화를 비평하는 눈을 가지게 해주었다. 그리고 매주매주 다양한 어휘를 배워 글 작성에 큰 도움이 되었다. 그린비는 글을 쓰고 제출하고 또 글을 쓰고 이러한 글쓰기 동아리지만 글을 정말 좋아하고 진심으로 사랑하는 자에게는 그 어느 동아리보다 매력적이다. 다듬어지지 않은 원석을 아름다운 보석으로 만들어주는 일. 바로 그린비가 해내고 있다. 글을 쓰면서 많은 것을 알게 되었고. 또한 글쓰는 것이 이렇게 즐거운 일이 아닐 수 없었다. 게임을 하면서 보내던 시간을 글을 쓰는 데 투자하게 되었고, 결국 이렇게 투자한 시간은 노력과 결과로 나에게 다가왔다. 글을 쓰는 나에게 도움이 된다는 것. 매주매주 글쓰는 게 그렇게 재미있을 수가 없다. 한번 경험하면 빠져나올 수 없는 글쓰기의 세계. 세상을 창조하는 창조주가 되어 세계를 만들어내는 짜릿하고도 신명나는 이런 경험. 그린비의 도움으로 그리고 자신의 노력으로 세계를 창조해간다. 아직까지 혼자 다듬고 점검하기에는 부족한 터라 그린비는 언제나 든든하고 또 고마운 존재이다. 다듬어지지 않은 숨은 원석을 채취하고 이러한 원석을 아름답게 다듬어 주는 그린비. 나에게 정말 도움되는 존재. 진실한 존재. 존재 자체로 든든한. 가치무한정의 동아리. 그린비이다.

이번 작품에서 스토리텔링이 된 시는 바로 아버지에 대한 시. '떠나신 후에'

이다. 무뚝뚝하고 거칠기만 했던 아버지에 대한 원망, 자신이 아버지가 되었을 때 그러한 아버지의 마음을 이해하지만 이미 떠나신 후이기에 늦어버린 슬픔을 나타내는 시이다.

시와 스토리텔링한 소설은 살짝 연계성이 맞지 않을 수도 있다. 가정에 대한 사랑과 무뚝뚝하고 거칠기만 한 아버지를 도망쳐 나온 소설 속 주인공에 대한 이야기이다. 가족에 대한 사랑 그리고 부자의 정을 표현해내고자 했다. 시 속의 내용처럼 아버지를 이해하고 또 그리워하는 내용이 아니라 아버지를 증오하고 또 잊어버리며 사는 주인공의 이야기라 시와는 별개로 느껴질 수도 있다.

소설을 통해 아버지라는 사람에 대한 그리움 그리고 가족에 대한 사랑을 나타내고 싶었다. 소설 '마지막 만찬'이다.

김귀곤

공상

가을날에 찾아 온 인연

그리운 사람

이력서

가을 밤

윤석중

문틈에서
드르렁드르렁
"거, 누구요?"
"문풍지예요."

창밖에서
바스락바스락
"거, 누구요?"
"가랑잎예요."

문구멍으로
기웃기웃.
"거, 누구요?"
"달빛예요."

가을날에 찾아 온 인연

열기 가득한 여름이 지나고, 시원하고 쓸쓸한 가을이 되었다. 내 이름은 윤석중. 대한민국의 당당한 회사원으로서 혼자 자취를 하면서 지낸다. 혼자 살다보니 몸 관리가 안 되는 것 같다. 가을이 되면서 살이 보다 많이 차오르는 것 같아서 갑작스레 아침운동이 생각났다. 그 자리에서 바로 계획표를 짜고 내일부터 운동할 준비를 했다.

새벽부터 부산하게 일어나서 뒷산으로 올라갈 준비를 한다. 기운차게 현관문을 박차고 나가자 우유 배달하시는 아주머니가 보인다.

"안녕하세요. 가을이라서 그런지 쌀쌀하네요."

자연스럽게 인사말을 건넸다. 아주머니께서는 웃음을 머금으며 말씀하셨다.

"저번 주까지는 후덥지근했는데, 조금 그렇네요."

역시 아침운동 하기를 잘한 것 같다.

뒷산에 올라가면서 주변에 운동하는 사람들이 많은 것을 보았다. 대부분이 할머니, 할아버지시다. 정상 부근에 있는 작은 운동장. 작은 운동기구들과 배드민턴 등을 할 수 있게 만든 시설물이 있었다. 근처에 있는 철봉으로 가서 굳어진 몸을 풀기 시작했다. 그것을 시작으로 1시간여 동안 많은 운동을 했다. 상쾌한 기분으로 내려가던 찰나 내 곁을 스치고 지나가는 여자. '어딘가 낯이 익는데.' 하며 뒷모습을 바라보았다. 그렇게 집으로 돌아온 나는 서둘러 회사에 갈 준비를 했다. '오늘 너무 무리한 것 같아. 내일은 조금만 해야겠다.' 라는 생각을 하며 버스 정류장으로 출발했다. 내가 타는 버스는 623이다. 버스 안에는 군청색 교복을 입은 중학생들 혹은 고등학생들이 무리를 이루고 있었다. 아침에 저들을 볼 때마다 학생시절을 떠올리게 된다. 하지만 그것도 잠시. 학생들로 미어터지는 순간 짜증이 솟구친다. 그렇게 전쟁 같은 버스를 내려서 회사에 도착. 여기가 내 일터이다. 내 자리를 찾아가는데 아침에 본 그 여자가 지나간다. 어디서 봤던가 했더니만 나와 같은 회사여서 오며가며 본 사람인가보다. 회사에서 아는 사람도 없는데 인사라도 할 참에 다가갔다.

"안녕하세요."

산뜻하게 인사했다.

"누구세요?"

"아하하. 아침에 운동하는 데서 본 것 같아서, 인사나 나누고 싶어서요."

"아, 그러세요? 회사에서 아침운동 하시는 분을 만날 줄은 생각 못했네요. 반갑습니다."

"저도 의외인데요. 이름이 어떻게 되세요?"

"아, 김지연이라고 합니다."

"제 이름은 윤석중입니다. 고객서비스 부서에서 일하고 있습니다."

"네, 반가웠습니다."

그렇게 김지연 씨는 하이힐 소리를 내며 어디론가로 갔다. 뒷모습을 바라보며 나도 부서로 올라갔다.

퇴근시간이 다 되어가자 부장님이 오늘 회식이 있다며 빠지는 사람은 두고 보겠다고 하신다. 안 가겠다고 말은 못하고 결국에는 회사 앞 횟집에 회식하러 갔다. 방안에 들어서며 술은 되도록 안 마시겠다고 다짐했다.

다음날.

"으음……"

힘겹게 일어났다. 머리가 어지럽고 두뇌 회전이 안 되는 느낌이다. 생수한 잔 마시고 씻으러 가면서 어젯밤에 무슨 일이 있었는지 생각했다. 술은 자제하겠다고 생각하는 순간, 부장님이 옆에 앉으시는 바람에 주는 대로 퍼마시고 그렇게 횟집을 나와 2차 노래방에 가서 진상짓을 하고, 3차 포장 마차까지 가서 술을 또 마셨다. 미치겠다. 지금 시간이 몇 시일까? 핸드폰을 열자 7시 59분에서 8시로 넘어간다. 망했네, 지각이다. 안 타던 택시까지 타고서 회사에 도착해 내 자리로 갔다. 정말 아슬아슬하게 8시 29분. 내가 앉자마자 들어오시는 부장님.

"윤석중 씨는 위장이 강철인가 봐, 어제 그렇게 마시고 이렇게 펄펄하다니. 하하하."

내게 와서 하는 말이다. 멋쩍은 웃음으로 넘긴 나는 다시 일상으로 돌아왔다.

금방 점심시간이 되었다. 아침부터 공복이건만 내 위장이 음식물을 허락하지 않는다. 편의점에서 사온 삼각 김밥 몇 개로 점심을 때우고 바람이나 쐬러 옥상으로 갔다. 다들 점심 식사 하러 갔을 거라 생각했는데 어제 대화한 김지연이라는 사람이 혼자서 커피를 마시고 있다.

"저기, 안녕하세요?"

헤실거리며 다가가 그녀에게 인사했다.

"아, 안녕하세요. 점심식사 안하세요?"

"어제 술을 진탕 먹어서 위장이 거북하네요."

"아! 회식 때문에 오늘 아침운동에 안 나오신 거예요?"

"그것 때문에 하루 만에 계획표가 엉망이 되어버렸네요."

"그럼 아침운동 안 하실 거예요?"

"아니요, 해야죠."

"다행이에요. 회사 내에 운동하는 사람이 없어서 조금 외로웠는데, 처음으로 같이 운동하는 사람을 만났는데 하루 만에 없어지면 어이가 없잖아요."

"그럼 제가 매일 김지연 씨와 함께 운동해도 되는 겁니까?"

"좋기만 하죠. 혼자보다는 둘이 나으니까요."

대화 도중 내가 엄청난 말을 하고 있다는 것을 깨달았다. 나에게도 이제 여자가 찾아 오는 것인가? 괜히 대화를 못 이어나가고 우물쭈물 하는 나에게 김지연 씨는

"점심시간이 다 끝나가네요. 내일 아침에 봐요."

하며 아래로 내려갔다. 아, 이제는 나에게도 인연이 찾아오는구나.

그렇게 3개월이 지났고, 김지연 씨와 나는 점점 사적으로 알아가면서 서로의 집에도 놀러가는 사이가 되었다. 그리고 일주일 전 마침내 고백에 성공하면서 나와 그녀는 사내연애를 시작하게 되었다. 가을날에 찾아온 인연이 나에게 기다란 만남을 주었다.

| 원작시 |

어머니의 품

안성기

세상에서 가장 넓은 가슴이었는데
조용히 안아보니 뼈만 남았네요.
더 덜어주시려는 마음에 그만
영혼이 흠뻑 젖고 말았네요.

그리운 사람

야근을 마치고 집으로 돌아오는 길. 지친 몸으로 작은 천사들이 사는 집으로 향한다.

'띠리리리– 띠리리리–'

품안에서 들려오는 벨소리에 정신을 차리고 전화를 받았다.

"여보세요?"

"큰일 났어, 자네 어머니께서……."

받자마자 들려오는 급박한 소리에 나도 모르게 발걸음이 빨라진다. 늘 만족하는 차이지만 지금은 화가 날 정도로 느려 고물차로 느껴진다. 정신 없이 달려서 고향집 입구에 다다랐다. 문 앞에 걸려 있는 조등. 100미터 전력 질주한 달리기선수의 심장처럼 내 심장은 거세게 움직였다. 한 걸음 한 걸음 집으로 들어서자 상복을 입으신 친척분들이 보인다. 집 안에 관이 있다. 하나밖에 없는 아들을 위해서 고된 삶을 사시다가 돌아가신 어머니, 그 어머니께서 잠들어 계신 관. 친척분들 말씀으로는 폐암 말기라고 한나. 나에게는 일부러 숨긴 것이란다. 3일 간의 상을 치르고 난 뒤 어머니의 유품을 챙기러 집으로 왔다. 아버지 없이 자란 나는 어머니와의 추억이 대부분 이곳에 머물러 있다. 지금 이곳을 내 손으로 마무리하러 왔다. 어머니의 집안 살림을 보니 감상에 젖어든다. 내가 어렸을 때 깨트린 컵을 어머니께서는 고쳐서 쓰고 계셨다. 그 외에도 추억이 깃들어 있는 물건들이 널렸다. 어릴 적에 타고 놀던 자전거. 돈이 없어서 헌 자전거를 구해 오셨는데 그게 싫어서 안 타겠다는 나를 위해 손수 페인트칠을 하신 자전거이다.

그리고 내가 어렸을 적에 처음으로 선물해드린 카네이션. 하나하나 만지다보니 눈앞이 흐려진다. 문득 어머니가 남겨 놓으셨다는 편지가 생각났다. 어머니가 남겨주신 마지막 흔적, 아마 유서일 것이다.

'내 아들, 못난 엄마가 아무 말도 안하고 가서 미안해. 근데 우리 아들한테 말하면 어떤 짓이든지 해서 엄말 살릴 것 같아서, 그래서 아무한테도 말하지 말아달라고 부탁했어. 그리고 내가 모아 놨던 돈. 그거 처음에는 우리 아들 주고 싶었는데, 울 아들보다 불쌍한 사람들이 더 많다고 TV에서 그러더라. 울 아들은 이 엄마라도 있잖아. 그래서 엄마는 남은 재산 불우이웃돕기에 기증했어. 마지막까지 아들한테 민폐인 것 같은데 엄마는 후회 같은 것 없어. 우리 아들, 사랑해.'

'어머니는 평생을 고달프게 사셨습니다. 힘든 것, 무서운 것, 아픈 것, 모두 내색하지 않으셨고, 그런 어머니 덕분에 이런 내가 있습니다. 저는 어머니께서 감당하시는 것들을 조금이라도 줄여보고자 온갖 고민을 합니다. 그런 어머니는 저를 대견하다며 칭찬해 주시고 많은 사랑을 주십니다. 그런 어머니가 너무나 감사합니다. 내가 어른이 될 때까지 그런 넘치는 사랑을 보답하지 못할까봐 겁이 납니다. 평생을 고달프게 사신 어머니의 사랑에 보답하기 위해서 열심히 노력할 것입니다.'

옷가지와 생전 쓰시던 물건들을 가지고 나와서 하나씩 태운다. 옷가지를 태우며 어머니의 향기를 맡고, 책을 태우며 어머니의 손때를 느끼고, 어머니의 사진을 태우며 어머니의 사랑을 기억한다. 한없이 넓고 따뜻하며, 든든한 버팀목이었던 어머니를……

| 원작시 |

사람을 찾습 니다

이풀잎

얼굴에는 함박꽃 웃음이 활짝 피어
언제나 상냥한 미소를 띠고
마음은 흰 눈처럼 맑고 투명한
잔잔한 기다림을 주고
바다처럼 평화롭고 매사에 감사할 줄 아는 사람

모든 사물과 세상을 바라볼 때
긍정적이며
매사에 따뜻한 가슴으로 포용하는
마음이 바다처럼 깊고 하늘처럼 넓은
잔잔한 호수에 파문처럼
삶에 리듬을 탈 줄 아는 사람

얼굴에 진한 화장보다는
자다 일어난 모습 그대로
세월이 묻어나는 잔주름에서
중년의 중후한 멋을 풍기며
희끗희끗한 머리에서
연륜을 느낄 수 있는 순수하고 소박한 사람

이른 새벽 눈을 뜨면 커피 맛 같고
아침 햇살처럼 다가오는
가장 먼저 생각이 나는 사람

사람을 찾습 니다

몸은 비록 멀리 있어도
마음만은 늘 함께하는 사람

전화 메일로 식사 거르지 말라고
끼니 걱정을 해 주는 사람

밤이면 뒷동산 소쩍새 노래처럼
날마다 찾아와
사랑에 굶주리고 그리움에 지친
가슴에 영혼이라도 함께하는
넉넉하고 센스가 있어
밤의 외로움을 달래주는 정이 많은 사람

일상에서 꽃처럼 아름답지 않고
무지개처럼 찬란하지 않아도
나의 일상을 걱정해 주며
아무에게도 말할 수 없는
비밀을 털어놓아도 흉이 되지 않을
서로 의지할 수 있어 신뢰 가는 사람

기쁜 일은 함께 기뻐할 수 있고
슬픈 일은 같이 울어줄 수 있고
상처 난 마음을 위로하며
서로를 필요로 하며
마음을 공유하면 기쁨은 두 배가 되고
슬픔은 반감 시켜주는 사람

꽃길을 걸어도 혼자는 무서워
둘이 걷자고 애교를 부리며
호젓한 산책로에서 두 사람일 때
업고 가라고 응석을 부리며

사랑의 표시로 가벼운
입맞춤해 달라고 아양을 떠는 사람

한가로워 여유가 있는 날엔
강이 흐르는 환상의 드라이브 하다
멋있는 레스토랑 앞에서 차를 세워
분위기 있는 정담 나누며 차 한 잔 할 수 있는
삶의 여유를 즐길 줄 아는 사람

지금까지 살아온 세월보다
앞으로 살날이 짧아
이 세상 행복을 다 누리고 싶다고
욕심을 부리며 인생무상을
즐기는 행복으로 승화시키며
남은 삶에 애절함을 느끼는 사람

몸이 하나로 묶이는 것보다는
마음이 하나로 묶이는 것을 좋아하며
서로 바라보는 것도 아쉬워
스킨십을 사랑에 표현으로 알고
이 세상에서 내가 가장 멋있다고
칭찬을 아끼지 않는 고마운 사람

손가락에 다이야 반지를 끼는 것보다
커플 반지를 더 소중히 아는 사람

생일 알려줘 부담 없는
속옷 선물로 축하해달라고
속마음 숨김없이
진솔하게 터놓으며 이야기하는 사람

외로운 침실에 촛불처럼 찾아와
시 한 수 읊어 주며
잠이 들 때까지 귓속말로
팔베개 해달라고 칭얼대며
팔베개에도 감동하여 눈시울을 적시며
둘이 함께할 수 있다는 것만으로도 행복해 할 사람

이 세상을 떠날 때까지 영원히
둘만의 사랑을 아름답게 간직하고
내가 그대의 마지막 사람이기를
간절히 소망하고 싶다는 사람

이런 사람 어디 있나요?

이력서

이제는 사람도 '조건'이란 게 있고 그것을 어느 정도 만족해야만 살아갈 수 있는 각박한 현실. 그 현실 속에서 나는 몇 장의 이력서를 써내려간다. 내가 원하는 일자리를 찾아도 조건이 안 돼서 일 하지 못하는 곳이 너무 많다. 조금만 옆을 보면 나를 원하는 곳들도 많지만 그곳에는 내 마음이 뭔가 부족하다고 말한다. 오늘도 면접을 보러갔다가 엘리트들에게 밀려서 말도 제대로 꺼내지 못했다. 절망감에 휩싸인다. 그러나 그 절망감 속에서도 오늘 하루를 살아가기 위해 나는 공사판에 간다. 익숙해진 공사판이지만 뼈를 깎아서 돈을 버는 이 고단함을 나는 견디지 못한다. 차라리 이게 적성이라며 전문적으로 해보라는 반장님. 나는 그런 반장님께 '몸이 버텨 내지를 못한다.' 라고 말씀드렸다. 그랬더니 '힘든 때가 있으면 여기 와서 일해. 돈은 조금이라도 더 넣어 줄 테니.' 라고 하신다. 하지만 나는 이런 곳에서 일하려고 중학교, 고등학교, 대학교, 합쳐서 10년이라는 세월을 보낸 것이 아니다. 정중하게 거절하고 돌아서서는 또 뼈빠시게 일한다.

이번에는 중소기업에 이력서를 냈다. 내가 가진 스펙보다는 조금 딸리지만 찬밥, 더운밥 가릴 처지가 아니다. 면접을 보는데 여간 긴장되는 것이 아니다. 면접관들이 나에게 질문을 한다. 모두 다 답할 수가 있는데 왜 말문이 안 터질까? 결국에는 또 실패하고 말았다. 마지막에 면접관 중 한 명이

"당신은 가진 능력도 출중하고, 여태까지의 경력, 스펙…… 탐낼 만한 인재입니다. 그러나 우리 회사와 맞지를 않아요. 헛수고하기 전에 진로를

다시 생각해 보세요."라고 충고를 했다. 처음에는 화가 나고 짜증이 솟았지만, 얼마 지나지 않아 내 잘못을 발견할 수 있었다.

　사람에게는 각자 알맞은 길이 있다. 이 길은 내게 맞는 길이 아니었던 것이다. 이력서와 스펙, 학력 등에 집중하기보다는 진로적성검사를 제대로 하는 것이 옳았다. 이제부터 내게 맞는 길을 걸어갈 것이다. 내가 선택했기에 실망도 없고, 원망도 없는 길을…….

후 기

　짧은 단편소설을 쓰는데도 수십 번을 고쳐 쓰고, 내용과 문맥이 맞는지 몇 번을 살피며 수정했다. 이런 짧은 글도 이렇게 힘든데 전문적으로 책을 쓰시는 분들은 얼마나 많은 작업과 노력을 해야 하는 것일지, 조금이나마 엿보는 계기가 되었다.

　이 작품 '가을날에 찾아온 인연'은 처음 습작할 때와는 달리 글도 길고 내용도 많이 달라져서 거의 새로운 글이 되었다. 추상적이고 함축적이었던 이전 글과 달리 이번에는 스토리도 맞추어 보고 몇 번씩 읽어도 보았다.

　개인적으로 여기서 조금 더 자세하고 깊게 그들의 이야기를 쓰고 싶지만 써 내려 갈수록 갈피를 잡지 못하겠다. 그래서 후반부에는 많은 내용을 뛰어넘고 결말을 흐지부지하게 끝내버렸다.

　지금은 이 정도밖에 쓸 수 없는 나지만 더욱더 열심히 노력해서 완성도 높은 글을 써나갈 것이다.

　'그리운 사람'은 어머니를 떠올리며 썼다. 자식을 위해 많은 것을 해 준 어머니는 볼 때마다 환하게 웃고 계신다. 그 웃음을 볼 때가 가장 행복하다. 그런 어머니가 내 곁에서 사라지신다면 어떨까? 겁이 나서 쓰는 글이다.

누구나 시련이 있다고 하지만 부모님께서 돌아가실 때가 가장 슬플 것이다. 왜냐하면 주신 그 사랑을 보답해 드리지 못했기 때문이다.

다른 분들이 볼 때에는 조잡하지만 어머니를 생각하는 마음을 미래의 내가 겪게 될 일로 상상해서 써보았다. 미래의 나를 중심으로 중요 인물을 어머니로 잡았다. 역시 어머니께서 해주신 일을 모두 다 적기는 힘든 것 같다. 해주신 것이 너무나도 많기 때문에…….

'이력서'는 10년 뒤의 내가 불투명한 미래에서 살아가게 되는 건 아닌지 궁금해서 나란 사람을 소설화해서 만들어 보았다. 그렇지만 미래의 일이라 잘 알지 못하는 세계이기에 그렇게 상세하게 꾸미지 못했다.

정승부

본능

야수

밥보다 더 큰 슬픔

이수익

크낙하게 슬픈 일을 당하고서도
굶지 못하고 때가 되면 밥을 먹어야 하는 일이
슬픔이랑 잠시 밀쳐두고 밥을 삼켜야 하는 일이
그래도 살아야겠다고 밥을 씹어야 하는
저 생의 본능이,
상주에게도, 중환자에게도, 또는 그 가족에게도
밥덩이보다 더 큰 슬픔이 우리에게 어디 있느냐고

밥보다 더 큰 슬픔

야 수

"호성씨, 우리 점 한 번 봐요."

"점?"

"네. 점요. 명색이 연인인데 점 한 번 못 본 게 말이 되나요?"

"하하. 그래."

꺄꺄거리며 나의 손목을 잡아끄는 그녀는 내가 다니는 회사 사장의 딸이다. 금지옥엽 같은 딸이 나 같은 말단사원하고 교제한다는 것이 꺼림칙했던 사장은 나에게 권유도 하고 협박도 하였다. 그녀도 마찬가지로 수많은 핍박을 겪었지만 지금까지도 잘 이겨내고 있지 않은가?

[나의 불행은 여기서부터였다.]

라는, 책에 항상 등장하던 문장이 이때 상기되었으면 얼마나 좋았을까.

점을 보고 돌아오는 나와 혜연의 얼굴은 어둡기만 하다.

[당장 헤어져.]

내가 점집에서 연인인 혜연과 함께 들은 점괘였다. 제법 용한 집이라 하여 갔는데, 완전 기분만 상한 꼴이지 않은가? 여느 점집이라면, 복채를 위해서라도 좋은 운명을 바라는 그들을 배신하지 않는다. 하지만 헤어지라니, 온갖 권유와 협박에도 헤어지지 않았는데, 고작 점 하나 때문에 헤어지라니 가당키나 한가?

하지만 혜연은 그렇게 생각하지 않는가 보다. 나는 전화벨이 울리는 그녀의 전화를 받았다.

[호성씨, 저는 자꾸 신경이 쓰여요.]

"뭐가? 혹시 오늘 본 점 때문이야?"

[……]

"점은 점일 뿐이잖아. 점괘대로 척척 맞는다면, 세상은 점쟁이들 천지가 될 거야, 안 그래?"

[…당신에게 받은 물건들은 소포로 보내 두었어요.]

"진심이야?"

나의 목소리는 어느새 격앙되고 머릿속은 엉망이 되어 갔다. 그깟 점 때문에?

[헤어져요.]

그녀의 목소리는 들릴 듯 말 듯 했지만, 확실히 나는 그녀의 목소리를 들을 수 있었고, 현실을 지각할 수 있었다. 웃음이 절로 나왔다.

"크흐흐흐흑…"

그러나 내 웃음소리는 점점 작아지고 알 수 없는 분노가 치밀어오른다. 그녀에 대한 분노? 아니면 점을 친 점쟁이에 대한 분노? 아니면 나에 대한 분노?

의문이 생겼다. 그날 그녀는 왜 갑작스레 점집을 찾아 가자고 했을까. 그리고 왜 그리 갑작스레 헤어지자 했을까. 왜 그리, 왜 그리 쫓기듯 나와 결별한 것일까.

내 생각이 좀 더 깊었어야 했다. 그녀를 믿고 그녀의 입장에서 생각해 보아야 했다. 후회는 항상 늦다는 말을 생각하며 조심히 행동했어야 했다.

나는 점점 미쳐 갔다. 그녀의 미니홈피를 찾아보고, 점쟁이의 인상착의를 떠올리며 인터넷을 뒤졌다. 미친 듯이 아니 정말 미쳐 그날에 대한 정보들을 수집했다. 그리고 사진 하나를 발견해냈다.

"하하하."

정말 내가 큰 소리 내며 웃고 있는 이 사진, 그녀에 대한 나의 믿음을 일시에 무너뜨리는 사진을 보며 나는 정말 큰 소리 내며 웃고 있었다. 너무하지 않은가? 사진에는 점쟁이와 그녀가 서로 바라보며 싱긋 웃고 있었다. 둘이 친구였던 것이다.

문득, 의심이 생겼고 의심은 또 다른 의심을 낳았다. 그리고 나는 돌이킬 수 없는 실수를 저질렀다. 회사에 사직서를 내고 인터넷에 글을 올렸던 것이다.

그녀와 나의 관계, 그날 있었던 일련의 사건과 증거로써 그녀와 내가 찍었던 사진들……

혜연을 철저히 악인화했고, 나를 선량하게 만들었다.

인터넷에서는 이 사건이 연일 이슈가 되었고, 네티즌들은 진실 규명도 하지 않은 채, 그녀를 비난했다. 그녀를 옹호하는 자들도 몇몇 있었으나, 네티즌들은 오랜만에 만난 이런 유의 사건을 더욱 부풀리고 싶어했다. 사장의 딸과 말단 사원과의 로맨스, 그리고 결별……. 동기야 충분하지 않은가?

네티즌들의 공격은 그녀뿐 아니라 그녀의 회사까지 망쳐갔다. 주식이 연일 하락세를 보였다. 문제는 여기서 발생했다. 어느 건물 옥상에서 한 여자가 투신자살을 했는데, 문제는 그 여자가 혜연이었던 것이다.

[뉴스입니다. 인터넷에서 지탄의 대상이 되었던 K 회사의 E 모씨가 어젯밤 11시경 회사 건물에서 떨어져 투신 자살을 했습니다. 더욱 경악스러운 것은 그녀의 유서입니다. 인터넷에서 그녀의 전 남자친구가 올린 내용은 사실보다 훨씬 과장되어 있었고, 헤어지지 않으면 남자친구를 회사에서 해고해버린다는 아버지의 협박이 있었다고 합니다. 하지만 그녀는 죽기 전까지도 그를 사랑한다고 전

―찌잉―

나는 뉴스를 꺼버렸다. 인터넷에선 한참 나의 욕을 하고 있고 그녀가 죽었다는 생각을 할 때마다 내 머릿속은 부숴지는 듯했다. 이게 아니었는데…… 난 단지…….

[단지? 그녀는 너를 위해 헤어졌어. 그녀는 자신으로 인해 네가 망가질까 봐 걱정했던 거야. 네가 그녀를 죽였어.]

머릿속에서 왱왱 울리는 소리. 내 마음 속 생각일까? 아니면 나에 대한 그녀의 원혼의 울림일까.

좋아. 죽자. 죽음으로써 그녀에게 사죄하자. 죽으면 그녀를 만나 볼 수 있겠지. 난간에 선 내 모습은 무엇으로 보일까? 마치 도망치는 야수처럼 보이지 않을까.

이제 한 걸음만 내디디면 된다.

죄인이 세상을 벗어나려 할 때, 바람이 불어 왔다.

찬 기운이 나를 일깨웠다. 울고 있는 채로, 아니 두려움에 떨고 있는 채로 난간 위에 서 있는 한 남자.

[안돼요]

바람 소리에서 언뜻 그런 소리가 들리는 듯하다. 혜연의 목소리인가.

그렇다. 혜연이다. 그녀는 내가 죽길 바라지 않을 것이다. 두려움이 날 우기게 만들었다.

"살자. 그녀는 내가 죽길 바라지 않겠지. 내가 살아가는 동안 그녀에게 반성히고, 그녀를 위해 살자. 그래, 살자. 그녀는 내가 죽길 바라지 않아."

나는 난간에서 내려와 어깨가 축 처진 채, 집으로 돌아왔다. 도망치는 야수의 모습 아닌가.

　야수가 있다. 죽다 죽길 포기한 그 야수를 살린 건 과연 죽은 혜연의 속 삭임일까? 아니면 살고 싶은, 추악한 본성일까?

후기

　고등학교 2학년으로 올라가기 마지막 자락에서, 지난 몇 개월 동안 계획하던 작은 목표에서 드디어 후기까지 쓰게 되었습니다.

　길고도 짧은 시간 동안, 나와 동아리 부원들이 쓴 작품들이 한 권의 책에 실린다니 그저 놀라울 따름입니다. 처음에 나는 글을 쓰는 것은 생각조차 못했었고 마음이 동해 글을 쓸 때면 항상 기대에 어긋난, 그런 글들이 나왔었습니다. ‘이런 분위기에 이런 말을 하면 어울리지가 않잖아.’ 하면서 말이죠. 하지만 고등학교 1학년에 올라가면서, 많고 많은 동아리 중에서 ‘그린비’라는 동아리를 알게 되었습니다. 책을 쓰는 선비라는 뜻을 가진 책쓰기 동아리였죠. 바로 이거다!라는 생각이 들어 동아리에 가입하였고, 동아리 첫 모임 때 책을 내겠다는 동아리 선생님의 계획을 듣고 결심을 했습니다. 그리고 짧은 기간 동안이었지만, 나와 부원들은 자신들의 작품에 노력과 정성을 기울였습니다.

　나의 소설은 준혁과 혜연, 회사 사장의 딸과 그 회사의 사원 관계, 헤어짐 등을 다룬, 나이에 비해 어둡기 그지없는 내용입니다. 동아리 선생님도 처음 보시고 평가가 어두움..이라니 말 다 하였죠? 혜연의 어쩔 수 없는 사정과 그를 모른 채 복수를 하는 준혁. 혜연의 죽음으로 인해 자신도 죽으려 했던 준혁과 살고 싶은 그의 본능을 알면서 자신을 속이며 살아가는 그…….

　이 내용은 시인 이수익의 '밥 보다 더 큰 슬픔'이라는 시 안에 숨겨진, 슬프고 힘든 일이 있어도 밥 한 덩어리 먹고자 하는 인간의 욕구를 보고 생각하게 되었습니다. 이 시를 통해 나도 인간의 살고자 하는 욕구를 아니 본능을 표현하려 했고 이 글을 쓰며 새삼스레 한층 더 성숙된 나 자신의 모습을 발견하게 되었습니다. 앞으로도 시를 읽고 그 안에 담겨진 의미를 생각하며 글을 더 많이 써보고 싶습니다.

정진영

美

풍경화
다시 시작되는 사랑

| 원작시 |

풀꽃

나태주

자세히 보아야
예쁘다
오래 보아야
사랑스럽다
너도 그렇다

풍경화

– 내가 사는 데에는 별 다른 것 필요 없다.

돈, 힘, 그리고 이기적인 마음과 생각만 있으면 된다.

언제부터인지는 모르지만 나는 그렇게 배워왔고 또 내가 보아온 이 세상은 항상 그랬다.

이미 탁해질 대로 탁해진, 또 타락할 대로 타락해버린 이 세상을 살아가려면 나에게 필요한 것은 이 세 가지다. 돈, 힘, 그리고 이기적인 마음과 생각…….

항상 이 세상은 시계바늘 돌 듯 쳇바퀴 돌 듯 제자리로 돌아온다. 그리고 항상 반복된다. 같은 패턴으로 돌아가는 같은 생활에 지칠 만도 한데 사람들은 대체 무엇을 위해 이리 뛰고 저리 뛰는지, 왜 그렇게 돈을 가지려 하는지 어릴 때는 잘 몰랐다. 하지만 지금은 잘 알고 있다. 그것은 경쟁에서 지지 않고 뒤처지지 않으려는 사람들의 욕심이다. 이 욕심을 충족하여 만족하며 살아가기 위해서는 학교 사이코 선생님이 주는 스트레스도 화를 부르는 직장상사의 심부름과 허드렛일도, 무엇이든 꾸욱 눌러 참고 닥치는 대로 일할 수밖에 없다.

"김지후! 이것 좀 저리 옮기고 VIP회원분들 차트 잊지 말고 챙겨와."

취업률이 바닥을 치고 실업자들이 밀물 썰물 가리지 않고 밀려들어오는 이 세상에 나 역시 매일을 아르바이트로 근근이 살아가고 있다. 비록 골프장에서 잡다한 일을 하는 아르바이트지만 이 일도 여간 힘든 것이 아니다. 이 작은 아르바이트 일을 하면서도 아주 많은 비리들과 역겹고 더러운 장면들을 보게 되지만, 백 번이고 천 번이고 내 눈을 감아야 한다는 사실에 나는 '이 세상이 정말 악으로 인해 끝이 나겠구나.' 하고 생각한다.

소기업 회장이 대기업 사장에게 흰 봉투를 찔러주는 장면들, 비싼 골프 용품들이 한 사람의 말 한 마디에 이리 가고 저리 가고 없어지고 또 다시 생겨나고, 기업 회장들의 불륜 장면까지……. 내가 이 일을 하면서 하루에도 수십 번씩 보게 되는 장면들이다. 그럴 때마다 나는 또 한 번 느낀다. 이 세상이 정말 악에 의해 끝나가고 있다는 것을…….

"김지후! 이것 좀 빨리 못 옮겨? 그렇게 굼떠가지고 점심밥은 얻어먹겠나?"

"야! 빨리 하라고! 뭐하는 거야? 이게 진짜! 차트는 왜 안 가지고 와!"

"이딴 식으로 아르바이트 하면 국물도 없어, 이 자식아!!"

나에게 내뱉는 가시 돋친 매니저의 한 마디 한 마디에 머리론 참아야 한다는 생각이 들었지만 내 입은 그러지 못했다.

"매니저님?"

"뭐, 뭐! 빨리 하라고. 말이 많네. 진짜!"

"나 오늘부터 이딴 아르바이트 집어치우니까 그런 줄 알아 이 씨……. 아, 됐고. 나 짤린 거 아니고 내가 나가는 거다!"

"저게 뭐라는 거야, 지금?"

"아르바이트 때려치운다고!"

시선이 집중됐다. 샤넬 선글라스를 낀 귀부인, 매주 강습이 있는 갑부집 자녀들, 부모를 따라온 어린아이들까지…….

난 그렇게 정말 하기 싫었던 아르바이트를 때려치우고 집으로 돌아가는 길이다. 붉은 노을이 하늘에 물들고, 버스를 타러 정류장으로 발걸음을 옮겼다. 정류장에 가보니 버스를 기다리는 사람은 나뿐이었다. 가슴 한편에는 흐뭇한 마음이, 또 한켠에는 나도 모르게 걱정스러운 마음이 자리 잡고 있었다…….

이 세상이 악으로 끝날 때가 되어도 시간은 잘도 가나보다. 그러고 보니 벌써 내일이 주말이다…….

.

.

.

집으로 돌아와 먼저 샤워를 했다. 아니 샤워를 할 수밖에 없었다. 항상 그랬듯이 때타월로 내 몸 구석구석을 빡빡 문질렀다. 샤워기의 물줄기가 내 몸으로 흘러내리며 하수구로 빠지는 검은빛 물이 투명 빛으로 흐를 때까지…….

며칠을 그렇게, 아르바이트로 아껴두었던 돈들을 마음껏 쓰기로 마음먹었다. 평소 원했던 옷들과 신발을 사고, 평소 잘 보지 못했던 영화와 뮤지컬까지 아끼지 않고 봤다. 이때까지 모아두었던 돈들을 쓰면서, 잠시나마 아르바이트 생활을 하면서 내가 느꼈던 모든 것들을 하나하나씩 잊어갈 때쯤…….

.

.

.

아침 햇살 나른히 비추는 창가 침대에 누워 따뜻함에 취해 잠에 취해 꿈을 꾸었다.

여름임을 확실히 나타내 주는 초록빛 풀꽃과 억센 잡초와 색색의 이름 모를 꽃들이 피어 있는 할머니집 동네 뒷골목에 6살쯤 되어 보이는 아이 하나가 풀과 꽃이 있는 곳으로 배시시 웃으며 뛰어간다.

“안녕? 난 지후야. 넌 이름이 뭐야?”

“…….”

그렇게 한참을 앉아 풀꽃과 대화를 시도하는 아이와 그를 한참이나 지켜보는 나. 그 아이는 결국 지쳤는지 풀꽃만을 무심히 쳐다본다. 또 그렇게 한참을 풀꽃만을 쳐다보던 아이가 툭하고 뱉은 말에 잠시잠깐 꿈에서 깰 듯한 충격을 받았다.

“풀꽃아, 자세히 보니 너도 예쁘구나.

“…….”

그리고 또 잠시…….

“풀꽃아, 오래오래 보니 너도 사랑스럽구나.

그 아이의 모습을 보며 난 아무 말도 하지 못했다. 아니 입이 떨이지지 않았다는 표현이 더 맞을지도 모른다.

그러다 다시, 순수함이 점점 사라져가는 곳으로 깨어나고 있었다.

그렇게 잠깐 동안이나마 꿈에서 내 어릴 적 순수하고 투명했던 모습을 볼 수 있었다.

햇살 나른히 비추는 창가에 누워 푸른 하늘을 바라보았다.

자세히 보아야 예쁘고 오래 보아야 사랑스러운 작은 풀꽃처럼, 저 하늘에서 비추는 저 따스한 햇살도, 저 푸른 하늘도 어디선가 불어오는 따뜻한 바람도 인내를 가지고 자세히 그리고 오래 보아야 알 수 있다.

비록 순수함을 잃어 탁해지고 타락해버린 내가 사는 이 세상이지만 마음에 아주 투명하게나마 희미하게나마 남아 있는 내 어린 날의 순수한 눈으로 이 세상을 바라보았다.

그 후에야 나는 알 수 있었고, 느낄 수 있었다.
아직 이 세상은 살 만하다는 것을…….

자살

류시화

눈을 깜박이는 것마저
숨을 쉬는 것마저
힘들 때가 있었다.
때로 저무는 시간을 바라보고 앉아
자살을 꿈꾸곤 했다
한때는 내가 나를 버리는 것이
내가 남을 버리는 것보다
덜 힘들 것이라고 생각했다
나무가 흙 위에 쓰러지듯
그렇게 쓰러지고 싶었다.
그러나 나는 아직
당신 앞에
한 그루 나무처럼 서 있다

불편한 진실

(1)

"자신의 인생에 대해 말씀해 주실 수 있으신가요?"

"제 인생이라 하면 제 학창시절을 빼놓을 순 없죠."

"학창시절 잊지 못할 추억이라도 있으신 건가요?"

"네 당연하죠. 잊지 못할, 절대 잊어서는 안 될 추억이 있죠."

…….

너무 답답했다. 한치 앞도 보이지 않는 답답함이었다.

그저 내 인생 처음부터가 답답함이라는 단어가 어울릴 정도로 난 앞이
꽉 막혀 있는 놈이었다. 그리고 정말 내 앞은 꽉, 아주 꽉 막혀 있다.

"26번 이민정."

"네."

"27번 최동민."

"네."

"28번 하정아."

"네."

내 차례다.

"29번 김준연."
"……. 네."

고등학교 3학년 인생의 가장 중요 단계에 있는 상태.

다들 고등학교 3학년을 기억하며 살아가고 있는지 궁금하다.
나는 내 고등학교 3학년 때를 아주 잘 기억하고 있다.
비록 공부를 잘 하지는 못하지만 남들보다는 특별하다고 믿으며 그것 하나로 살아왔다.

"준연, 넌 공부 안 하냐?"
"응, 난 공부 안 해."

정말이다.
난 공부와는 거리가 먼 학생이다.
아니 '확실히' 공부와는 거리가 아주 먼 고등학교 3학년 남학생이다.
하지만 나는 특별하다.
적어도 남보다는…….

"자, 오늘은 자습시간에 마지막으로 나랑 상담할 거니까 다들 생각들 좀 해놓고. 이상, 아침 조례 끝. 야자 도망가면 죽는다."
"네."

“야, 이미 모든 미래와 대학이 정해져 있다는 것을 알면서도 상담은 왜 하는지 죽어도 이해를 못하겠어. 안 그러냐?”

“그래도 혹시 모르니까.”

“저것도 다 겉치레라니까? 교장이나 이사장한테 잘 보이려고 일부러 저러는 걸지도 모르지.”

뒤쪽에서 수군대는 친구들 목소리가 하나둘 들려올 때쯤이었다.

난. 그래, 난 그냥 그랬다.

상담이건 겉치레건.. 어차피 우린 이미 정해진 미래를 보고 마치 눈앞에 놀랄 만한 뭐라도 있는 듯, 경주마처럼 미친 듯이 달렸고, 그 말들은 하나같이 수험생이라는 딱지를 하나씩 달고 있었다.

아…… 몇몇의 경주마들은 달랐다. 제2의 수험생 즉, 재수생 딱지를 달고 달리는 말도 있었다.

“29번 나와.”

“넌 어느 대학 가고 싶냐?”

“잘 모르겠는데요.”

“아직까지 못 정한 거야? 너 지금 고등학교 3학년이야. 때가 어느 때인데! 자, 지금 네가 갈 수 있는 대학이랑 학과가…. 어디 보자….”

정말 단 하나도 관심 없었다.

대한민국이라는 나라에 살면서 특히 고3이라는 삶을 살아가면서 눈을 깜박이는 것마저 숨을 쉬는 것마저 힘들 때가 있었다.

그럴 때마다 집 베란다로 저무는 시간을 바라보고 앉아 자살을 꿈꾸곤 했다.

고3이라는 시간을 버리는 것보단 그냥 내가 나를, 내 인생 모두를 버리는 것이 덜 힘들 것이라고 생각했다.

“준연. 담임이 뭐래냐?”

“…….”

“보나마나 재수 없는 소리만 했겠지.”

“아니. 하나도 안 들리던데 담임이 뭐라는지 하나도 못 들었어. 딴 생각하느라….”

“참 너답다.”

친구들이 하나둘 웃는 동안 또 생각이 들었다.

친구들을 보면 모두 하나같이 과외다 학원이다 인터넷강의다 독서실이다 하며 전부 공부에 미친 사람마냥 목숨을 거는데 난 뭔가 싶고. 지금 내 친구들이 무참히 나를 밟고 일어서서 좋은 대학 좋은 직장에 다니며 나를 본 척 만 척 하지는 않을까 하는 두려움과 배신감.

늦었더라도 이젠 공부를 해야지 하는데도 내 마음은 저 멀리 있고 나는 겨우 여기 있고 가까이 가보려 해도 내 수준은 겨우 여기고….

“야! 무슨 생각을 그렇게 하기에 불러도 못 들어.”

“아니 잠깐.”

“석식시간이야. 밥이나 먹으러 가자.”

벌써 야간자습 3시간째.

밤 11시 하고.

집으로 돌아가는 길은 참으로 멀고 험하게 느껴졌다.

마치 내가 대학으로 가는 길처럼…….

아파트 단지 안을 빙빙 돌았다.

그저 내 머릿속을 정리하려는 것인지 아니면 그저 무의식적으로 단지 안을 도는 것인지는 모르지만 나에겐 정리가 필요했다.

그렇게 몇 시간을 아파트 단지에서 보낸 후 새벽이 넘어서야 집안으로 들어왔다.

옷을 갈아입고 제일 먼저 컴퓨터를 켜고 인터넷을 실행했다.

그리곤 떨리는 손으로 자살이라는 단어를 검색창에 쳐 넣기 시작했다.

자살을 생각중이라는 16살 여학생.

자살을 하면 편할까? 하는 물음을 던지는 남학생.

자살을 생각했지만 본능 때문에 자살을 하지 못하고 있다는 학생까지….

자살이라는 단어 하나에 아주 많은 사람들의 질문들과 생각이 쏟아진다.

비록 그들 역시 자신의 삶에 지치고 극심한 스트레스를 이기지 못해 그런 것이겠지만 자살이라는 단어를 가장 많이 검색하고 질문하는 사람들이 왜 학생들일까?

대한민국 오천만 국민 중 25% 비율을 차지하는, 흔히들 말하는 미래의 새싹, 미래의 꿈나무, 대한민국의 미래들이 왜 자살을 생각하고 있을까?

매년 수험생 40~50만 명. 그중 재수와 삼수 등을 제외하면 그 숫자는 5만 명 혹은 그 이상……. 수험생 90% 이상이 자살을 생각한다고 한다. 왜 이럴까? 나라의 문제인 것일까, 학생들의 문제인 것일까.

또 그렇게 몇 시간을 컴퓨터 앞에서 떠날 줄을 몰랐다.

그렇게 나는 결심했다.

자살하기로…….

(2)

"김현민씨?"

"네."

"어린 시절 기억 중 가장 떠올리기 싫은 기억이 있나요?"

"그런 기억들. 다들 하나쯤은 가지고 있죠."

"이야기 해 주시겠어요?"

그저 그런 줄로만 알았다 나만이 아니고 이 세상 모든 사람이 나와 같은 줄로만 알고 살아왔다. 하지만 나는 그저 몇몇 사람들과 조금 다르다는 이유로 욕을 먹고 삿대질을 당하고……. 그저 틀린 것이 아니라 다를 뿐인데….

내가 남들과는 다르다는 것을 알게 된 날을 나는 생생히 기억한다.

사람들에 의해 '내 것이 틀린 것이다.' 하고 인식이 되어 버린 것은 초등학교를 입학할 때였다.

문사초등학교 운동장에 한 줄로 서 있었을 때 한두 사람의 수군거림으로 시작되었던 모든 사람들의 수군거림.

그때까지만 해도 나는 그 누구와도 같은 정상인이었다.

“엄마!”

“응, 우리 아들. 오래 서 있는다고 고생했어! 다리는 안 아파?”

“응. 나 이제 친구들이랑 다 같이 공부하면서 학교생활 하는 거야?”

“으응.. 그럼. 걱정 마. 잘 할 수 있어. 우리 아들 파이팅!”

그래, 그때. 바로 그때의 엄마 표정은 아직도 기억이 난다.

내가 해맑게 웃으며 학교생활을 잘 하겠다고 말했을 때 엄마의 표정.

비록 어린나이였지만 난 알 수 있었다.

엄마의 웃음 뒤에 숨겨진 불안감과 초조함, 그리고 걱정.

그리고 그 엄마의 불안감과 초조함, 걱정을 나도 입학한 지 얼마 되지 않아 이해할 수 있었다.

“야, 김현민.”

“응, 왜?”

“넌 왜 팔 하나가 짧아?”

“응? 무슨 소리야?”

“아니, 내가 아까부터 쭉 봤는데 너 어디 불편한 거 같아서.”

“아냐. 무슨 소리야. 나 팔 길어, 둘 다 멀쩡한데?”

“아, 그래? 그럼 됐구. 아! 다음 시간 체육이니까 지금 같이 갈아입자.”

“……. 응.”

초등학교에 입학을 한 후 제일 처음 사귀었던 친구가 나에게 처음으로 던진 물음이 그것이었다.

"넌 왜 그리 한쪽 팔이 짧니?"

알고 있었다.

아니 알 수밖에 없었다.

입학 전 자꾸 집으로 찾아오던 물리치료 선생님.

그리고 흐릿하게 내 기억 속에 남아 있는 병원에서 보낸 어린 시절. 또, 입학식 때 사람들의 수군거림.

잊지 못할 엄마의 표정까지.

이미 다 예상하고 있었다.

내가 남들과는 다르다는 것을.

그리고 희망했다.

아주 조금만 다르기를…….

"아, 잘 들었습니다. 그럼 학창시절 중 가장 힘들었던 적은 언제였나요?"

"그게 아마……."

내 고등학교시절의 별명은 '팔'.

다들 나를 '팔'이라고들 불렀다.

"야, 팔."

"으응? 왜?"

"너 마치고 뒤에 소각장 쪽으로 좀 나와."

“무슨 일인데?”

“그냥 좀 나오면 안 되냐? 팔도 짧은 놈이 왜 이렇게 나대? 나대기를……. 나오라면 나와!”

그저 내 의견이라고는 없었다.

다들 당연한 듯이 나를 무시했고 싫어했으며 당연한 듯이 나를 때렸다.

“결국엔 나올 거면서 개기기는.”

“왜 나오라고 한 거야?”

“아, 다름이 아니라 내가 너 짧은 팔 한쪽 길게 늘여주려고.”

“뭐? 무슨 말이야, 그게…….”

나를 불러낸 녀석 외에도 서너 명의 녀석들이 더 나와 있었다.

그리곤 남들과는 조금 다른 아주 조금 다른, 내 짧은 왼쪽 팔을 두 녀석이 잡았고 또 한 녀석은 내 오른팔을 잡았다.

그리곤 ‘쭈욱’ 하고 잡아당기기 시작했다.

그렇게 몇 십 분을 고통 속에서 내 자신을 버려야 했다.

차라리 나를 버리는 것이 편할 것이라고 생각했기 때문이다.

그렇게 녀석들은 어릴 적 가지고 놀다가 흥미를 잃으면 버리곤 하는 장난감 로봇처럼 나를 버리곤 떠나갔다.

그때 그 녀석들이 나를 버리고 가버렸듯이 나도 그날 내 자신을 버렸다.

(3)

"이 곳에 자리해 주시기까지 많은 생각을 하셨을… 진현우씨?"

"네."

"이 자리에 갑자기 나오시게 된 계기가 있으신가요?"

"대표해서 나왔습니다."

"누구를 대표한다는 것이죠?"

"…ㅈ…저. 저와 같은 사람들이요!"

어릴 적부터 저는 제대로 된 한국어를 배울 수 없었습니다.

매일을 근근이 살아가고 있는 노동자 아버지, 매일을 남의 집에서 하루의 시작부터 끝까지 가사노동을 대신하고 계시는 외국인 어머니.

저는 한국에 살고 있습니다.

하지만, 한국어를 제대로 배워 본 적이 없습니다.

저는 외부인이 아닙니다.

저는 외국인도 아닙니다.

한국인입니다.

저는 한국 사람인 줄로 알고 지내왔습니다.

저는 한국 사람이었습니다.

제가 다른 사람에 의해 외국인도 아닌 외부인이 되어버린 것은 어쩔 수 없는 슬픈 현실입니다.

모두 저를 손가락질하고 더럽다 욕해도 저는 한국 사람입니다.

누가 뭐라 해도 저는 한국에 살고 있는 한국 사람입니다.

나는 한국 사람이고 싶습니다.

"네…. 잘 들었습니다. 혹시 한국에서 가장 불편했던 적이 있나요? 힘들었던 적이나?"
"있었습니다……."

어디를 가나 나는 주목을 받는다. 학교를 가도 길거리를 걸어 다녀도…….
어쩌다 가족과 함께 걸어 다니는 날에는 모든 사람들의 시선이 집중된다.
나는 어린 나이임에도 불구하고 그 시선들이 너무 싫었다.
마치 해서는 안 될 짓을 했다는 식의 따가운 시선들…….

"넌 피부색이 왜 이러냐?"
"내 피부색이 왜?"
"우리랑 다르잖아. 너무 다른데?"

학교에서만큼은 나를 자기들과는 다르다고, 틀렸다고 보는 사람이 없기를 바란 내 욕심이 컸던 것일까?

며칠 동안 학교에 나가고 싶지 않았다.
하지만 아버지와 어머니는 나를 등 떠밀 듯 학교로 보냈다.
색안경을 끼고 나를 바라보는 사람들이 득실대는 곳으로 나는 쓸쓸히 버려졌다.
"문석아, 선생님이 하는 말을 오해하지 말고 잘 들어."

"…네….'

"집에 계시는 부모님 중에 어떤 분이 외국분이시니?"

"어머니요……."

"어머니는 지금 무슨 일을 하시니…?"

"……."

학년이 올라갈 때마다 담임선생님들은 나를 불러 상담을 했다.

어린 나이지만 선생님을 이해할 수 있었다.

하지만, 너무 싫었다. 나의 부모님을, 또한 나를 색안경 끼고 보는 선생님도, 친구들도, 지나가는 사람들도 모두 싫었다.

그저 같은 사람인데…….

틀린 것이 아니라 다를 뿐인데…….

하루하루를 마음에 상처를 새기며 살아왔다. 그 상처들은 시간이 지날수록 더더욱 아려왔고 결국엔……. 내가 내 자신을 감당할 수 없는 상태가 되어 버렸다.

"오늘 힘들지만 어려운 발걸음 해주신 세 분께 깊은 감사를 드립니다. 아직도 많은 사람들은 색안경을 끼고 이 세상을 살아가고 있습니다. 누구의 성취향이 어떻든, 누구의 피부색이 어떻든, 누구의 가족관계가 어떻든, 누가 어떻든 이해가 되질 않는다고 박해하는 것은 오천만 대한민국의 다양한 생활방식을 모두 자기 수준과 취향대로 맞춰놓아야지만 만족하겠다는 이기적인 태도입니다. 그러니 무두들 주위 시선에 연연하지 마시고 힘내서 열심히 살아봅시다. 남의 인생 말고 자기의 인생 말이에요."

후기

먼저 내가 글을 쓸 수 있도록 계속해서 많은 도움을 주신 동아리 담당 선생님들께 감사를 드립니다.

내가 글쓰기 동아리에 들어오게 된 날은 이미 1학년의 2학기가 시작되고 난 후쯤이라고 기억합니다.

처음엔 중학교 때부터 해오던 방송부활동을 고등학교 때도 이어갈 것이라는 생각으로 먼저 방송부 생활을 하였습니다. 하지만 점차 시간이 지날수록 방송부라는 동아리가 저에게 맞지 않다는 생각이 들었고 그곳을 나오게 되었습니다.

그 뒤에 어떤 동아리에 들어가야 할지 막막했지만 반에서 가장 친한 친구들이 많이 있는 동아리에 들어가면 '친구들과 재미있게 놀며 동아리 활동을 할 수 있을 것'이라고 생각해서 들어가게 된 곳이 '책쓰기 동아리'였습니다.

책읽기조차 큰 관심이 없다가 중학교 때 글을 써서 큰상을 받은 뒤로부터 글쓰기에 관심이 생긴 나는 책 쓰기 동아리에 대해 다행히 별 거부반응은 없었습니다.

처음엔 시를 읽고 글을 써보라는 말씀에 어리둥절했습니다. 태어나서 시를 보고 글을 써본 적은 단 한 번도 없었기 때문입니다. 항상 내가 보고 느낀 점, 경험하고 느낀 점 등만을 글로 써왔던 터라 신기하면서도 좀 이상하다는 생각이 들었습니다.

내가 처음 받은 시가 나태주 님의 '풀꽃'이었습니다.

평소 시에 대한 개념도 없고 시를 잘 읽어보지도 않았기 때문에 많은 어려움이 있을 것이라 생각했었지만 다행히 이 시를 보자마자 여러 가지 이야기를 떠올릴 수가 있었습니다.

'사랑하는 애인에게 고백을 하는 내용', '어린 시절로 돌아가 꽃을 바라보고 해맑게 웃는 모습을 담은 내용' 등 많은 이야기들을 떠올리게 됐습니다.

그 중 하나를 골라 단편으로 짧게 글을 써내었고 다행히 그 소설이 선생님 마음에 들어 이렇게 길게 소설을 써보게 되었고 또 이렇게 후기를 쓰게 되었습니다.

내가 쓴 글을 보면

"비록 순수함을 잃어 탁해지고 타락해버린 내가 사는 이 세상이지만 마음에 아주 투명하게나마 희미하게나마 남아 있는 내 어린 날의 순수한 눈으로 이 세상을 바라보았다. 그후에야 나는 알 수 있었고, 느낄 수 있었다. 아직 이 세상은 살 만하다는 것을……." 이라는 대목이 나옵니다.

나는 이 대목을 쓰면서 '과연 내가 이 주인공처럼 내 마음속에 남아 있는 순수함의 눈으로 이 세상을 바라볼 수 있을까?' 하는 생각이 들었습니다.

사실 생각해 보면 이 세상을 더럽힌 장본인도 우리 인간들이고 이 세상을 타락했다고 생각하고 안타까운 눈으로 바라보는 것 역시 우리 인간인데 정작 우리는 우리의 잘못과 더러움은 생각도 하지 않고 무조건 남 탓 즉, 세상 탓만 하는 이기적인 행동을 합니다. 이 글을 보면서 '한 번 더 생각해 보고 반성하는 마음을 가지면 어떨까?' 생각합니다.

비록 나는 아직 어린 나이이고, 이 세상을 알아가려면 멀었으며 아직 많은 부분이 부족하지만, 내 글을 읽음으로써 이 세상에 대한 우리 인간들의 이기적인 생각과 고정관념이 조금이나마 사라졌으면 합니다.

두 번째 작품인 '불편한 진실'은 하루가 멀다하고 일어나는 소수자들의 인권문제에 대해 생각하던 중 쓰게 된 글입니다.

아직 18년이라는 짧다면 짧은 삶을 살아오면서, 다른 사람들의 삶이나 인권에 대해 크게 생각해 보지 않았었기에 처음에는 조금 난감했었습니다.

하지만, '내가 만약 소수자라면?' 이라는 생각을 가지고 현실성 있게 글을 쓰려고 노력하였고 다행이도 노력한 글이 이렇게 실리게 되었습니다.

먼저 첫 번째 이야기에 등장하는 김준연이라는 주인공은 대한민국의 한 국민이자 한 학생으로서, 그들을 대표하는 인물로 표현하였습니다. 이 인물은 어찌 보면 내 모습일지도 모릅니다. 글 중에 "친구들을 보면 모두 하나같이 과외다 학원이다 인터넷강의다 독서실이다 하며 전부 공부에 미친 사람마냥 목숨을 거는데 난 뭔가 싶고. 지금 내 친구들이 무참히 나를 밟고 일어서서 좋은 대학 좋은 직장에 다니며 나를 본척만척 하지는 않을까 하는 두려움과 배신감. 늦었더라도 이젠 공부를 해야지 하는데도 내 마음은 저 멀리 있고 나는 겨우 여기 있고 가까이 가보려 해도 내 수준은 겨우 여기고……."라는 단락이 나옵니다. 이 부분은 사실 내가 한 친구와 나눴던 이야기 중 한 부분이었습니다.

대한민국의 고등학교 3학년의 삶을 살아가며 지칠 대로 지치고, 질릴 대로 질려버린 주인공이 겪게 되는 경험들과 스트레스, 그리고 참을 수 없는 분노 등 지금 이 시대를 살고 있는 우리들에게 초점을 맞추려 노력하였습니다.

또한, 자살이라는 절정의 순간에 이르기까지의 인물의 모습을 사실적으로 표현하려 노력하였습니다. 청소년 자살문제로 인해 대한민국이 들썩이고 있는 이때에 함께 공감해 주기를 바라는 마음으로 적어나갔습니다.

두 번째 주인공은 장애를 갖고 있는 김현민이라는 인물입니다. 아직도 장애를 가진 사람을 보면 색안경을 끼게 되는 대한민국의 사람들의 불편한 진실을 떠올리며 장애를 가진 사람들도 모든 사람들과 같이 존중되기를 바라는 마음으로 풀어나갔습니다. 사실은 나도 아직은 장애를 가진 사람을 보면 색안경을 끼는 경우가 종종 있지만 이 글을 쓰며 내 자신의 모습을 되돌아보고 반성하게 되었습니다.

마지막 주인공은 다문화 가정에서 자라난 진현우라는 인물입니다. 이 글의 한 부분에 "제가 다른 사람에 의해 외국인도 아닌 외부인이 되어버린 것은 어쩔 수 없는 슬픈 현실입니다. 모두 저를 손가락질하고 더럽다 욕해도 저는 한국 사람입니다. 누가 뭐라 해도 저는 한국에 살고 있는 한국 사람입니다. 나는 한국 사람이고 싶습니다."라는 단락이 나옵니다. 요즘 부쩍 늘어가는 다문화 가정을 비판적인 시선으로만 바라보는 사람들이 그들을 외국인도 아닌 외부인으로 치부해버리고 제멋대로 대하는 모습들을 보며 쓰게 되었습니다. 이 글을 읽는 가운데 다문화 가정은 우리 대한민국 국민들이 존중해야 하는 존재임을 인정하고 그들에 대해 깊이 있게 공감할 수 있었으면 하는 바람입니다.

마지막으로 이 글을 통하여 아직까지 이 세상을 색안경을 끼고 비판적으로 바라보는 시선들을 멈추고, 힘든 상황 속에 처해 있는 사람들을 존중해 주며 따뜻한 눈빛으로 감싸주는 사회가 되기를 소망합니다.

감사합니다.

김재영

빛의 꿈

나는 알지 못한다

작은 빛

| 원작시 |

슬픔이 기쁨에게

정호승

나는 이제 너에게도 슬픔을 주겠다
사랑보다 소중한 슬픔을 주겠다
겨울밤 거리에서 귤 몇 개 놓고
살아온 추위와 떨고 있는 할머니에게
귤값을 깎으면서 기뻐하던 너를 위하여
나는 슬픔의 평등한 얼굴을 보여주겠다
내가 어둠 속에서 너를 부를 때
단 한 번도 평등하게 웃어주질 않는
가마니에 덮인 동사자가 다시 얼어죽을 때
가마니 한 장조차 덮어주지 않은
무관심한 너의 사랑을 위해
나는 이제 너에게도 기다림을 주겠다
이 세상에 내리던 함박눈을 멈추겠다
보리밭에 내리던 봄눈들을 데리고
추위 떠는 사람들의 슬픔에게 다녀와서
눈 그친 눈길을 너와 함께 걷겠나
슬픔의 힘에 대한 이야기를 하며
기다림의 슬픔까지 걸어가겠다

나는 알지 못한다

김재영

나는 늘 사랑 받아왔다.
나는 늘 기뻐해 왔다.

그러므로 나는 슬픔이 무엇인지 모른다.
그렇기에 나는 슬픔을 두려워한다.

그래서 나는 그들의 슬픔이 나의 기쁨인 것을 알지만,
나의 기쁨이 그들의 슬픔인 것을 알지 못한다.

그렇기에 나는 슬픔을 두려워한다.
그래서 나는 기쁨을 갈망한다.

그들이 슬퍼할수록 나는 기쁨에 행복했고,
내가 기뻐할수록 그들은 슬픔에 젖어갔다.

나는 알지 못한다.
나는 알고 싶어 하지 않는다.

그래서 그들을 슬프게 만든다.

내가 기쁨을 느끼도록,

그들이 기쁨을 느끼지 못하도록.

별의 생애

이동순

바람 속에 태어난

저 어린 별은

제 애비가 누구인지도 모르고

오늘도 캄캄한 우주 벌판에서 외롭게 반짝인다

어린 별이 땅 위의

가난한 나라 아이들과 밤새도록

서로 눈 맞추고 용기와 희망에 대해 이야기할 때

자신의 한 생을 살아온

늙은 별은

흐뭇한 얼굴로 그 광경을 지켜보다

우주의 한쪽 구석에서

혼자 조용한 임종 맞이한다

자욱한 눈보라 속으로 터벅터벅 걸어가서

영영 되돌아오지 않는

저 북극 에스키모 노인처럼

이동순

작은 빛

김재영

자신의 빛을 잃은 별은 우주 속에서 사라진다
아무도 보는 사람 없이, 어느 누가 신경 쓸까
조용히 사라져 간다

그렇게 어둠속에서 사라져간 별은
자신의 흔적을 살짝 남기고 가는데,

그 보이지 않는 작은 흔적에서 어떻게 생겨났을까
자그마한 빛이 탄생한다.
언젠가 다시 잊혀질, 작지만 가장 밝은 빛을.

후기

　그저 자그마한 글귀를 적으며 스스로 만족하던 것이, 어느덧 시를 쓰게 되고 책을 만들게 되었습니다. 소설도 쓰고 싶었지만 아직 능력이 부족한 듯 쓰기가 어려웠습니다. 그래서 다른 분들은 소설을 쓰셨는데 나만 시를 써 내게 되었습니다.

　'슬픔이 기쁨에게'. 처음 이 시를 보았을 때, 나는 생각을 했습니다. 타인의 슬픔에 대해서 꼭 알아야 되는 것인가? 라고……. 나는 내 인생을 행복하게 살아왔다고 생각합니다. 그렇기에 슬픔에 대하여 잘 알지 못합니다. 아니, 슬픔을 겪으면 잊으려고 노력했습니다.

　내가 쓴 시를 보면, '나'라는 존재는 이기적인 사람입니다. 하지만 그렇다고 해서 난 이 '나'를 욕하지 않습니다. '나'라는 존재의 모습은 나의 삶의 모습이고, 우리들의 삶의 모습이니까요.

　사실, 우리는 아무 의식도 없이 타인에게 슬픔을 줍니다. 과연 이 일이 타인에게 피해를 주게 될까? 라는 생각을 가지게 되면 아무것도 할 수 없게 될 겁니다. 그렇기에 '나'라는 존재는, 또한 나도 타인의 슬픔에 대해서 두려워하고 알고 싶어 하지 않는 것입니다.

그렇지만 그것을 망각하라는 소리는 아닙니다. 두렵고, 알고 싶지 않더라도 그것에 대해 생각하고 알기 위해 노력해야 됩니다.

'알고 싶어 하지 않기에, 알기 위해 노력해야 된다.', '슬픔이 두렵기에 슬픔을 두려워하지 말아야 된다.'

기쁨이 낳는 슬픔을 알아야, 슬픔을 기쁨으로 바꿀 수 있기 때문입니다.

우리 학교에 오셔서 좋은 말씀을 하시고 가셨던 이동순 시인의 '별의 생애'는 내 마음에 꼭 들었던 시입니다. 별에 대해 관심이 많았던 시기였고, 또 외로운 별의 모습이 그 시기의 나의 모습과 닮았었기 때문입니다. 자신의 모습을 알지 못하는…….

내가 쓴 '작은 빛'에서 사라지는 별은 꿈을 잃어버린 사람을 의미합니다. 그저 사회에 동화되어 자신의 빛이 사라져가고 배경색에 물들어가는, 꿈이 없는 사람들의 모습…….

하지만 세상에 꿈이 없는 사람이 있을까요? 나는 없다고 생각합니다. 아무리 어려운 시기라도, 마음이 굳게 닫혀 있다 할지라도, 마음 속 깊숙한 곳에는 한 톨의 꿈이라도, 나는 있다고 생각합니다. 어려운 시기가 지나고, 마음을 활짝 열어 그 한 톨의 꿈을 밖으로 펼치는 날이 온다면, 그 꿈은 세상에서 가장 아름다운 꿈이 되지 않을까……. 라고 나는 생각합니다.

그린비, 시를 그리다